KB053763

소설 광개토호태왕

천손의 나라

소설 광개토호태왕 3 천손의 나라

초　판 1쇄 발행 2005년 9월　5일
개정판 1쇄 발행 2023년 3월 27일

지 은 이　정호일
펴 낸 이　정연호
편 집 인　정연호
디 자 인　이가민

펴 낸 곳　도서출판 우리겨레
주　　소　서울시 은평구 통일로 71길 2-1 대조빌딩 5층 507호
문의전화　02.356.8417
F A X　02.356.8410
출판등록　2002년 12월 3일 제 2020-000037호
전자우편　urikor@hanmail.net
블 로 그　http://blog.naver.com/j5s5h5
인스타그램　instagram.com.urikor0927
페이스북　facebook.com/urigyeorye

Copyright ⓒ 정호일 2023

ISBN 978-89-89888-33-8 04810
ISBN 978-89-89888-30-7 (세트)

이 책은 저작권법에 따라 보호받는 저작물이므로 무단전재와 무단복제를 금합니다.
이 책의 전부 또는 일부를 이용하려면 반드시 저작권자와 도서출판 우리겨레의 동의를 받아야 합니다.

소설 광개토호태왕

천손의 나라

정호일 지음

도서출판 우리겨레

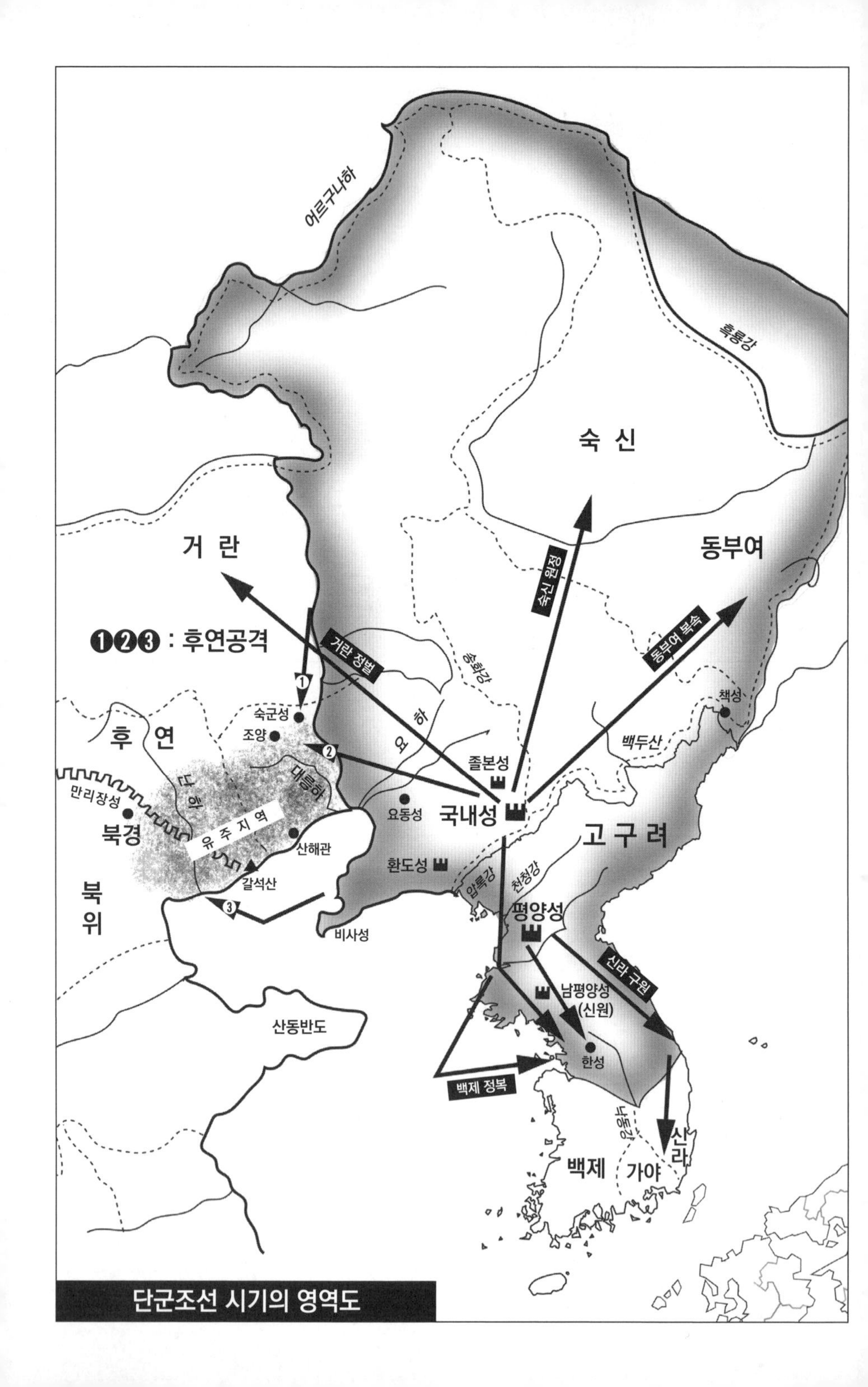

어르구나하
흑룡강
숙 신
거 란
동부여
❶❷❸ : 후연공격
거란 정벌
숙신 원정
동부여 복속
송화강
책성
숙군성
조양
후 연
요 하
백두산
졸본성
대릉하
만리장성
요동성
국내성
북경
유 주 지 역
산해관
고 구 려
환도성
갈석산
압록강
천청강
북
위
평양성
비사성
신라 구원
남평양성
(신원)
산동반도
한성
백제 정복
낙동강
신
라
백제
가야

단군조선 시기의 영역도

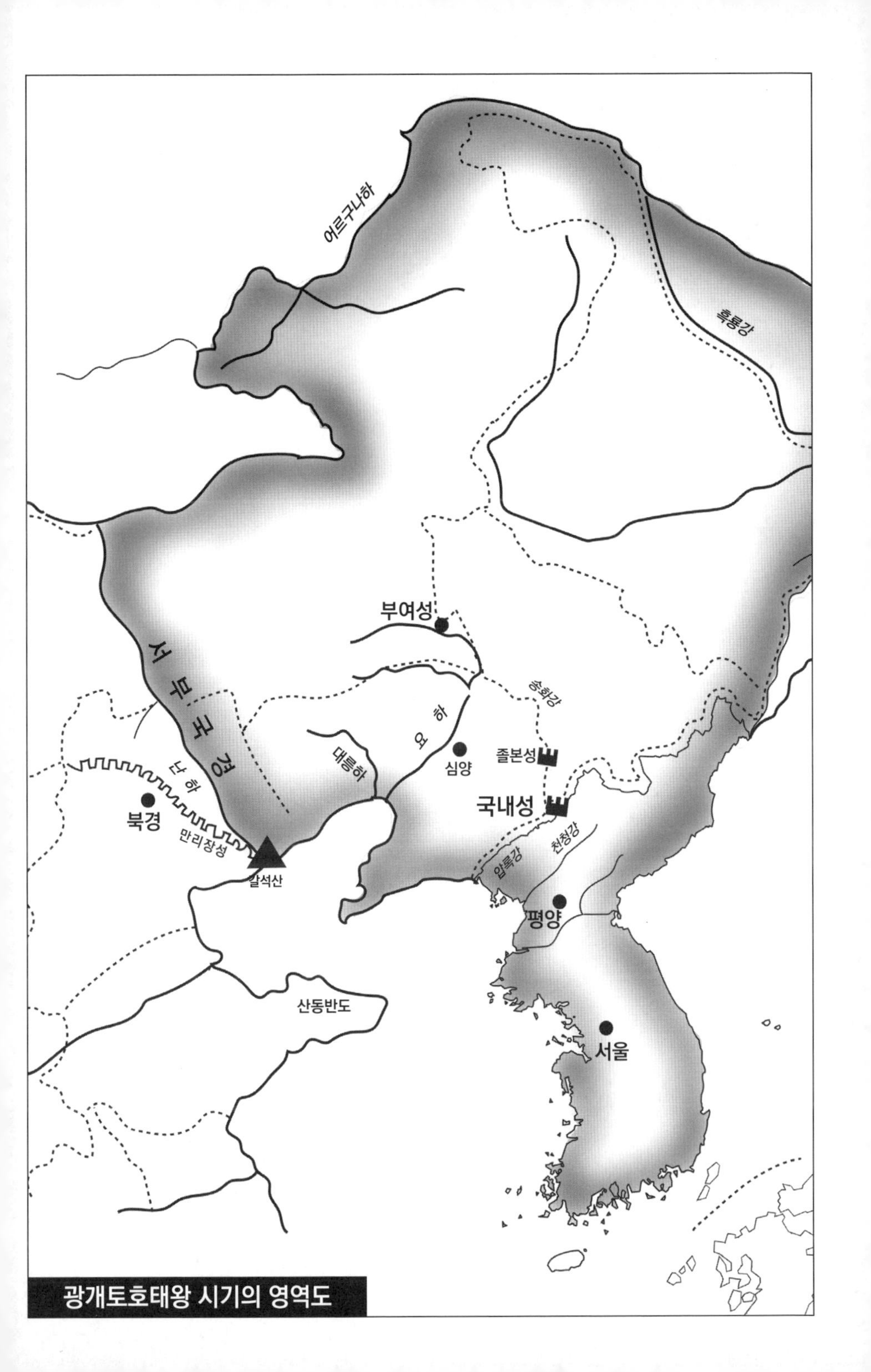

광개토호태왕 시기의 영역도

차례

천손의 나라

7인의 결의

대국을 향하여

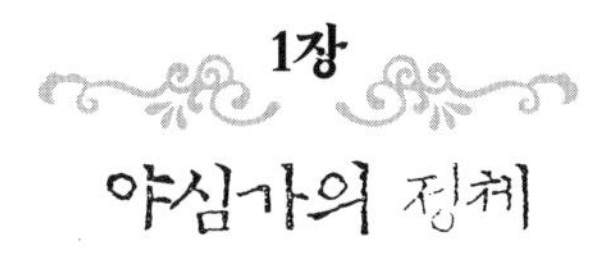

1장 야심가의 정체

44

모두루는 지금 돌아가는 국성의 형세를 심상치 않게 바라보았다. 그동안 흔적도 없이 사라졌던 뇌도가 국성에 나타났다는 첩보가 입수된 데다가, 장협이 국상직을 사직한 것을 시작으로 귀족층이 동요하는 움직임이 감지되었기 때문이다. 땅속 깊은 곳의 용암이 활활 끓어오르면서 언젠가 꼭 폭발할 듯한 분위기였다.

모두루는 이번에야말로 아예 발본색원해 그 뿌리를 통째로 뽑아야겠다고 작심했다. 아무리 같이해 보려고 노력해도 그 마음을 몰라보고 이렇게 계속 불만을 드러낸다면 힘으로 다스릴 수밖에 없다고 판단한 것이다.

모두루는 뇌도의 행적을 추적하고 장협의 움직임을 은밀히 조사하도록 지시했다. 하지만 오리무중으로 단서조차 잡히지 않았다. 그런 와중에 대왕께서 찾는다는 전갈이 당도했다.

"숙신을 제압해야 하겠는데, 장군이 맡아 주었으면 하오."

대전으로 찾아온 모두루를 보고 담덕이 단도직입적으로 꺼낸 말이었다.

"네–에? "

"왜요? 무슨 문제라도 있으십니까?"

"그것은 아니지만, 지금 국성에서 소신이 직접 처리해야 할 일이 있을 것 같아 그러하옵니다."

"그래요? 그게 무엇인데 그러십니까?"

"기우인 줄은 모르겠사오나, 지금 국성의 상황이 심히 좋지 않사옵니다. 이상한 소문도 들려오고…… 그러하오니……."

"허허허! 다른 누구도 아닌 모두루 장군께서 그런 말씀을 하시다니요. 장군! 어제오늘의 일도 아닌 것을 가지고 너무 심각하게 생각하시는 게 아닙니까? 그런 걱정일랑은 접어두시고……."

담덕이 호탕하게 웃어넘겼으나 모두루의 표정은 여전히 심각했다. 사태의 실상을 자세히 파악하여 어떻게든 조치를 취해야 할 것인데 거기에 차질이 빚어진 것이다. 만일의 경우 천추의 한을 남길 수 있었다.

"그렇지 않사옵니다. 이번은 경우가 다르옵니다. 뇌도가 출현

했다는 소식도 들려오고, 또 귀족층의 움직임이 심상치 않사옵니다. 소신에게 이 일을 처리할 시간을 주시옵소서."

"그러니까 더더욱 걱정일랑 접어두라는 겝니다. 뇌도야 염두에 둘 가치도 없는 자이고, 또 귀족층의 문제는 혜성 중외대부를 필두로 여러 장군들께서 노력하고 있지 않습니까? 모두 잘 풀어질 것입니다. 그런데 정작 중요한 것은 백제의 움직임이 심상치 않다는 겁니다. 그러니 지금, 북부지역을 안정시켜 두어야 합니다."

"백제는 이미 항복하지 않았사옵니까? 그런 백제군이 어떻게 또다시, 그것도 지금 당장 우리에게 대적해 올 수 있겠사옵니까?"

"맞는 말씀이나, 이번에 백제는 저번처럼 우리를 직접 공격하는 것이 아니라, 남부 방면을 제압하고 난 다음에 우리를 상대하려 할 것입니다. 아마 그렇게 되면 예전보다 훨씬 어려운 싸움이 될 것입니다. 지금쯤 백제는 왜와 가야를 끌어들여 신라를 대대적으로 공격하려 준비하고 있을 겁니다."

"그렇다 하더라도 그것은 이후 문제이지 않사옵니까? 그런데다 숙신을 제압하는 것은 그리 어려운 일이 아닌 듯하오니, 잠시 뒤로 미루셔도 괜찮을 것이옵니다. 소신에게 국성의 음흉한 기운을 걷어낼 수 있도록 해 주시옵소서."

"아니지요. 그건 잘못 보신 겁니다. 지금 숙신은 계속 비적질을 일삼으며 그 세력을 점차 확대하고 있습니다. 지금 기회를 놓친다면 처리하기가 더욱 곤란해질 것입니다. 백제나 후연 등의 움직임에 대비하기 위해서도 시급하니, 지금 숙신을 제압해 북부 방면을 안정시켜 두어야 합니다. 더욱이 이 문제가 중요한 것은 대제국 건설의 발걸음을 늦출 수 없기 때문입니다. 어떤 경우에도 늦춰서는 아니 되지요. 오늘이 아니라 내일을 생각한다면 말입니다."

"잘 알겠사옵니다. 허나 지금 이 나라의 귀족층들은 대왕 폐하의 참뜻을 모르고 있는지라, 만일의 경우를 대비하시는 게……. 그래서 소장 말고 다른 장수를 보내시는 것이 옳은 줄로 사료되옵니다. 통촉하시옵소서."

"장군께서 그리 생각하시니, 내 그래서 다른 누구도 아닌 장군에게 이 일을 맡기려고 하는 게 아닙니까? 자, 불만 세력이 있다고 칩시다. 그럼 지금 장군이 생각하는 것처럼 그들을 군권의 힘을 동원해 내리눌러야 하겠습니까? 그리한다면 그것은 서로 치유할 수 없는 갈등의 골을 만들고 말 것입니다. 설사 잘못 생각하고 있더라도 너그럽게 포용하고 함께하려고 해야지요."

담덕이 모두루의 마음을 모르는 것은 아니었다. 귀족층들은 자신의 이익이 침탈받는 것에 지금까진 소리를 죽였지만, 이제 기회를 만났다고 여기며 반발하고 있었다. 담덕이 다시 말을 이었다.

"장군! 우리가 경계한다면 그들은 절대 우리에게 곁을 주지 않을 것입니다. 우리는 누가 알아주면 하고, 몰라주면 안 하는 것이 아니지 않습니까? 더욱이 지금, 우리는 서로 내분이나 벌이고 있을 시간이 없어요. 단군족 모두가 복되고 행복하게 살 수 있도록 최선을 다해 나가야 합니다. 그리하면 언젠가는 그들도 우리의 뜻을 이해하고 받아들일 때가 올 것입니다."

모두루는 도무지 납득할 수가 없었다. 지금 그 어떤 것보다 중요한 것은 대왕의 안위였다. 만약 대왕의 신상에 무슨 일이 일어난다면 국가의 안위는 물론, 지금까지 추진했던 모든 것이 무로 돌아갈 수 있었다. 지난날 대왕의 건강이 좋지 않았을 때만 생각해도 뻔한 일이었다. 원로대신이라고 하는 자들이 대왕의 신변에 무슨 일이 일어나기를 은근히 바라면서 행정과 군사 체계의 개혁에 한없이 미적댔던 사실만 보아도 그랬다.

"대왕 폐하! 이 나라의 미래는 대왕 폐하를 떠나서는 있을 수 없사옵니다. 대왕 폐하께서는 믿음으로 품어주시려고 하나, 그것을 도리어 역이용하고 있사옵니다. 이들에게 온정을 베푼다는 것은 그들의 기세만 더 돋우어 주는 꼴이옵니다."

"허허. 장군! 내 그리 말하는데도……. 장군의 뜻은 알아들었으니, 더는 개의치 말고 내 뜻에 따라 주시구려."

모두루는 정말 울고 싶은 심정이었다. 언제 어디서나 대왕의 명을 절대적으로 믿고 따랐으나, 지금 상황은 그럴 때가 아니라고 판단했기에 물러서지 않고 계속 요청했다. 그런데 대왕은 자기 뜻에 따라 출정해 달라고 당부하니 더는 고집할 수 없었다.

모두루는 대왕의 뜻을 따를 수밖에 없었으나 걱정되지 않을 수 없었다. 국성을 떠나는 것 자체가 문제가 아니라, 불만을 유도하는 세력을 내치지 말라는 요구 때문이었다.

"알겠사옵니다, 대왕 폐하! 폐하의 뜻을 받들어 숙신을 제압하고 오겠사옵니다. 숙신의 정벌은 심려 놓으시옵소서."

"이래야 장군답지요. 고맙소이다."

모두루는 대전에서 물러 나온 후, 숙신으로 떠날 원정 군사들을 편성하라고 명했다. 대왕의 의지대로 숙신을 원정하기로 한 이상, 신속하고도 전격적으로 감행해야 했다.

그러나 모두루는 그냥 떠날 수는 없었다. 국성의 청년장군들에게 혜성의 집에서 보자는 기별을 띄웠다. 국성을 떠날 때 떠나더라도 좋지 않은 분위기를 두 눈 뜨고 무방비 상태로 놔둘 수는 없었다.

심란한 마음이기도 했지만, 그와 생사를 같이하는 장군들이 대왕 곁에 있다는 사실에 적이 안심되었다. 그러나 국성이 시끄러워지는 찰나에 그것을 책임진 자신이 떠나 있어야 하는 것이 마음에 걸렸다.

그가 혜성의 집에 이르자, 벌써 부살바와 창기가 도착했는지 그들의 대화 소리가 밖에까지 새어 나왔다. 이들의 목소리가 들리자 반가움이 앞섰다. 이들은 같이 꿈을 키워 온 동지로서 언제 만나도 스스럼이 없었다. 이들이 옆에 있다는 것이 큰 힘으로 다가왔다.

그가 문안으로 들어서자마자 벌써 기다렸다는 듯 문지기가 달려와 인사를 했다. 혜성의 집은 예전과 별반 달라진 것이 없었다. 강직하고 청렴결백한 그의 면모가 집안 곳곳에서 드러났다. 단지 옛날과 다른 것이 있다면 그가 중외대부 겸 왕당군의 장사를 겸

직한 관계로 보좌하는 사람들이 몇 명 늘었다는 것뿐이었다.

"어서 오시옵소서. 다른 분들은 이미 다 도착하셨사옵니다."

모두루는 문지기의 말을 듣고 곧장 안으로 향했다. 그가 방문을 열고 들어가자 부살바가 반가운 소리로 말했다.

"주인공이 이제서야 나타나다니……. 어서 자리에 앉으시구려."

"주인공이라니요?"

"허허! 시치미 떼기입니까?"

창기가 웃는 낯으로 농을 거는데도, 모두루는 농을 받아주지 않았다.

"숙신의 원정을 두고 그러시나 본데, 그리 보실 일이 아닙니다. 실상 따져보면 좋은 일도 아닌데……."

"좋은 일이 아니면, 그럼 그게 뭡니까? 공을 혼자 독차지하게 되었으면서도 싫은 내색을 지으시다니……. 장군의 욕심이 너무 과한 것 같소이다."

이번에는 부살바가 나서서 놀려댔다. 그러자 모두루가 정색하며 목소리를 높였다.

"왜들 이러십니까? 지금 이렇게 농담하고 있을 때가 아니란 말입니다. 상황이 심각하단 말이오."

모두루가 농을 받지 않고 계속 정색하자, 혜성이 분위기를 누그러뜨리며 말했다.

"모두루 장군이 여간 속이 답답한 게 아닌 모양입니다. 그렇지 않아도 장군이 오기 전에 국성의 상황에 관해 얘기하고 있었소이다."

"그것도 모르고……. 상황이 심각한데도 너무 태평스럽게 계시는 것 같아 내 그만……."

모두루가 겸연쩍은 표정을 지었고, 이에 창기가 조금 전까지 나눴던 화제로 옮겼다.

"그건 그렇고……. 하필이면 장협 대인이 이런 때 국상직에서 물러나다니……. 참으로 장협 대인에게 서운합니다."

"말씀 잘하셨소이다. 내 그래서 여러분을 보자고 한 것이외다."

"나 또한 야속한 생각이 들지만, 설마하니 대왕 폐하를 대적해서 무슨 일을 꾸미려고 하는 것이겠습니까?"

부살바가 국성의 상황을 너무 심각하게 보는 것이 아니냐는 투로 반문했다. 그러자 모두루가 그게 아니라며 반박했다.

"그거야 모를 일이지요. 열 길 물 속은 알아도 한 길 사람 속은 모른다고 하지 않소이까? 이번 행동만 놓고 봐도 그 사람의 진속이 훤히 보이지 않습니까? 다른 사람이 아니라 바로 그자가 대왕 폐하에 대한 불만을 유도하며 증폭시키고 있단 말이오. 그걸 보면 그자가 무슨 일을 낼 것 같다니까요. 내 보기엔 그자의 행동을 서운한 정도로만 볼 것이 아니라, 무슨 이상한 생각을 품고 있는 게 아닌지 자세히 확인해 봐야 할 것이외다."

"확인이야 해봐야겠지요. 그러나 설마 역모까지 하겠습니까? 그건 아무래도 과한 주장 같소이다."

여전히 수용할 수 없다는 태도로 부살바가 말했다.

"그거야 할지 안 할지 모를 일이지만, 꼭 안 그렇다고 보장도 못 하지요. 아니 그렇습니까?"

"글쎄요. 대왕 폐하께서 등극하신 지 8년이 지나가고 그 기반도 탄탄하게 다져졌는데, 어느 누가 감히 대적하겠다고 역모를……. 내 생각에도 모두루 장군이 너무 과민하게 여기는 것 같소이다."

창기도 완곡하게 반대 의견을 표명했다.

"그게 아니라는데도 왜들 이렇게 안일하게 생각하시는지 모르겠소이다. 다들 아시겠지만 장협이라는 위인이 얼마나 간사하기 이를 데 없는 사람입니까? 그걸 다 아시고도 폐하께서는 그렇게 신임을 보이셨는데, 지금 그자가 뒤통수 치고 있단 말이오. 그런 사람을 믿어서는 안 되지요. 더구나 지금 국성에 뇌도란 자가 나타났다는 말이 나돌고 있단 말입니다. 이런 일들이 겹치는 것을 보면 조짐이 심상치 않아요. 내 보기에 이번에 분명 무슨 일이 터질 것 같은 불길한 예감이 든단 말입니다."

모두루가 완강하게 자기 입장을 고수하자 모두들 혜성의 얼굴을 쳐다보았다. 모든 일에 치밀하기 그지없는 그의 의견을 들어보고자 한 것이다.

"지금 상황에서 뭐라고 속단하기는 힘들겠지요. 그러나 만일의 경우를 대비한다면 모두루 장군의 말씀을 그냥 허투루 넘길 수만은 없겠지요."

"혜성 중외대부도 장협 대인이 그리 움직일 가능성이 있다고 보신다는 겁니까?"

부살바가 이해할 수 없다는 듯 되물었다.

“그리 생각하지는 않습니다. 지금으로선 그렇게 될 가능성이 희박하지요. 하지만 돌아가는 조짐을 보면 그런 우려를 완전히 배제할 수는 없습니다. 장협 대인이 이번에 한 행동은 승부수를 던진 것입니다. 지난날과 같이 소극적인 방법으로만 움직이지는 않을 것입니다. 더욱이 모두루 장군이 말씀하신 대로, 뇌도가 출현했다는 풍문이 나돌고 있어 그게 마음에 걸리기도 합니다. 그러니 만일의 경우까지 생각해야 한다는 것이지요.”

“설사 그런 맘을 품었다 하더라도 동원할 군사가 어디 있다고……. 내 아무리 봐도 그건 기우에 불과한 것으로 보입니다.”

창기가 반문하는 소리에 모두루가 갑갑하다는 투로 다시 얘기했다.

“참으로 답답하오. 역적모의할 놈이 어디 이런 것 저런 것 다 따지고 합니까? 신하의 도리를 알았다면 장협 대인이 그리하지는 않았겠지요. 그게 아니니까 그런 게지요.”

“그 말이야 맞는 말씀이지요. 하지만 불만 세력이 일정 정도 있다고 해도 그렇지, 지금 이 나라는 대왕 폐하의 지휘체계 아래 일사불란하게 서 있어요. 그런데 어떻게 무슨 일이 일어날 수 있다고 우려하시는지 이해가 잘 안 되는구려.”

여전히 의문을 표시하는 부살바의 말에 이번에는 혜성이 화답했다.

“맞습니다. 그러니 지난날 두우처럼 군사를 동원해 대적하는 일은 불가능할 겁니다. 하지만 만약 대왕 폐하의 신변에 무슨 일이 일어난다면 국상이 정국을 주도하게 될 것은 불문가지 아니겠습니까? 그러니 뭔가 일이 벌어진다면……. 어쨌든 그런 빌미만 제공하지 않는다면 큰일은 일어나지 않겠지요."

"대왕 폐하를 직접 겨냥할 것이라는……."

부살바가 다시 말을 되뇌자 자연 분위기가 심각해졌다. 그 뒷말은 하지 않아도 그것이 무엇을 의미하는지 알아들은 것이다. 대왕의 안위가 문제의 핵심이었다.

"대왕 폐하께서 하필이면 이런 때 숙신 정벌에 나를 보내시다니……. 내 이번에야말로 철저히 진상을 조사해 곪은 부위를 도려내고자 별렀건만……."

모두루가 대왕의 안위가 중요한 때에 자신이 국성에 있지 못함을 안타까워했다.

"그러게 말입니다. 지금의 상황에서 국성 수비를 맡은 장군이 자리를 비우는 것은 대왕 폐하의 안위에 큰 공백이 생기는 것이나 다름이 없는데……."

부살바가 모두루의 말에 동조했고, 이에 창기가 모두루를 보며 되물었다.

"장군께서 더 강력하게 요청하시지 그랬소?"

"말도 마세요. 내 얼마나 간청했는지 아십니까? 그런데 꿈쩍도 안 하십니다. 도리어 나보고 신경도 쓰지 말라고 하셨소. 참으로 이해할 수가 없습니다. 다시는 이런 문젯거리가 일어나지 않도록 이참에 확 뿌리를 뽑아버려야 하는 건데…….”

“그리 생각하고 계시니 대왕 폐하께서 다른 누구도 아닌 장군을 원정에 보내시는 게지요.”

“아니 그걸 어떻게 아셨소?”

모두루가 신기해했다.

“대왕 폐하께서는 분열을 원치 않으시는 게지요. 다 함께 대국 건설의 길로 나가기를 바라시는 겁니다.”

“참나, 그게 답답하다는 말이외다. 내 할 말은 아니지만, 이 나라의 문제는 원로대신이라는 작자들에게 있다니까요. 이 사람들은 시대의 흐름은 안중에도 없이 뭐 옛날은 어쨌다느니 고리타분한 소리만 하고 있단 말이오. 이런 사람들을 놔두고 어찌 미래를 기약할 수 있겠소? 내 확 쓸어버려야 하는데……. 이런 중대한 문제를 앞두고 숙신 원정이 뭐 그리 절박한지?”

“그것은 상황을 일면적으로만 바라보시는 겁니다. 대왕 폐하께서는 그 누구보다도 국성의 상황을 잘 알고 계십니다. 그런 폐하께서 그리 결정하신 것이지요.”

“아- 그러니, 제가 이리 답답한 게 아니겠소이까? 상황을 너무나 좋은 쪽으로만 보시니……. 게다가 대신이라는 작자들은, 겉으로는 만고 성주 문제를 핑계 삼고 있지만, 속으로는 천손의 나라 건설을 위한 개혁에 딴죽을 걸고자 하는 것인데, 그것을 어찌 사소한 문제로 치부할 수 있소이까?”

“어차피 내치지 않아도 자연스레 세대교체는 이뤄집니다. 그건 필연적 이치로서 어느 누가 막는다고 해서 막아지겠습니까? 하지만 순리대로 해결하려 하지 않고, 지금 우리와 뜻을 달리한다고 몰아친다면 그들은 분명 들고일어날 것이고, 그것은 오랫동안 가슴에 앙금으로 남을 것입니다. 그래서 숙신 원정에 국성 수비대와 왕당군만을 편성하여 보내는 것도 귀족들에게 적대하지 않겠다는 의중을 은연중 내비치신 것입니다."

"무슨 말씀인지 이해하오이다. 하지만 그들이 그 뜻을 알아주느냐 하는 것이오. 도리어 틈만 나면 어떻게 해볼까 기회만 노리고 있는데, 그렇게까지 봐줄 필요가 있겠소? 만에 하나 생길지도 모를 위험성에 대비하는 것이 백번 천번 옳은 일이지요."

"알아주든 알아주지 않던 최선을 다해야지요. 인내하는 것 외에 다른 무슨 뾰족한 수가 있습니까? 더욱이 숙신의 제압은 나라의 분위기를 다시 한번 쇄신시키는 결과를 가져올 것입니다. 이를 통해 대왕 폐하께서는 강력한 대제국의 건설을 결단코 중단하지 않겠다는 뜻을 드러내고자 하시는 것이지요."

모두루라고 대왕의 참뜻을 모르는 바는 아니었다. 단지 그 어떤 것보다 대왕의 안위가 우선 걱정되고, 아직도 감히 불만을 토로하는 세력이 있다는 게 용납되지 않은 것이다.

"내 알아들었소이다. 헌데 어떻게 혜성 중외대부의 말씀은 대왕 폐하의 말씀과 그리 똑같은 게요? 한두 번 본 것은 아니지만 참 신통도 하구려."

"그걸 이제야 아셨단 말이오? 하기야 나도 매번 그게 신기할 뿐이니…….”

부살바가 웃으면서 얘기하다가 다시 말을 이었다.

“그래서 대왕 폐하께서는 장협 대인이 사직을 청했어도 가타부타 말씀하지 않고 계신 거로군요.”

“그렇지요. 그러니 대왕 폐하의 뜻을 받들어 그에 어긋남이 없도록 해야 할 것입니다. 모두루 장군이 우려한 대로 지금의 상황만 잘 넘긴다면 순리에 따라 자연스레 우리가 꿈꾸던 세상이 펼쳐지게 될 것입니다.”

“그리 말씀하시니 내 여러분을 믿고 마음 편히 숙신 원정을 다녀오겠소이다.”

“빈틈없이 만전에 만전을 기할 것이니, 그런 염려는 붙들어 놓으시고 원정을 잘 다녀오시지요. 그럼 오늘은 모두루 장군의 승전보를 기원하는 축주를 한잔하는 것이 어떻소이까?”

부살바의 제안에 모두들 환영했다.

며칠 후, 어수선한 국성의 분위기 속에서 숙신 원정에 나설 군사들이 대열을 정비하였다. 이에 모두루가 출정을 앞둔 군사들을 향해 외쳤다.

“숙신은 나라의 혼란을 틈타 우리 변방을 침략하며 비적질을 일삼아 왔다. 이제껏 우리는 인내해 왔으나 여전히 약탈을 멈추지 않고 있다. 이에 대왕 폐하께서는 숙신을 징벌하라 명하셨다. 우리 고구려는 단군족의 단합을 이룩할 대제국이다. 하룻강아지 범 무서운 줄 모르고 감히 대제국 고구려를 넘보다니, 이는 결코 용납할 수 없는 일이다. 숙신을 징벌하여 대제국 고구려의 명예를 드높이자!"

모두루가 병사를 향해 큰 소리로 외치자 군사들도 이에 우렁찬 함성으로 화답하였다.

"자! 출발하라!"

모두루의 명이 내려지자 대열이 움직이기 시작했다.

이들의 군대는 국성과 왕당군의 일부 군사로 편재된 정예 군사들이었다. 숙신을 전격적으로 제압하기 위한 기습작전이었다. 그런 만큼 기동력에 있어서 타의 추종을 불허했다. 기세 좋게 말을 타고 나간 그 자리에는 희뿌연 먼지만 잠시 일었다 사라질 뿐이었다.

이들의 움직임을 소리 없이 지켜본 사람들은 하나둘 소리 없이 발길을 돌렸다.

45

뇌도는 모두루가 숙신을 정벌하기 위해 떠난 것을 확인하고서는 드디어 기회가 왔다고 생각했다. 국성의 수비대장인 모두루가 자리를 비웠으니 어딘가 공백이 생길 수 있었다. 담덕 일당이 도성의 상황을 모르지는 않을 것인데, 왜 그런 결정을 내렸는지 알 수 없었다. 하지만 천재일우의 기회가 온 것만은 분명했다.

뇌도는 장협을 다시 찾아가기로 작정했다. 지금껏 두 번의 만남에서 그가 속내를 직접 드러내지는 않았으나, 구미가 있는 것만은 확실해 보였다.

사실 뇌도는 그동안 십여 년을 도망자의 신세로 살아왔다. 한 곳에 오래 머물지도 못했고, 만에 하나라도 낌새가 이상하다 싶으면 곧장 그곳을 떠야 했다. 고통스러운 나날의 연속이었다. 모 아니면 도든지, 둘 중의 하나를 택할 수만 있다면 그렇게 하고 싶었다. 그만큼 그의 삶은 피폐했다.

그런 상황에서 뇌도는 장협이 국상직을 그만두었다는 소식을 전해 들었다. 직감으로 두 세력 간에 알력 다툼이 벌어졌고, 그 결과 장협이 쫓겨났다고 여겼다. 그는 몰래 국성으로 스며들어 서부 외곽 으스름한 곳에 거처를 잡았다. 임시방편으로 마련한 것인데, 그것은 기만이라는 자가 구해주었다.

기만은 건달 때부터 그와 같이한 충복이었다. 기만은 그때 잡히지 않고 용케 살아남아 민가 속에 숨어들어 살고 있었다. 둘은 우연히 서부 변방의 한적한 술집에서 다시 만나 지금껏 서로 의지하며 같이 행동하고 있었다.

뇌도는 자리를 잡고 난 다음 암중모색하며 국성의 돌아가는 형세를 살폈다. 아무래도 무슨 일을 벌이자면 날개 잃고 추락한 장협을 찾아가는 것이 아무래도 나을 성싶었다. 도박이기는 하나 뭔가 활로를 열 수 있는 길이기도 했다. 구만리 같은 창창한 삶을 망쳐버리게 만든 놈에게 복수를 하자면 그리해야 했고, 또 일이 잘만 되면 뭔가 떡고물이 생길 것 같았다. 한편으론 생의 막다른 벼랑 끝에 몰려 이판사판으로 내린 결정이기도 했다.

그는 아랫입술을 지그시 깨물며 장협에게 접근할 방도를 찾았다. 장협이라는 자는 절대 만만치 않았다. 매우 약삭빠른 데다 야심을 가진 인물이었다. 두우 국상을 공격할 때도 앞장선 척하며 공을 독차지했고, 이번에도 귀족층의 반발을 무기로 삼아 국상의 자리를 사직하는 것을 보면 알 수 있는 대목이었다.

장협은 이중적인 인간으로, 앞에서는 그렇지 않은 척해도 뒤에서는 무슨 일을 저지를지 알 수 없는 놈이었다. 그렇게 약아빠진 놈은 역적의 꼬리표를 달고 있는 그가 찾아가는 것만으로도 무사하지 못할 것이라는 걸 누구보다도 잘 알 것이었다. 찾아가는 것 자체가 함정에 빠뜨릴 수 있는 길이었다.

뇌도는 며칠에 걸쳐 장협의 집을 감시한 끝에, 그가 자주 야밤에 뜰을 거닌다는 것을 알아냈다. 이후, 마침내 그는 장협에게 몰래 접근했다.

그를 처음 본 장협은 겁에 질린 표정이었다. 해코지할 것으로 여긴 모양이었다. 그래서 적대할 생각이 없고, 담덕을 제거하고 싶다고 하면서 도움을 청했다. 장협이 처음엔 적대적으로 나왔기에, 다음에 다시 오겠다고 말한 후 자리를 피했다.

며칠 후에 조심스럽게 다시 찾아가니 처음 대할 때와는 사뭇 다른 모습이었다. 경계심이나 놀라는 표정은 별로 없고, 마치 그를 기다린 듯한 표정이 역력했다. 담덕을 제거하고 싶은 마음이 있음을 은연중 내비쳤다. 그러면서도 만에 하나의 경우를 대비해 아닌 척 경계하면서 오히려 그의 속내를 떠보려고 했다.

그는 속으로 쾌재를 불렀다. 장협이 함정에 걸려든 이상 최소한 그가 목표로 삼은 것 중 하나는 해결할 수 있었다. 두 세력이 싸우게 만든다든가, 아니면 역적의 꼬리표를 떼고 다시 출세 가도를 달리든가 가부간 결정될 때가 다가온 것이었다. 그는 회심의 노래를 부르며 기회를 기다렸다.

그런데 그만 일이 꼬이게 되었다. 은밀하게 행동했는데도 그가 국성에 나타났다는 말들이 은연중 나돌았고, 그를 찾기 위한 동태가 곳곳에서 포착되었다. 일을 해보기도 전에 꼬리가 잡힐 수 있는 다급한 처지였다.

활동 반경은 좁아질 수밖에 없었고, 어쩌면 또다시 거처를 옮겨야 할지도 몰랐다. 그런데 천우신조인지 내사를 주도하던 모두루가 숙신 원정으로 국성을 떠났다는 소식이 들렸다. 일이 잘 풀어지려는 조짐이었다. 더욱이 장협 또한 그가 나타났다는 소문을 들었을 것이니 빼도 박도 못할 처지에 빠지게 되었다. 이것은 그가 바란 바였다. 이제 장협을 찾아가 더욱 협박하면 되었다.

그는 자신만만하게 장협의 뜰을 다시 찾았다. 그의 예상대로 장협은 뜰을 거닐고 있었다. 그는 곧장 찾아가지 않고 장협의 모습을 유심히 살폈다. 초조한 기색이 역력했다. 궁지에 몰린 처지를 그대로 드러내고 있음이었다. 모두루가 국성을 떠난 때를 맞이해 그가 모종의 결심을 내릴 수도 있는 부분이었다.

뇌도는 회심의 미소를 지으며 더 이상 감출 것도 없다는 듯 장협 앞으로 당당히 걸어갔다.

"뇌도인가?"

"그러하옵니다."

장협은 더 말하지 않았으나, 어둠 속에서 뇌도를 응시하는 그의 눈동자는 야수처럼 번뜩거렸다.

뇌도는 장협이 중대 결심을 내리고자 함을 동물적 감각으로 느끼며 이제 그 속내를 드러내라고 재촉했다.

"대인! 감축드리옵니다. 절호의 기회가 온 것 같사옵니다."

"기회라니? 뭐가 기회라는 겐가?"

"다 아시면서 왜 이러십니까?"

"무슨 소리인지 도통 모르겠구만."

"그러시면 안 되지요. 국성의 수비와 감시를 담당한 군사들이 국성을 비우고 원정을 떠난 것이 뭘 의미하겠습니까? 그것을 잘만 이용하면……. 자신 있으니 절 믿어 보시지요."

"믿어 달라고? 그럼 자네는 나를 믿는단 말인가?"

뇌도는 장협의 말에 주춤거렸다. 장협은 이것을 놓치지 않았다. 일순간의 일이었다.

"믿고말고요. 그렇지 않다면 제가 여길 어떻게 오겠습니까?"

"정녕 믿는다면 자네 거처를 나에게 알려 주게."

"예-에?"

뇌도가 놀라워하며 말을 더듬거렸다. 장협을 협박하기 위해 왔으나, 도리어 자기 꾀에 자기가 넘어가 함정에 빠진 꼴이었다.

"믿는다고 하고선 그게 다 나를 기만하기 위한 것이었구만. 그렇다면 그만두게나."

장협이 뇌도를 추궁하였다.

"그것은 아니지만……. 제가 쫓기는 몸인지라 일정한 거처가 없어서……."

"그래도 연락할 방법이 있어야 할 것 아닌가? 그것도 없이 무슨 일을 하겠다고……."

"그렇다면……. 먼저 한 가지 묻겠사옵니다."

거처를 말하기 전에 먼저 그가 얻고자 하는 바를 확약받아야 했다. 서로 믿을 수 없는 관계이지만 챙길 것은 챙겨야 했다. 소망을 들어주면 다시 한번 출세 가도를 달릴 수 있고, 최소한 안 되더라도 그들끼리 서로 치고받게 할 수 있으니 손해 볼 것이 없었다.

"말해 보게나."

"만약 이 일을 성사시킨다면 저에게 무엇을 해주시겠습니까?"

장협의 입가에 비웃음이 일었다 사라졌다. 아무리 이자가 겁박하며 우려내려 해도, 이런 피라미에게 당할 자기가 아니라는 조소였다. 목숨 줄을 잡아 둔다면 발버둥 치려고 해도 염려할 게 없었다. 나중에 일이 발각되어 협잡했다고 몰아쳐도, 이자의 거처를 알아내 생포하기 위해서였다고 변명하면 그만이었다.

"자네의 소원대로 내 다시 기용할 것이네. 한자리 크게 줄 것이니 걱정하지 않아도 될 것이야."

"정녕 약조하시는 겁니까?"

"허-허! 이리 못 믿고서야……. 내 한 입 가지고 두말하지는 않네."

구미가 당기는 말이었지만 자기의 목숨이 왔다 갔다 하는 상황에서 망설여졌다. 그러나 지금까지의 만남을 고자질한다면 그도 무사하지 못할 것이기에 쉽게 배반하지는 못할 것이었다.

"그게 그러니까……. 좋습니다. 내 대인 어른을 믿고 말하지요. 기만이라는 사람이 서부 외곽에 살고 있는데, 그에게 연락하면 될 것입니다."

"기만이라는 사람은 어떤 사람인가?"

"믿을 수 있는 사람이니 염려하지 않으셔도 될 것입니다."

"알겠네. 내 그 사람 편으로 연락을 보내겠네."

"알겠습니다."

"자네도 알겠지만 오늘 얘기는 하늘이 두 쪽 나더라도 비밀에 부쳐야 할 것일세."

"그야 당연한 말씀. 걱정하지 않으셔도 됩니다."

"또 한 가지 당부하겠네만, 앞으로 내가 부르기 전에는 절대로 오지 말게나. 내 연락할 때까지는 섣불리 움직여서는 아니 될 것이야. 행동을 조심하라는 말이네."

그가 나돌아다닌다는 소문이 돌고 있어 일의 추진에 도움이 안 된다는 지적이었다. 그만큼 장협이 그를 만나고 있다는 것에 속이 켕기고 있음이었다.

"알겠사옵니다. 그럼 대인의 연락만 기다리고 있겠사옵니다."

뇌도는 장협과 헤어진 후 안절부절못했다. 장협이 마지못해 움직일 수는 있으나 이렇게까지 흔쾌히 나올 줄은 예상치 못했다. 이미 뒷거래를 한 이상, 그가 팔아넘기지는 않겠지만 만에 하나라도 대비해야 했다.

그는 기만에게 장협과의 일을 말해주며 집 주위를 감시하도록 했다. 그러던 중 며칠이 지나 낯선 사람이 기만의 집을 기웃거렸다. 기만이 수상히 여기며 물었다.

"무슨 일이기에 남의 집 앞에서 서성이오?"

"이곳에 혹시 기만이라는 사람이 살고 있는지요?"

"내가 기만인데 무슨 일로……."

다른 사람의 눈에 띄는 것을 경계하는지 주위를 두리번거리며 그자가 다시 물었다.

"혹시 뇌도라는 분을 알고 계시는지……."

장협이 보낸 사람이 분명해 보이기에 기만이 조심스럽게 대답하며 되물었다.

"그렇소만……. 혹시 장협 대인께서……."

"그렇소. 오늘 저녁에 연락을 주겠다고 하셨으니, 이곳에서 기다려 달라고 전해 주시지요."

"알았소이다."

"그럼 이만……."

그자는 말을 마침과 동시에 곧장 자리를 떴다.

뇌도는 기만에게 이 얘기를 전해 듣고 장협의 연락을 기다렸다. 물론 만일을 위해 경계 서는 것도 늦추지 않았다.

밤이 깊어지자 말발굽 소리가 들려왔다. 말 한 필이 내달리는 소리였다. 말발굽 소리는 기만의 집 앞에 오더니 끊겼다. 장협 측에서 드디어 연락을 보내온 모양이었다.

기만이 방문을 열고 나서자 갑자기 화살이 휘-이-잉 날아오더니 기둥에 박혔다. 화살 끝에는 쪽지가 매달려 있었다.

기만은 곧장 화살을 뽑아 쪽지를 떼어 내고서 주위를 살폈다. 혹시 다른 누구의 눈에 띄었는지 확인하는 동작이었다. 그 순간 저편에서 기만이 받아보았음을 확인하고 돌아가는 양 말발굽 소리가 멀어져 갔다. 기만이 쪽지를 들고 뇌도에게로 돌아왔다.

"무슨 일인가?"

"이 쪽지를 보내왔습니다."

기만이 건네준 쪽지에는 내일 밤늦게 장협의 집을 찾아오라는 내용이 적혀 있었다.

"뭐라고 쓰여 있습니까?"

"찾아오라는 것이구먼."

"그러면 장협 측에서 우리의 뜻을 받아들인다는 게 아닙니까?"

"그런가 보이. 이제 우리 쪽에서도 준비해야 할 것 같구만."

"준비라면……."

"은밀하게 사람을 모아야지."

"여남은 명 정도면 될까요?"

"지금 무슨 소리를……."

뇌도가 어이없어했다.

"아니 그러면 얼마나 되는 수를……."

"이 사람아! 우리의 목표는 대왕이네. 그것도 용광검을 가지고 있는 대왕이란 말일세."

"아무리 용광검을 가지고 있다 해도 기습하는데 재간이 있겠습니까?"

"그렇더라도 그 주위에는 왕당군과 수호무사, 게다가 청년장군들까지 포진하고 있네. 그들이 없을 때를 택하겠지만 만에 하나라도 빈틈이 없도록 준비해야 하네. 만약 실패하는 날에는……."

"그건 그렇지요. 성공하면 장협이 정말 우리를 다시 기용할까요?"

기만의 눈길에는 다시 지난날처럼 활개 치고 살아 보았으면 하는 바람이 담겨 있었다.

"글쎄……."

뇌도가 말을 하려다 말고 그만두었다. 처음과 달리 마음이 혼란스러웠다. 처음엔 이판사판 담덕과 장협을 둘 다 죽게 만들면 더는 원이 없겠다고 생각했다. 그런데 막상 장협이 호응해 오자, 다시 옛날처럼 권력을 휘두르며 살고 싶은 욕망이 꿈틀거렸다. 그러나 찬찬히 생각해보면 결코 장협이 그의 말을 들어줄 것으로 보이지 않았다. 그런데도 그렇게 해주었으면 하는 소망이 연기처럼 솟는 것이었다.

"이번에 만나 보면 알 수 있겠지. 허나 장협을 너무 믿어서는 안 될 것이야. 그러다간 큰코다칠 수 있어."

기만에게보다는 자기 자신의 마음을 다지기 위한 뇌도의 말이었다. 그런데도 기만은 희망을 버리지 않았다. 그들이 살길은 오직 장협이 요구 조건을 들어주는 것밖에 다른 방책이 없었다.

"그래도 장협이 약조한 것을 지켜주기만 한다면 이제 이 생활도 곧 끝나겠지요."

"이 사람이 그래도……. 그것은 그만 생각하고 은밀히 사람을 모아 보게나."

"알겠습니다."

다음 날 기만이 먼저 집을 나섰다. 예전부터 휘하에 있던 애들을 찾는다면 사람 모으는 것은 별로 어렵지 않게 해결할 수 있었다.

뇌도도 어스름하게 어둠이 깔리기를 기다려 몸을 움직였다. 장협을 찾기 위해서였다. 그의 머릿속은 복잡하기만 했다.

'정말 다시 기용해 줄까? 아니야. 그놈이 어떤 놈인데 그렇게 해줄 리가 있겠어?'

절대 믿어서는 안 되는 놈이라고 스스로 다짐하는데도, 여전히 다시 기용만 해준다면 얼마나 좋을까 하는 미련이 머리에서 떠나지 않았다. 옛날의 화려했던 모습이 계속 눈앞에 어른거렸다.

혼란스러운 생각을 정리하지 못한 채 그는 장협의 뜰에 몰래 잠입하였다. 어쨌든 오늘 만나보고 나서 판단을 내려야 했다.

그가 뜰로 들어섰는데 지난번과는 달리 장협이 보이지 않았다. 인기척 하나 없고 적막감이 감돌았다. 그는 숨을 죽이며 주의 깊게 뜰을 살폈다. 장협은 분명 없었다. 혹 그가 딴마음을 먹고 있는 것이 아닌가 하는 생각에 초조해지기 시작했다. 바로 그때 갑자기 옆에서 말하는 소리가 들렸다.

"뇌도 장군인가?"

뇌도는 깜짝 놀랐다.

"그렇소만."

"대인께서 기다리고 있으니 나를 따라오오."

어둠 속에서 한 사람의 인형이 모습을 드러내며 얘기하는 말이었다. 그런데 그의 말은 거의 반말 투에 가까웠다.

뇌도는 거만하게 얘기하며 앞장서서 안내하는 자를 유심히 살펴보았다. 유연한 몸매에 흑의를 걸치고 날렵하게 걸어가는 모습에서 무예가 절정의 경지에 이르렀음이 절로 묻어났다.

뇌도는 이자가 접근해 오는 것을 알아채지 못했다는 것에 심히 당황스러워하고 있었다. 자기도 무술이라면 자신하는 사람이었다. 그런데 이자의 무공이 어느 경지에 이르렀는가를 도대체 가늠할 수 없어 두려움마저 엄습해 왔다. 장협의 수하에 이런 무공을 가진 자가 있다는 것에 돌연 경계심이 솟구쳤다.

뇌도가 섬뜩한 느낌을 지우지 못하며 따라갔는데, 그자는 어느 방문 앞에 이르자 안쪽을 향해 여쭈었다.

"대인! 뇌도 장군을 데려왔소이다."

"들여보내시오."

"들어가 보오."

뇌도는 그자를 다시 한번 훑어보며 안으로 들어갔다. 장협이 술상 앞에 앉아 기다리고 있었다. 진수성찬으로 차려진 술상을 얼마 만에 맞이하는지 까마득했다. 뇌도는 자기도 모르게 마음이 들떴다.

"자리에 앉게나."

"무슨 좋은 소식이라도……."

뇌도의 질문에는 대답하지 않고 장협이 술잔을 권했다.

"자, 우선 한잔 받게나."

"황공하옵니다."

"우리는 이제 생사고락을 같이하는 사람일세. 그렇지 않은가?"

장협이 속셈을 완전히 내비친 말이었다.

"대인 어른께서 그리 말씀하시니 황공할 뿐이옵니다."

"그래! 준비는 잘 되고 있는가?"

"걱정하지 마시옵소서."

"자네의 어깨에 우리의 생사가 달려 있네."

"잘 알고 있사옵니다."

"조만간 좋은 소식이 있을 것일세."

"그렇다면……. 참으로 바라던 바가 이제 풀리는가 보옵니다. 그런데……."

"무슨 어려운 일이 있는가?"

"지난번 약조한 바는 꼭 지켜주는 것이지요."

뇌도가 다시 한번 확약을 받고자 말을 꺼냈다. 그러자 장협이 혀를 끌끌 찼다.

"쯧쯧쯧, 사내대장부가 한번 약조를 했으면 지키는 것이지, 다른 무엇이 더 있겠는가? 내 그래서 자네를 이리 부른 것이 아닌가? 믿지 못하겠다면 지금이라도 떠나게. 내 다시 한번 약조하건만, 그건 걱정하지 않아도 되네. 하늘이 두 쪽 나도 지킬 것이니까."

장협의 말과 행동은 과장되었다. 서로를 믿지 못하는 것이야 피장파장이었다. 그런 만큼 달콤한 말로 약속해 주어야 배신하지 않을 것이었다.

"알겠사옵니다. 더는 묻지 않을 것이옵니다. 이제부터 이 몸 대인 어른만 믿고 기꺼이 한목숨 바칠 것이옵니다."

머리를 조아리는 뇌도의 모습을 보는 장협의 입가에는 일순간 비웃음이 흘러나왔다. 산해진미가 눈앞에 어른거리는 모양인데, 어림도 없다는 생각에서였다. 하지만 자기를 위해 희생해 주어야 하기에 다독거리는 말로 다시 얼렀다.

"고맙네. 내 약조했으니 이제 그런 얘기는 더는 꺼내지 말게나. 그리 못 믿고서야 어찌 대업을 달성할 수 있겠는가? 그럴 바에는 아예 처음부터 안 하는 것만 못하지."

"알겠사옵니다. 어떤 분부든지 내리시기만 한다면 따를 것이옵니다. 하명하시옵소서."

"그럼 내 단도직입적으로 말하겠네. 대왕께서 국동대혈로 가는 것을 알아냈네. 오골승만 대동하고 갈 것이 분명하니, 그때를 노리면 될 것 같네만……."

담덕은 틈틈이 국동대혈을 찾곤 했다. 하지만 그 날짜는 비밀이었고 확실하지 않았다. 그런데 어쩐 일인지 담덕이 국동대혈을 조만간 찾는다는 소리가 새어 나왔고, 장협이 이를 알아낸 것이다.

"그때가 언제이옵니까?"

"그게 문제란 말일세."

장협이 곤혹스러운 표정에 뇌도가 다시 긴장하며 여쭈었다.

"그럼 알아내지 못했다는 말씀이옵니까?"

"알아낼 수는 있겠는데 시간이 문제란 말이네."

"시간이 문제라니요?"

"대왕께서 어디 출타한다고 미리 말씀하시겠는가? 그러니 출타할 때 알 것이라는 말이지. 시간을 맞추기가 어렵다는 뜻이네."

"그렇다면 염려하지 않으셔도 될 것이옵니다. 국동대혈로 가는 것만 분명하다면 미리 그곳에서 잠복하고 있으면 될 것이옵니다."

"정말 그리해 주겠는가?"

"물론이옵니다. 한번 칼을 뽑은 이상 끝장을 봐야지요."

"장하네. 내 성공한다면 자네의 공을 절대 잊지 않을 것일세. 그러면 내가 도와줄 것은 없겠는가?"

뇌도는 순간적으로 군사를 조달받고 싶었다. 그러나 장협과 한배를 타기로 한 이상 확실하게 충성심을 보여주는 것이 더 중요했다. 어차피 몇 명쯤 지원받아서야 별반 도움이 안 될 것이고, 대군을 지원받는다면 은밀하게 일을 추진하는 데 방해되었다. 그럴 바에는 차라리 확실하게 공을 독차지하는 것이 나았다.

"없사옵니다. 그 날짜만 알려주시고 소식만 기다리시옵소서."

"그 배짱이 참 맘에 드는구먼. 모름지기 일을 벌이려면 그리해야지. 그러나 상대가 상대이니만큼 내가 병사를 일부 보내줄 터이니, 그들과 협력해서 처리하길 바라네."

"그리만 해 주신다면 일이 훨씬 수월하게 해결될 것이옵니다."

"자! 그럼 성공을 비는 의미에서 한잔하게나."

장협이 다시 뇌도에게 술을 따라주었다. 뇌도는 정중하게 예를 갖춰 술잔을 받아마셨다. 그런 다음 조심스럽게 입을 열었다.

"대인께 하나 여쭤봐도 될는지요?"

"말해 보게."

뇌도는 장협의 수하 중에 무술이 대단한 자가 있다는 게 계속 마음에 걸렸다. 그자는 지금껏 듣도 보도 못한 자였다.

"조금 전에 저를 이곳으로 안내해 준 자가 누구이온지……."

"대자무를 말하는 모양인데 나중에 차차 다 알게 될 것이네."

"그 사람의 무예가 대단한 것 같아서 드리는 말씀이옵니다만……."

"아마 둘째가라면 서러워할 사람일 걸세. 그 얘기는 다음에 하기로 하고 오늘은 술이나 한잔하세."

장협이 더 이상 거론하지 말라는 듯 잘라 말했다.

사실 장협이 담덕을 암살하기로 결심한 것은 뇌도 때문이 아니었다. 뇌도를 곧장 체포하지 않고 그와 관계를 맺은 것이 계기가 되긴 했지만, 담덕을 죽일 수 있다는 확신이 들지 않았다. 그건 곧 죽음이고 일가의 몰락이었다.

장협은 대세를 관망하며 아무래도 그의 시대는 끝났다는 결론에 도달했다. 하지만 그럴수록 한번 권력을 맛보려는 야심이 더욱 끈질기게 꿈틀거렸다. 그러던 중 대자무의 소식을 듣게 되었다. 그래서 그자를 데려와 무술을 확인했는데 대단한 경지였다. 그런 경지라면 능히 성공시킬 수 있다는 확신이 들었다. 대자무는 그의 마지막 비책이기에 뇌도가 묻는 것을 허용치 않았다.

뇌도는 대자무라는 자로 인해 심기가 거슬렸지만, 장협이 더 이상 얘기를 하지 않으니 그저 가슴에 담고 술을 마셨다.

뇌도는 장협과 헤어진 이후로 은밀히 국동대혈로 가는 길목을 샅샅이 살폈다.

겨울의 초입에 들어선 산자락의 나뭇가지는 자신의 잎사귀를 땅에 떨어뜨리고 있었다. 국동대혈로 올라가는 산 입구도 제법 휜하게 그 모습을 드러냈다. 벌거숭이 나무 사이로 제법 경치가 시원스레 눈에 띄었다. 그러나 뇌도는 그런 것에 신경을 쓸 여유가 없었다.

마침내 그의 시선이 한 곳에 머물렀다. 갑자기 좁은 길목이 백 보는 족히 이어져 있었다. 국동대혈로 오르려면 반드시 지나쳐야 했다. 멀리서도 일거수일투족을 확실하게 파악할 수 있었다. 만약 이곳에서 포위 공격해 습격한다면 천하 무공을 가진 사람이라도 빠져나오기 힘든 협곡이었다. 이곳을 지나칠 때 습격하면 성공은 확실해 보였다. 벌써 뇌도의 눈앞에는 암기에 맞아 쓰러지는 담덕의 모습이 선하게 보였다.

뇌도는 그 길로 곧장 기만을 만났다. 기만은 벌써 무예로 단련된 무사들을 십여 명 정도 선별해 놓은 상태였다. 이들과 장협이 보내준 무장병들을 합친다면 승산은 확실해 보였다.

뇌도는 우선 파수꾼 둘을 두어 서로 교대로 국동대혈의 길목을 살피도록 조치하였다. 또 십여 명의 무인들에게 변장하게 한 다음 국동대혈의 입구로 곧장 달려갈 수 있는 거리에 대기토록 하였다. 그리고 장협에게 지금까지의 상황을 보고한 다음 군사를 요청했다. 장협은 십여 명의 무장병들을 즉각 보내주었다.

뇌도는 이들을 미리 대기하고 있던 무장병들과 합류시켰다. 그리고 담덕이 나타나기를 기다렸다. 하루 이틀 기다림의 연속이었다.

태양은 그런 속에서도 어김없이 하늘 높이 떠올랐다. 그러던 어느 날 태양이 중천에서 조금씩 기울어져 갈 무렵, 그들이 은거하고 있는 곳으로 장협 측에서 보낸 연락병이 다급하게 뛰어왔다.

"무슨 일이요?"

"대왕께서 황성을 떠나 이리로 향하고 있다는 전갈입니다."

"알았소이다. 대인 어른께 좋은 소식을 기다리고 계시라고 전해 주구려."

"그리 전하겠습니다. 그럼 이만……."

연락병은 곧바로 자리를 떴다. 뇌도는 무장병들을 향해 입을 열었다.

"드디어 우리가 기다린 날이 다가왔다. 오늘 일만 성공시킨다면 큰 상이 내려질 것이며, 앞으로 출세가 보장될 것이다. 모두들 만반의 준비는 다 되었겠지?"

"물론이옵니다."

"자, 그럼 출발하자!"

뇌도는 무장병들과 함께 미리 봐두었던 곳으로 곧바로 향했다. 그런데 미처 다 가기도 전에 한 명의 파수꾼이 뇌도를 알아보고 급히 뛰어왔다.

"대왕이 이곳을 지나치는 것을 보았느냐?"

"예! 조금 전에 국동대혈로 올라가는 것을 목격했습니다."

"분명 대왕 폐하가 틀림이 없으렷다?"

"이 두 눈으로 똑똑히 보았으니 맞을 것입니다."

"따르는 사람은 몇 사람이었느냐?"

"한 사람밖에 없었습니다."

"한 사람이라……. 대왕도 오늘로써 제명을 다했군."

"그런데 이상한 것은……."

"뭐가 이상하다는 것이냐?"

"대왕 폐하가 그곳을 지나기 전에 십여 명의 말을 탄 무리가 국동대혈의 입구를 지나 사라지는 것을 보았습니다."

"뭐라고? 그들의 차림새가 어떠하더냐? 혹시 대왕을 수행하는 사람들과 관계되는 것처럼 보이지는 않더냐?"

"평복 차림인 데다 국동대혈을 지나치는 것으로 보아 그런 것 같지는 않았습니다만, 정확히는 모르겠습니다. 그 외에는 별다른 상황은 없었습니다."

뇌도는 망설여졌다. 만에 하나 사라진 무리들이 담덕의 진영에서 모종의 행동을 취한 것이라면 기습작전은 수포로 끝날 수밖에 없었다. 그렇다고 지금 상황에서 그들 일행이라고 단정 지을 수도 없었다. 더욱이 이 절호의 기회를 놓칠 수 없었다. 그는 일단 그곳에 잠복해 있다가 상황을 보아가며 결정하기로 판단했다.

"일단 가서 잠복한 다음, 상황을 보아 결정할 것이다. 빨리 움직여라."

뇌도의 지시에 무장병이 다급하게 움직였다. 한 시각쯤 걸려 미리 봐두었던 곳에 도착하니, 또 한 명의 파수꾼이 기다리고 있었다.

"지금까지 별다른 움직임은 없었느냐?"

"대왕께서 이곳을 지나간 이후로는 아무도 이곳을 지나치는 사람은 없었습니다."

"사라진 무리들의 움직임도 없고……."

"물론이옵니다. 개미 새끼 하나 얼씬거리지 않았습니다."

뇌도는 우연스럽게 지나간 무리를 보고 지나치게 과민한 것이 아닌가 생각하면서도 경계심을 늦추지 않았다.

"지금 즉시 양편으로 나뉘어 보이지 않도록 모두 몸을 숨기고, 내 명이 있을 때까지 절대 움직이지 마라."

작지만 살의가 번뜩이는 뇌도의 명이었다. 그의 눈가에는 살기가 어른거렸다. 신세를 망친 원수이기도 하고, 앞으로 출세를 위해서도 반드시 없애야 할 대상이었다.

긴장된 가운데 무장병들이 뇌도의 지시에 따라 재빨리 움직였다. 순식간에 이들의 모습은 온데간데없이 사라졌다. 모두 무예가 뛰어난 고수들이었다.

하나같이 수북이 떨어진 잎사귀로 몸을 위장하며 산 입구를 주시했다. 살기를 내뿜은 눈동자가 협곡을 주시하자, 그곳은 적막감이 감돌았고 죽음의 냄새가 짙게 풍겨 나왔다.

이윽고 국동대혈 쪽에서 말 두 필이 내려오는 소리가 들리는가 싶더니 잠시 끊기였다. 국동대혈 쪽으로 시선이 모아졌다. 다시 말 두 필이 내려오는 소리가 들렸다.

훤히 보이는 곳에 두 사람의 모습이 확연히 드러났다. 그들의 몸짓과 행동을 보아하니 담덕과 오골승임이 분명했다. 그들 주위에는 아무도 없었다. 전격적인 기습 공격을 감행한다면 두 사람 정도 처리하는 것이야 식은 죽 먹기였다.

담덕 일행은 아무런 눈치도 채지 못한 것 같았다. 다만 담덕은 태평하게 손에 소나무 가지 같은 것을 들고서 내려오고 있었다. 왜 저것을 들고 올까 이상하게 여기면서도 뇌도는 조금만 더 접근하기를 기다렸다. 그 시간은 얼마 되지도 않았지만 뇌도에게는 몇 시간이 흘러가는 것처럼 느껴졌다. 조금만 더 다가서면 포위망에 걸려들게 되어 있었다.

담덕은 심기가 불편하거나 복잡한 문제가 생길 때 자주 국동대혈을 찾았다. 오늘도 그곳에서 새롭게 마음을 다지고 내려오는 중이었다. 국동대혈은 그에게 천지의 기운을 내려주며 힘을 북돋워 주는 힘의 원천이었다.

이번에 고구려 귀족들은 황족 출신 만고에 대한 파직 조처에 많은 불만을 드러내고 있었다. 참으로 애석한 일이었다. 귀족들의 입장에서 볼 때 이해할 수 있는 일이기도 했다. 지금까지 누려온 기득권을 잃지나 않을까 걱정하는 모양이었다. 만백성이 행복한 삶을 누리게 하려는 그의 마음을 몰라주는 것이 야속하기도 했다.

홍익인간을 내세우며 그것을 통치이념으로 선포한 이상, 그로서도 더 이상 어찌해 볼 수 없었다. 단지 인내하면서 홍익인간의 이념이 실현되는 천손의 나라를 건설하기 위해 묵묵히 밀고 가는 것밖에 다른 길이 없었다.

그는 국동대혈에서 모든 단군족이 행복하게 사는 세상을 만들 힘을 달라고, 그리고 자기 손으로 다른 사람을 내치는 일이 없게 해 달라고 빌었다. 그도 새로운 시대의 흐름에 함께하지 못하는 사람들을 내치지 않고 함께 갈 수 있는지에 대해서는 확신이 들지 않았다.

힘이 있으니 내치기는 쉬운 일이었다. 그러나 그렇게 해서는 모든 단군족을 화합의 길로 이끌 수 없었다. 만년대계를 위해서는 인내하고 또 인내해야 했다. 이것이 그가 할 수 있는 최선의 길이었다.

모두루를 숙신 원정에 보내며 불만 세력을 적대하지 말도록 한 것은 그의 말이 틀려서라기보다는 위험을 무릅쓰고라도 믿음을 보여주고 싶어서였다. 사람에게 제일 힘든 것이 있다면 그건 바로 믿음을 안겨주는 것이었다.

담덕은 심사가 편치 못했지만, 내부 분열을 막고자 국동대혈에서 인내의 의지를 다졌다. 흔들리는 마음을 다잡아주도록 기원했다. 그리고 황성으로 돌아가기 위해 오골승과 함께 국동대혈의 입구로 내려오는 중이었다. 그런데 협곡 쪽에서 살기가 짙게 묻어 나왔다.

협곡을 주의 깊게 살펴보니 포위망에 걸려들면 빠져나오기 힘든 곳이었다. 제일 막기 힘든 것이 바로 암기와 화살 공격이었다. 그는 이상한 기미를 느끼며 잎사귀가 많이 달린 소나무 가지를 꺾어 들고 다시 말을 몰았다.

제발 기우이기를 바랐다. 사정권 안으로 들어서는 것이 조금은 망설여졌으나 애써 모른 체하며 나아갔다. 믿음을 주려면 끝까지 믿음을 줘야 한다는 생각이었다. 나머지는 하늘에 맡길 일이었다.

하지만 하늘은 무심했다. 그는 벌써 사거리권에 들어서면서 자신을 겨냥하는 자들의 미세한 미동 소리를 감지했다. 그의 동작은 화살보다도 더 빨리 움직였다.

"암기요. 조심하시오."

담덕이 외침과 동시에 무섭게 쏟아지는 암기와 화살을 손에 든 소나무 가지로 막아냈다. 그리고 미처 방비하지 못한 오골승 앞으로 나서며 암기와 화살을 제지했다. 그러나 그것은 멈추지 않고 계속해서 빗발치듯 날아들었다.

미처 다 막지 못한 암기에 백마가 쓰러지자 담덕이 몸을 날려 땅에 내려섰다. 오골승도 말에서 내려 몸으로 담덕을 가리며 암기를 막았다.

"대왕 폐하! 소신을 따르시옵소서."

오골승은 암기와 화살을 막으면서 앞으로 뛰었다. 담덕도 그 뒤를 따랐다. 그러나 그 앞에는 벌써 무장병들이 가로막고 있었다.

담덕과 오골승이 주춤했다. 그러는 동안 뒤쪽에서도 무장병들이 몰려나왔다. 완전히 포위망에 걸려든 것이었다.

"웬 놈들이냐?"

오골승이 외쳤다.

"용케도 피했구나! 그러나 여기서 살아 돌아갈 수는 없다."

"감히 겁도 없구나. 목숨만은 살려 줄 것이니 어서 길을 비키지 못할까?"

"곧 황천길로 갈 자가 뭐 그리 말이 많으냐?"

"이런 것들이 어디 감히 무엄하게도 대왕 폐하 앞에서…….

목숨이 아깝지 않은 모양이구나. 대왕 폐하! 뒤로 물러나 계시옵소서."

오골승이 칼을 치켜들었다.

"저자부터 요절내도록 하라!"

뇌도의 지시에 무장병들이 오골승에게 대거 달려들었다. 육중한 몸에서 흘러나온 검기로 오골승의 칼이 춤을 추었다.

그들은 처음엔 오골승에게 쉽게 접근하지 못했다. 그러나 이들 또한 하나같이 고수들인지라 점차 오골승의 칼끝이 무디어지기 시작했다. 필사적인 대항에도 수십 명이 한꺼번에 달려드는 통에 그의 몸은 벌써 여러 곳에 상처를 입었다.

"멈춰라!"

어찌나 추상같은 목소리였는지 싸움을 하던 무장병들이 자기도 모르게 공격을 멈추었다.

"내 너희들에게 원한을 진 적이 없거늘 왜 나를 해하려 드느냐?"

담덕의 불호령에 어느 누구도 감히 대답하지 못했다. 뇌도도 잠시 넋이 나가 버렸다. 그러나 재빨리 정신을 가다듬었다.

"원한을 진 적이 없다니……. 나는 뇌도다. 지난날의 치욕을 갚고자 왔다."

"네가 뇌도란 말이지? 아직도 죄를 뉘우치지 못하고 있는 걸 보니 참으로 한심한 놈이로구나."

"구천을 앞에 두고 말이 많다!"

"네 스스로 이 일을 꾸미지는 못했을 터, 너에게 이런 짓을 사주한 자가 누구이더냐?"

"그것은 알아서 무엇 하느냐? 하기야 이제 죽을 목숨이니 정히 알고 싶다면 말해 주겠다. 알고는 죽어야 원통하지 않겠지! 바로 장협 대인이다."

담덕의 눈동자가 일그러졌다.

"내 이 용광검에 피를 묻히고 싶지 않구나. 그러니 고이 물러가라. 목숨만은 살려주겠다."

"허-허-허! 그깟 용광검으로 우리를 협박하겠다는 것이냐?"

"뇌도야!"

다시 한번 하늘의 뇌성 같은 소리가 계곡으로 울려 퍼졌다.

"대왕 폐하! 뒤로 물러나 계시옵소서. 소신이 처리하겠사옵니다."

"물러나시게!"

담덕이 무장병들을 향해 성큼성큼 다가갔다. 그러자 그들이 주춤거리며 슬금슬금 뒤로 물러났다.

"물러서지 마라!"

뇌도가 소리치자 무장병들이 다시 싸울 태세를 취했다.

"저놈을 죽이는 자에겐 특별히 장협 대인이 큰 상을 내리실 것이다."

"비켜서는 자 목숨만은 살려 주겠다."

"그 유명한 용광검이 어떤지 오늘 한번 내 눈으로 봐야겠다.

자! 모두 공격하라!”

뇌도가 칼을 휘두르며 공격하자 나머지도 일제히 칼날을 뻗었다. 그러자 담덕의 몸이 하늘로 치솟음과 동시에 용광검이 광채를 내뿜었다.

번뜩이는 칼날이 번개처럼 수십 수백 수천의 빛줄기를 내뿜으며 용광검의 검기가 주위를 순식간에 휩쓸었다. 처음에는 몇 번의 칼날이 부딪치는가 했더니 용광검의 칼날이 그들을 향해 날아갔다.

용광검과 부딪친 칼날은 그대로 두 동강 났고 벌써 여러 명이 나뒹굴었다. 용광검으로 펼쳐지는 단군검법은 그 어떤 것이라도 무용지물로 만들었다. 용광검을 가로막는 칼날은 가차 없이 부러지거나 산산조각이 나버렸다. 대하의 물줄기가 모든 것을 삼켜버리고 휩쓸어버리는 격이었다.

뇌도는 용광검의 검기에 눈조차 제대로 뜰 수 없었다. 그가 그토록 자랑해 마지않는 회오리검법은 단군검법 앞에 한 줄기 바람도 일으키지 못했다. 그는 벌써 용광검의 칼날에 어깻죽지에 깊은 상처를 입었다. 뇌도는 도저히 안 되겠다고 여기며 어깨를 감싸 쥐고 냅다 뛰었다.

담덕은 이들이 도망가는 것을 그대로 지켜보았다. 그런데 이들이 도주한 방향에서 조금 전보다 두서너 배 많은 일단의 흑의 무사들과 군사들이 몰려오고 있었다.

담덕은 다가오는 군사들이 어떤 군사들인가 살펴보았다. 그런데 조금 전에 상처 입고 도망친 무장병들이 그들과 합세해 다시 이쪽으로 몰려오고 있었다. 그를 해하기 위한 군사들임이 분명했다. 그것을 본 오골승이 담덕에게 다급하게 소리쳤다.

"대왕 폐하! 이곳은 소신이 막겠사옵니다. 어서 여기를 피하시옵소서."

오골승은 많은 피를 흘리고 있었다. 담덕은 피하려는 생각도 하지 않고 바라보기만 했다.

"대왕 폐하! 어서 피하시옵소서."

오골승이 다시 담덕을 재촉했다. 그러나 담덕은 여전히 그 자리에 우뚝 서서 움직이려 하지 않았다. 피 묻은 용광검을 불끈 쥔 그의 모습에서 그가 얼마나 분노에 치를 떨고 있는지 드러낼 뿐이었다.

46

부살바는 십여 명의 군사들을 대동하고 말을 탄 채 산비탈을 내달렸다. 국동대혈의 입구 반대편 쪽 언덕 위에서 자객들이 나타나 대왕을 해하기 위해 암기와 화살을 쏘아대며 달려드는 것을 보았던 것이다.

아연실색한 부살바는 급하다 못해 애가 탔다. 촌각이 아쉬웠다. 만에 하나 조금만 삐끗해도 대왕의 생사가 엇갈리는 상황이었다.

"대왕 폐하를 결사 보위하라."

부살바가 내달리는 말에 채찍을 가하며 병사들에게 명령했다. 병사들은 그의 명령에 번개같이 대왕을 향해 움직였다. 그런데도 그가 보기엔 그런 행동도 굼뜨게만 보였다.

"더 빨리빨리!"

제대로 말할 짬도 없었다. 당도할 때까지 제발 무사하시기만을 바라는 마음이었다.

부살바가 국동대혈의 입구 반대편 쪽에 십여 명의 군사들과 함께 평복으로 갈아입고 대기한 것은 혜성의 계책이었다.

혜성은 모두루가 숙신 원정을 떠난 이후 대왕의 안위에 온 신경을 곤두세웠다. 모두루가 숙신을 징벌하고 오는 동안 아무 탈 없이 지나가기를 바랐다. 이 기간을 잘 넘기기만 하면 시대의 흐름이 순리대로 흘러갈 것이었다. 그동안이 마지막 고비였다.

그동안 국성을 책임지고 경비하고 감시했던 모두루가 원정을 떠나고 없으니 허점이 생길 수 있었다. 그러나 그게 문제의 본질이 아니었다.

군사로 따진다면 왕당군을 이끌고 있는 부살바 사마도 있고, 황실 수비를 담당하는 창기 장군도 있었다. 그들만으로도 국성의 방비를 튼튼히 할 수 있었다. 그런데 모두루를 숙신 원정길에 나서게 한 것은 고구려대제국의 원대한 꿈도 들어 있었지만, 내부

적으로는 불만 세력을 무력으로 치지도 말고, 경계도 하지 말라는 대왕의 뜻이 담겨 있었다. 그러니 적대세력이 일을 꾸민다면 이 기회를 노릴 것이 분명했다.

대왕은 스스로의 안위가 걱정스러운데도 이에 개의치 않고 여전히 평시처럼 행동했다. 혜성은 대왕께서 황궁 밖으로 나서실 때는 즉각 보고토록 하며 만전을 기했다. 왕당군의 군사들에게는 언제든지 출동할 수 있도록 긴급 대기령을 하달해 두었다.

혜성은 한 치의 빈틈도 없이 만전을 기하면서 제발 아무 사고 없이 지나가기를 기원했다. 싸움으로 종결짓기보다는 시간이 조금 걸리더라도 서로의 마음이 화합되기를 바랐다. 이것이 대왕의 뜻이기도 했다. 하지만 그의 뜻과는 무관하게 일은 흘러가고 있었다.

그와 부살바가 사태의 진전을 예의 주시하는 가운데 갑자기 황궁에서 연락병이 다급하게 달려와 보고했다.

"대왕 폐하께서 황궁을 나서시려 하옵니다."

"뭐라고?"

하필 이런 때 황궁을 나가시는지 그 이유를 알 수가 없었다. 황궁을 벗어나지만 않는다면 별 사고 없이 지나갈 수 있을 거라 여기고 있었다. 이내 혜성이 다시 차분하게 되물었다.

"목적지가 어딘지는 알고 있느냐?"

"국동대혈인 것 같사옵니다."

"국동대혈이라고?"

혜성의 난감한 표정에 부살바가 되물었다.

"뭐 짚이는 것이라도 있소이까?"

"국동대혈이라면……. 결코 좋지가 않아요. 그 입구 쪽에 협곡이 있지 않습니까? 누군가 만약 일을 꾸미려고 한다면 결단코 그곳을 그냥 지나치지 않을 것이니 말이오."

"그렇다면 이거 큰일 아닙니까? 아무 일도 일어나지 않을 수 있겠지만, 만일의 경우를 생각한다면 이러고 있을 상황이 아니지 않습니까?"

혜성이 사태를 정확히 파악할 요량으로 다시 연락병에게 침착한 어조로 물었다.

"국동대혈로 가는 것을 우리 말고 또 아는 사람이 있느냐?"

"황성 수비대부장 양기 장수가 알 것이옵니다. 그 외에는 아마 모를 것이옵니다."

"뭐 양기가 안다고……."

국동대혈의 입구도 별로 안 좋다고 생각했는데, 장협의 심복인 양기가 알았다는 말을 들으니 보통 심각한 문제가 아니었다. 장협에게 칼자루를 쥐여 준 것이나 다름없었다. 지금의 상황에서 위해를 가하려고 마음먹은 세력이 있다면 장협 측일 가능성이 가장 높았다.

"그 사람이 그걸 어찌 안단 말이냐?"

"대왕 폐하께서 국동대혈로 나가려다가 황성 수비대 부장을 보고 넌지시 알려주었사옵니다."

혜성은 뒤통수를 얻어맞은 기분이었다. 그가 장협의 심복임을 알고 계실 텐데, 대왕께서는 어째서 그런 중대한 기밀을 알려 주셨을까? 그 답은 명확하게 나왔다. 대왕께서는 장협 측의 사람들을 믿고 있음을 몸으로 보여주시려는 것 같았다.

"즉시 양기가 자리를 뜨거나 이상한 행동을 하는지 확인하여 보고토록 하라!"

"알겠사옵니다."

연락병이 즉시 자리를 떴고, 혜성이 다급한 목소리로 부살바에게 얘기했다. 그의 몸은 사뭇 떨리고 있었다.

"상황이 심각하게 돌아갈 것 같소이다. 아무래도 대비해야 하겠소이다. 이게 기우로 끝났으면 좋겠는데……."

"그러게 말입니다. 그런데 왜 대왕 폐하께서는 양기에게 목적지를 알려 주었을까요? 그 점이 의문이 듭니다만……."

"글쎄요. 대왕 폐하께서는 아마 장협에게 여전히 적대하지 않는다는 것을 몸으로 보이시려는 것 같소이다. 그렇지 않다면야 그리할 이유가 없지 않소이까?"

"좋게 받아들인다면 상관없겠으나 만약 이용하기라도 한다면……."

"모두루 장군이 말한 대로 바로 그게 문제지요. 즉각 대책을 세워야 하겠는데……."

"대책이라면 미리 국동대혈의 입구 쪽을 우리가 장악하고 있으면 되지 않겠소이까?"

"그게…… 그러나 그렇게 되어야…… 하지만……."

뭔가 걸리는 부분이 있는지 혜성의 말이 분명하지 못했다.

"미리 장악하는 것이 무슨 문제라도……."

"대왕 폐하께서는 적대하지 않음을 보이시려고 하는데, 우리가 그 뜻을 어기고 그곳에 군사를 풀 수도 없고……. 그렇다고 만일의 경우를 생각한다면 대왕 폐하의 신변을 무방비 상태로 방치할 수도 없고……."

"그러면 몰래 잠복해 있자는……."

"그렇소. 양기가 알고 있다고 하니 지체할 수가 없게 되었소이다. 대왕 폐하가 오르시기 전에 먼저 당도해 준비해야 할 것입니다."

"알겠소. 지금 당장 출발하도록 하겠소. 나머지 뒷일은 혜성 중외대부가 처리해 주시구려."

부살바는 그 길로 정예 군사 십여 명을 차출해 평복으로 위장시킨 다음, 곧장 말을 달려 국동대혈의 입구를 지나 맞은편에 잠복했다. 그런 후 한 시각도 안 되어 대왕과 오골승이 국동대혈의 입구 쪽으로 오더니 위로 올라갔다. 무슨 수상한 기미가 있는지 주변을 살폈으나 별다른 움직임은 없었다.

아무래도 너무 과민하게 반응한 것 같았다. 지금까지 대왕께서 이룩하신 업적만 놓고 보더라도, 혹 불만이 있다손 치더라도 해치려는 마음까지는 품을 수 없는 일이었다. 더욱이 믿음을 보여주기 위해 국성 수비대장으로 하여금 숙신 원정을 단행하게 한 상태였다.

괜한 걱정을 하고 있다고 여기는 찰나에, 갑자기 기십 명의 무리가 국동대혈의 입구 협곡 양편으로 은밀히 사라지는 것이 눈에 띄었다. 그 순간 머리가 쭈뼛 섰다. 콩알처럼 조그마해진 심장이 쿵쿵 뛰었다. 이처럼 긴장해 보기는 난생처음 있는 일이었다.

"모두들 즉각 달려갈 태세를 갖추어라!"

부살바가 군사들에게 지시하며 숨을 죽이고 그곳을 주시했다. 그들은 어디로 깊숙하게 모습을 숨겼는지 전혀 보이지 않았다.

긴장의 끈을 늦추지 않고 계속 응시하는 중에, 마침내 담덕이 이런 상태를 전혀 눈치채지 못한 듯, 손에 솔가지를 들고 오골승과 함께 유유히 말을 타고 내려왔다. 범의 아가리로 들어가는 대왕을 보고 있자니 가슴이 타 버릴 것만 같았다.

'대왕 폐하! 그곳은 함정이옵니다. 가지 마시옵소서.'

부살바의 가슴속은 이렇게 외치고 있었다. 그러나 부르르 떨기만 할 뿐 소리가 나오질 않았다. 해할 의도가 있는 것인지, 있다면 그자들이 누구인지를 확인해야 했다. 그들이 움직일 때까지 참고 기다려야 했다.

그의 두 손은 땀으로 흠뻑 젖어 들었다. 제발 아무 일도 일어나지 않기를 마음속으로 빌었다. 그러나 헛된 망상을 비웃기라도 하듯 대왕을 향해 암기와 화살이 빗발치듯 쏟아졌다. 그 순간 그는 벌떡 일어나 군사들을 향해 대왕을 결사 보위할 것을 명하고 선참으로 달려 나갔다.

부살바가 말에 채찍을 가하며 산비탈을 내달아 대왕을 향해 달리는데, 벌써 그들 간에는 혼전이 벌어지고 있었다.

"게 물러서지 못할까!"

부살바가 고함을 지르며 말을 달렸다. 그러나 벌써 대왕의 용광검에 혼쭐 난 복병이 달아나고 있었다. 그런데 다시 보니 더 많은 무리가 다시 몰려오고 있었다.

"대왕 폐하!"

부살바가 부르는 큰 소리에 담덕이 되돌아오는 일단의 무리들을 보다가 그쪽으로 고개를 돌렸다.

"대왕 폐하! 부살바이옵니다. 이제 걱정하지 마시옵소서. 소신이 보위할 것이옵니다."

"흥! 그까짓 수로 우리를 막겠다고, 어림도 없는 소리."

부살바가 얘기하는 동안 벌써 몰려온 무리들 중 흑의 차림의 우두머리가 비꼬며 하는 말이었다.

"부관은 대왕 폐하를 결사 보위하고, 나머지는 나를 따르라!"

부살바의 명령에 부관이 네다섯 명의 병사로 하여금 담덕과 오골승의 주위를 에워싸도록 지시했다. 나머지 군사들은 부살바를 따랐다. 부살바가 몰려온 복병들과 흑의의 무리들을 향해 외쳤다.

"네놈들은 뭐 하는 놈들이냐?"

"나는 대자무라고 한다. 대왕을 제거하려고 왔을 뿐 다른 놈들에겐 관심이 없다. 괜한 목숨 버리지 말고 물러나라! 그러면 너희들 목숨은 살려주겠다."

대자무가 자신만만하게 소리쳤다.

원래 대자무는 초야에 묻혀 무예만 정진하다가 이 세상 그 누구에게도 지지 않을 신법을 터득하기에 이르렀다. 그리고 내로라하는 쟁쟁한 무사들을 찾아 결전을 청했다. 어떤 이도 그의 적수가 되지 못했다.

그의 휘하에는 수많은 흑의의 무사들이 뒤따랐다. 그러다 보니 그는 자신의 무술 세계를 세상에 펼쳐 보이고 싶었다. 그러던 차에 장협 측에서 연락이 왔다. 그래서 장협을 찾아가 담판을 지었다.

"대인을 위해 일해주면 나에게 무엇을 해주겠소?"

"바라는 게 무엇이오?"

"나는 세속의 일 따위엔 관심이 없소. 단지 무술의 고수로서 후예를 양성하고 싶소. 이에 국가적인 지원을 해주시면 되오. 내 요구 조건을 들어줄 수 있겠소?"

"그거야 어렵지 않은 일이오. 내 기꺼이 약속하겠소."

"그럼 약조를 믿고 대인을 돕겠소이다."

대자무는 약조한 후 장협의 집에서 머물렀다. 그러던 중 뇌도가 야밤에 찾아올 것이니 직접 그자를 데려오라는 장협의 부탁을 받고 기다렸다. 뇌도의 몸놀림을 지켜보니 그자의 무술 수준이 별거 아니라는 것을 간파했다. 그런 수준의 무예로 나대는 것이

가관이었다.

이윽고 장협은 그에게 거사가 얼마 남지 않았으니 준비해 달라고 주문했다. 이에 대자무는 그를 따르는 흑의의 무사들을 은밀하게 장협의 집으로 불러들였다. 마침내 장협이 그에게 지시했다.

"뇌도가 대왕을 암살할 것이오. 그 마무리를 부탁하오. 그리고 뇌도도……."

"그자까지 꼭 그렇게 할 필요가 있소이까? 그자도 대인을 위해 나선 것인데……."

"모르는 소리. 그 일이 처리되고 나면 그자의 이용 가치는 없소. 도리어 짐만 될 뿐. 만약 그자가 실패할 경우라도 힘을 합쳐 대왕을 도모한 다음에 역시 처리해야 하오. 어떤 경우라도 살려두어서는 안 되오. 내 말 알아듣겠지요."

암살의 모든 책임을 뇌도에게 덮어씌우겠다는 속셈이었다. 대자무는 장협이 지독한 놈이라고 생각하면서도 자기는 얻을 것만 얻으면 될 뿐, 그런 것까지 구태여 상관할 필요가 없다고 여기고 그의 말을 따라주기로 하였다.

"알겠소이다. 그리하도록 하지요."

대자무는 장협의 지시를 받고 흑의의 무사들과 장협 측의 병사들을 이끌고 곧장 국동대혈의 입구 쪽 협곡으로 향했다. 뇌도가 일을 진행하고 난 다음 그 뒷마무리를 짓고자 한 것이다. 그런데 뇌도는 그 일도 처리하지 못하고 도망쳐 왔다. 그래서 다시 무리를 수습해 담덕을 향해 달려온 것이다.

"이런 가소로운 놈을 봤냐? 어느 안전이라고 함부로 입을 놀리는 게냐. 당장 무기를 버리고 무릎 꿇지 못할까?"

부살바가 대자무를 향해 큰소리로 꾸짖었다.

"네가 부살바냐?"

부살바가 대자무의 말에는 대꾸하지 않고 호통을 쳤다.

"너는 도대체 누구의 사주를 받은 졸개냐?"

"졸개라니? 나는 누구의 말도 듣지 않는다."

"그럼 네가 왜 여기에 왔느냐?"

대자무가 대답하지 못하고 잠시 주춤거리자 담덕이 나섰다.

"내가 그것을 말해 주지."

담덕의 말에 모두 그쪽을 바라보았다. 그런데 그가 난데없이 큰 소리로 뇌도를 불렀다.

"뇌도야!"

뇌도는 아직도 용광검의 무서움에서 벗어나지 못하고 얼떨떨해하고 있었다.

"뇌도야! 아직도 정신을 못 차리고 있구나! 내 말을 잘 들어 보거라. 네가 나를 해하려고 왔는데, 왜 저자들이 대기하고 있었겠느냐? 그 이유를 아직도 모르겠느냐?"

"이유라니……. 그게 무슨 소리인……."

"어리석은 놈. 너를 이용하고 난 다음, 너 또한 없애려고 한 것이지 무엇 때문이겠느냐? 그래야 증거도 없어지고, 너에게 모든 죄를 덮어씌울 수 있지 않겠느냐? 그렇지 않다면 무엇 때문에 저자들이 이리 달려왔겠느냐?"

뇌도의 안색이 시퍼렇게 변하면서 대자무를 노려보았다.

"그것이 맞소?"

"어리석은 놈. 그걸 이제 알아 뭐 하겠다는 것이냐?"

"뭐야? 장협이 네 이놈, 내 가만 놔두지 않겠다. 우선 너부터 처리해 주마."

뇌도가 장협의 배신감에 치를 떨며 대자무를 향해 칼을 내뻗었다. 그와 동시에 대자무의 칼이 번뜩이며 두 칼이 부딪치면서 불꽃이 튀겼다. 순식간에 대자무의 검이 뇌도의 가슴을 그었다. 실로 눈 깜짝할 사이에 벌어진 일이었다. 대단한 검법이었다. 그러자 뇌도를 따라왔던 수하들은 대자무 병사들을 대적하려다가 그대로 얼어붙은 듯 동작을 멈추었다.

"모두들, 이제 나를 따라라! 알겠느냐?"

대자무가 뇌도의 부하들을 향해 소리쳤다.

"분하구나! 구천에서라도…… 이 원수를 갚아 주……."

뇌도가 울분에 찬 소리를 다 끝내지도 못하고 숨을 거두었다. 그러자 그의 부하들은 두려움에 떨며 대자무를 따르기 위해 움직였다. 그러나 기만은 여전히 대자무를 향해 검을 겨누었다.

"대자무! 용서할 수 없다."

"어리석은 놈! 아직도 주제 파악을 못 하고……."

다시 한번 대자무의 검이 피를 뿌렸다.

살벌한 분위기 속에 담덕의 목소리가 다시 한번 조용하지만 분명한 어조로 울려 나왔다.

"대자무야! 이제 알겠느냐? 뇌도가 왜 버림받았는지……. 너 또한 저 꼴을 당하지 않는다고 어떻게 장담할 수 있겠느냐? 한번 사람을 버린 자는 다음에도 역시 버리게 되어 있다. 그 이치를 모르겠느냐?"

"시끄럽다. 내 알 바 아니니 어서 목을 내놓도록 해라. 모두들 어서. 저자들을 처치하라!"

대자무의 목소리가 단호하게 울려 나오자 흑의의 무사들과 병사들이 담덕 일행을 향해 다가섰다. 이에 부살바의 부하들이 먼저 이들을 막아 나섰다.

"뭘 꾸물대는 것이냐? 어서 공격하라!"

대자무의 호령에 그들이 일제히 칼을 휘두르며 공격에 나섰다. 하나같이 무술이 상당한 경지에 이른 동작들이었다. 그런데다 이들의 칼 놀림은 조직적으로 단련되었는지 빈틈을 주지 않았다. 아마 대단한 고수가 아니라면 이들의 몇 합도 견뎌내지 못하고 벌써 저세상 사람이 되었을 것이었다.

그러나 이들과 상대한 사람들이 누구이던가? 전장이 좁다 하고 누비던 왕당군의 정예 군사들이 아닌가? 왕당군은 일당백을 상대할 정도로 훈련된 군사들인데, 이들은 그 속에서도 선별된 사람들이었다. 부살바의 군사들은 방어하는 정도에서 머물지 않고 적극 공세로 전환하였다. 그러다 보니 수적 우위에도 불구하고 기세 좋게 공격하던 대자무의 군사들이 밀리기 시작했다.

"멈춰라! 저자들 하나 당해 내지 못하다니……. 이런 머저리 같은 놈들!"

대자무가 화 난 목소리로 말하며 피 묻은 칼을 치켜들었다. 그러자 지금까지 그의 지시를 받아 공격하던 무리가 뒤로 물러났다.

대자무가 칼을 들고 앞으로 다가오자 왕당군의 정예 군사들도 긴장하며 칼을 움켜쥐었다. 대왕을 보위하기 위해 죽음을 각오한 눈빛이었다.

"자! 간다!"

대자무의 몸이 허공으로 떠오름과 동시에 검이 정예 군사들을 향해 전광석화처럼 날아갔다. 가히 사람의 몸을 가지고서는 결코 시전할 수 없는 검법이었다. 이것이 바로 신의 경지에 이르렀다고 해서, 그가 자칭 신법이라고 부른 기초 단계의 검법이었다.

정예 군사들의 칼 놀림 또한 바삐 움직였으나 이미 그들의 몸은 여러 군데 상처를 입고 피를 흘렸다. 단 일 합의 공격에 벌써 방어망은 흐트러지고 있었다. 다시 한번 대자무의 검이 춤을 추자 방어망이 무너져 내렸다.

"무공이 대단하구나! 그런 무공을 가지고 사악한 일에 사용하다니 안타깝기 그지없구나!"

부살바가 부하들을 뒤로 물러나게 하면서 나섰다.

"오-오! 이제야 나서는구먼! 진작 나설 일이지. 너의 무공이 대단하다는 소리는 익히 들었다. 오늘 너의 검법이 얼마나 대단한지 한번 보도록 하마!"

"하룻강아지 범 무서운 줄 모른다고, 한번 치켜 주었더니 정신 못 차리고 있구나!"

"그런 잡소리는 집어치워라. 검법의 우열은 오직 칼만이 증명하는 법, 어서 덤벼라!"

"내 너의 무공을 아껴서 말하는 것이니 지금이라도 늦지 않았다. 어서 칼을 버리고 순순히 항복하라! 목숨만은 살려주겠다."

"제법 입만 살아서 못 하는 소리가 없구나. 어디 검법 또한 그리 센지 한번 보자. 어서 칼을 뽑아라!"

"제명을 재촉하니 할 수 없구나!"

부살바가 칼을 빼 들자 두 사람의 몸에서는 살기가 뻗어 나왔다. 양편의 군사들이 뒤로 물러나며 두 사람의 대결에 숨을 죽였다.

대자무가 부살바와의 거리를 재며 먼저 공격에 나섰다. 그러나 부살바가 가볍게 피하며 그의 칼을 막아내었다. 대자무의 날카로운 공격이 무위로 끝나 버렸다.

"고작 그따위를 검법이라고 전개하는 것이냐? 어린애들에게나 통하는 것을 가지고……."

"뭐라고? 어디 내 다음 공격을 받고도 그따위 소리를 지껄일 수 있는지 보자꾸나."

대자무는 부살바의 몸놀림을 보고서 신법을 구사하지 않고서는 이길 수 없다고 판단하고 신법의 초식을 구사하기로 마음먹었다.

세상에 나온 이래 그는 지금껏 자기 신법을 막아낸 적수를 단 한 사람도 만나본 적이 없었다.

대자무의 몸이 칼과 일체가 되어 움직였다. 일순간 그의 몸에서 강력한 기가 발생하면서 검에 광채가 일기 시작했다. 그와 동시에 그 기가 부살바의 몸을 휘감았다. 강력한 기가 감싸니 순식간에 부살바의 몸이 둔해지고 칼 놀림이 느슨해졌다. 그 순간 대자무의 검이 부살바의 목을 겨냥해 왔다. 일촉즉발의 위기 상황이었다.

부살바는 대자무가 내공을 실어 검법에 응용하고 있다는 것을 곧 파악했다. 조여 오는 느낌만으로도 대단한 내공의 소유자임을 직감할 수 있었다. 이자를 상대하려면 공력이 약해질 때까지 시간을 끌어야 했다. 그건 곧 공세로 전환하는 것밖에 없었다.

부살바가 순간적으로 폭포검법을 전개해 대자무의 검에 연속적으로 타격을 가했다. 폭포검법이 아니라면 도저히 그의 목을 향해 파고드는 검을 막아 낼 수가 없었다.

"그걸 막아내다니, 대단하구나! 과연 이름값을 하는 모양이군. 그러나 다음은 안 될 것이다."

대자무는 놀라고 있었다. 신법의 초식을 막아 내다니 그로서는 상상할 수 없는 일이었다. 아무래도 내공을 이용한 검법을 여러 번 시전하면 공력이 약화될 것이기에 오래 끌면 승산이 더 없었다. 빨리 승부를 내야만 했다. 이런 강적을 만나기는 그로서는 처음이었다.

그는 일거에 강력한 기를 뽑아내 그 힘으로 부살바의 몸을 향해 검기를 내쏘았다. 날카로운 검의 기세가 연속적으로 부살바의 몸을 향해 뻗어 나갔다.

부살바는 대자무가 단 몇 합의 검법으로 승부를 결정지으려는 전술로 나왔음을 이내 파악하였다.

"어림없다!"

부살바가 외치는 것과 동시에 그의 칼이 대자무의 기세에 맞추어 춤추었다. 두 칼이 연속적으로 부딪치며 허공에서 불꽃을 튀겼다. 처음에는 부살바의 검이 대자무의 검에 밀렸다.

부살바의 몸으로 대자무의 검기가 덮쳐 온 것이다. 대자무의 검기를 막아내지 못한다면 부살바의 몸은 산산이 찢어질 판이었다. 그러나 그토록 강력해 보이던 대자무의 검기가 다시 밀려갔다.

대자무는 다시 한번 강력한 살수를 날렸다. 그러나 여전히 밀려오는 부살바의 검기를 되돌려 놓기엔 역부족이었다. 폭포검법은 다른 검법과 달리 시전될수록 그 검기가 더 강렬해지는 것이 특징이었다.

처음에 밀리던 부살바의 검기가 점차 대자무의 검기를 제압해 들어갔다. 조금만 더 있으면 대자무의 몸이 허공에서 산산이 베어질 형편이었다. 싸움의 승부가 명백해지고 사는 자와 죽는 자가 결정되는 순간이었다.

바로 그 찰나 부살바가 검을 거두었다. 그러자 대자무가 뒤로 벌렁 넘어졌다. 크게 다치지는 않았다. 부살바가 내려다보며 말했다.

"무예를 익혔으면 나라와 백성들을 위해 사용해야지. 참으로 불쌍한 놈 같으니라고."

"이럴 리가 없다. 내 신법을 막아 내다니……. 아니야. 내 신법을 당할 자는 이 세상에 없어. 도저히 이럴 수는 없어."

대자무가 정신이 나가버린 듯 혼자 중얼거리더니, 자신의 검으로 배를 찌르고 스스로 목숨을 끊었다. 이때 뒤쪽에서 외치는 소리가 들렸다.

"모두들! 무기를 버리고 항복하라!"

혜성이 무장한 군사들을 데리고 도착해서 외치는 소리였다.

뒤를 돌아본 대자무 무리는 흠칫 놀랐다. 수백의 군사가 무장하여 그들을 에워싸고 있었다.

혜성은 부살바에게 정예강병을 뽑아 먼저 가게 한 다음 만일의 경우를 대비해 국동대혈의 입구 근처에서 즉각 출동할 준비를 갖추고 있었다. 그리고 대왕이 습격을 받았다는 보고를 받고 즉각 달려온 것이다.

이미 도망갈 길이 없는 것을 확인한 대자무의 무리는 하나둘씩 무기를 버리고 투항했다.

"이자들을 모두 포박하라!"

혜성의 명령에 왕당군의 군사들이 이들을 결박했다. 혜성은 이를 보며 담덕에게 향했다.

"대왕 폐하! 신들의 불찰로 이런 곤욕을 치르시게 했사오니, 차마 고개를 들지 못하겠사옵니다."

"어찌 이게 경들의 잘못입니까? 야심을 끝내 버리지 못한 사람의 업보인 것을……."

담덕의 얼굴은 장협의 배신행위에 이미 분노를 넘어 그 삶이 가엾다는 표정을 짓고 있었다. 자신의 야심을 끝내 버리지 못하고 시대의 퇴물이 되어버린 장협의 어리석음이 불쌍하게 보일 뿐이었다. 야심을 품으면 자기 인생을 어떻게 망치게 되는지 보여주는 좋은 교훈이었다.

"여봐라! 어서 대왕 폐하를 모시도록 하라!"

혜성의 명령에 군사들이 즉각 대열을 갖추었고, 이를 본 담덕이 명을 내렸다.

"황궁으로 돌아가자!"

담덕이 군사들의 호위를 받으며 황성으로 향하자 부살바가 혜성을 향해 입을 열었다.

"내 장협의 배신행위를 결단코 용서할 수 없소이다. 그토록 신임을 주었건만 그걸 역이용해 이리 나오다니, 내 직접 그자를 체포해 그 죄를 준엄하게 물어야 하겠소이다. 뒤처리를 부탁하오."

"이곳은 나에게 맡기고 어서 떠나도록 하오."

"용호 제일 부대는 나를 따르라!"

부살바가 명을 내리며 말을 달리자 용호 제일 부대가 그 뒤를 따랐다. 용호 부대는 기병으로 구축된 왕당군의 군사들이었다. 그중에서도 제일 부대는 용과 호랑이처럼 몸놀림이 민첩하고 완력이 센 정예 군사들이었다.

용호 제일 부대는 음모의 진원지에서 마지막 뿌리를 뽑기 위해

흙먼지를 일으키며 사납게 말을 내달렸다. 그 모습을 지켜보다가 혜성이 나머지 군사들을 향해 지시를 내렸다.

"역적 죄인들을 모두 압송토록 하라!"

"알겠사옵니다."

혜성의 지시에 군사들이 죄인들을 이끌고 국동대혈의 입구를 빠져나왔다. 그러자 그곳은 얼마 동안 바람이 불다가 갑자기 사라진 것처럼 조용했다. 단지 혈전을 치르며 흘린 피만이 한때 사나운 바람이 불었다는 흔적을 알려 줄 뿐이었다.

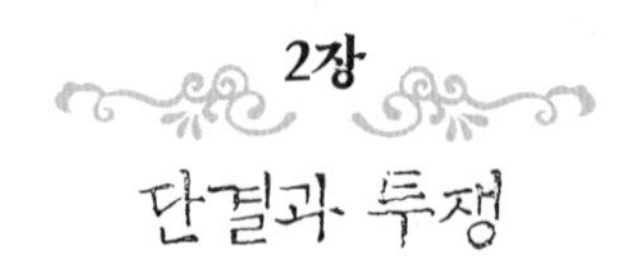

2장 단결과 투쟁

47

담덕은 자기를 해하려는 음모의 배후를 조사한 후 이 문제를 신속하게 처리하려고 했다. 한낱 야심가에 의해 저질러진 사건을 가지고 떠들썩거릴 필요가 없었다. 그것이야말로 야심가에 의해 놀아나는 꼴이었다. 그런데 우두머리 격인 장협과 흥덕은 음모가 실패했음을 알고 미리 잠적해 버렸다. 부살바가 그 뒤를 추적했으나 행방이 묘연해 체포하지 못했다.

사건을 빨리 매듭짓기 위해 담덕은 직접 관계한 자들을 제하고는 거의 방면시켜 주었다. 황성 수비대 부장 양기도 관직을 박탈시킨 정도로 처리하였다. 이 일로 추후 목숨을 잃은 자는 없었다.

그러나 장협의 딸 주홍은 아버지가 담덕을 해하려 했다는 소식을 듣고 충격에 휩싸여 스스로 목숨을 끊었다.

국성의 상황이 이렇게 전개되고 있을 즈음, 모두루는 숙신의 막사라성과 가태라곡을 기습적으로 공격하여 항복을 받아낸 후, 남녀 300여 명을 포로로 데리고 국성으로 돌아왔다.

광개토호태왕릉비문에는 영락 8년 무술戊戌년에 일부 부대를 파견해 식신息愼 땅의 골짜기를 돌아보게 하고……. 막사라성莫斯羅城과 가태라곡加太羅谷의 남녀 300여 명을 습격해 잡아왔더니, 이때부터 조공朝貢하고 국사를 의논했다고 하였다.

모두루의 원정 승리는 한차례 회오리바람이 불며 뒤숭숭했던 국성의 분위기를 일거에 쇄신시켜 주었다.

이런 기운 속에 담덕은 사건의 파장을 최소화한 것과는 달리 전격적으로 혜성을 국상 겸 지내외병마사로 임명하였다. 원로대신 중의 한 사람이 아닌 혜성을 등용한 것은 새 시대의 흐름에 맞게 조정을 혁신시켜 가겠다는 뜻이었다.

지금껏 담덕은 조정에서 원로대신들과 청년장군들의 조화를 꾀했다. 청년장군들이 실질적 일을 처리하게 하면서도 국상의 자리를 장협에게 내주어 원로대신들을 대접했다. 그러나 장협의 역모를 계기로 이제는 그것이 더 이상 필요하지 않다는 것을 확신했다.

새 시대에 맞게 나라를 이끌기 위해서는 그에 걸맞은 참신한 인물이 필요했다. 모든 단군족이 차별 없이 하나로 어울려 살아가는 세상은 귀족들의 이익을 대변하려는 사람과는 맞지 않았다. 구시대적 인물을 포용하려는 방법은 더는 해결책이 아니라는 게 증명된 셈이었다.

이에 담덕은 과감하게 결단을 내려, 시대의 흐름에 맞게 조정을 이끌어가기 위한 방도로, 그가 믿고 있는 사람들을 전면에 내세웠다. 혜성에게 국상 겸 지내외병마사를 겸임시켰던 것이 바로 그것이었다. 원대한 포부를 꿈꾸며 혈맹의식을 맺었던 동지들에 대한 믿음이었다. 이로써 담덕과 결의를 맺은 장군들은 조정의 실권을 완전히 장악하며 마지막 전열을 정비하게 되었다.

혜성은 국상직에 오르자마자 담덕의 뜻을 받들어 천손의 나라를 건설하기 위한 기치를 새롭게 천명하였다. 이를 위해 우선 홍익인간의 이념이 국정 전반에 통치 철학으로 자리를 잡아가도록 노력하였다. 그래야 그 토대 위에서 모든 형제 나라들을 단군족으로 통합할 수 있고, 궁극적인 목표인 천손의 나라를 세울 수 있기 때문이었다.

혜성이 밀고 나간 정책은 군사, 행정적인 부분에 끝나지 않고 경제와 문화 방면 등에 이르기까지 폭넓게 추진되었다. 이제 중년으로 접어든 혜성의 왕성한 활동력과 계획으로, 국정 전반에 대한 시책이 적극적으로 시행되고 점검되어 나갔다. 그 결과 어느 때보다 나라는 새로운 바람으로 설레게 되었다. 그 폭은 푸른

바다의 물결이 넘실대듯 깊고도 넓었다. 1년여의 세월이 흐르는 동안, 비 온 뒤에 땅이 더 굳어진다고, 새로 교체된 조정은 과거와 달리 힘이 넘치고 박력 있는 모습으로 새롭게 자리를 잡았다.

영락 9년(399년) 겨울의 날씨는 그 어느 때보다 추웠다. 하지만 담덕의 두터운 신임을 받고 있던 혜성은 여전히 눈코 뜰 새가 없었다. 만인지상의 자리에 있으면서도 누구보다 분주히 움직였다. 백성들의 생활은 풍요롭게 안착되어 갔고, 백제가 바친 58성 60촌 지역도 단군족의 단합을 위한 토대로 축적되었다. 그러나 모든 것이 순조롭게 풀리고 있는 것은 아니었다.

남부 방면에서 또다시 백제의 움직임이 심상치 않았다. 백제가 가야와 왜를 끌어들여 신라를 대대적으로 공격하려는 기미가 포착된 것이었다. 단군족의 단합을 추진하려고 하는 고구려로서는 결코 간과할 수 없는 사태였다.

지금까지 백제와의 관계가 단군조선의 정통 계승자가 누구인가를 놓고 다투는 문제였다면, 이제는 그것이 백제와 신라, 가야와 왜를 포함한 나라와 나라 사이의 연합전선으로까지 확대되고 있었다.

남부 정세를 보고받은 혜성은 스르르 눈을 감았다. 대왕의 뜻을 받들자면 이 격랑의 파고를 헤쳐가야만 했다.

그는 국상 집무실을 왔다 갔다 했다. 그의 답답한 마음을 아는지, 날씨마저 돌풍으로 변하며 문짝을 후려쳤다. 모든 것을 집어

삼킬 듯한 기세였다. 이런 와중에 한 필의 말 울음소리가 들리는가 싶더니 집무실 안으로 사람이 들어왔다.

"너는 길손이 아니냐? 이 추운 날씨에……."

길손은 대왕의 연락병이었다.

"대왕 폐하께서 급히 찾으시기에 왔사옵니다."

"뭐라고? 다른 분들도 찾으시더냐?"

"아마 부살바 장군과 모두루 장군, 창기 장군들께서도 지금쯤은 다 소식을 전해 들으셨을 것으로 아옵니다."

"으-음. 알았으니 조심해서 들어가 보거라."

길손의 뒷모습을 지켜보는 혜성의 마음은 씁쓰름했다. 대왕이 국성에 있는 청년장군들 모두를 부른다는 것은 또 국성을 떠나시겠다는 뜻과 다름없었다. 백제가 가야와 왜의 세력까지 동원해 신라를 제압하려는 움직임을 포착하고, 직접 그 격랑에 뛰어들 요량인 모양이었다.

대왕의 힘을 빌리지 않고 해결책을 찾고자 했건만, 그 해법이 마땅치 않아 곤혹스러워하고 있었는데, 대왕은 벌써 결단을 내린 듯했다. 일신의 편안함을 구하지 않고 난관이 조성될 때마다 강행군하는 대왕의 모습에 죄스러움이 몰려왔다. 아니, 그보다는 나라의 먼 미래를 내다본다면 단연코 이번 출정을 막아야 했다.

어찌하면 마음을 돌리게 할 수 있을까를 생각하며 집무실 문을 나서는데, 거센 칼바람이 확 덮쳐왔다. 처음엔 얼굴이 따갑다 싶더니 갈라 터진 듯 아팠고, 거센 강풍은 바람 쪽으로 몸을 버티어야 무게중심을 잡을 수 있었다. 얼마 되지 않는 거리여서 그대로 나아갔다. 꽁꽁 얼어붙은 흙덩이는 온기 없이 원래의 상처를 그대로 드러내고 있었다. 대왕은 단단히 얼어붙기 전에 문제를 해결하고자 하나, 날씨는 그게 인력으로 되는 문제가 아니라는 것을 암시하는 듯했다.

얼마 되지도 않은 시간에 그의 몸은 벌써 푸르뎅뎅하게 오그라졌다. 추위를 피하려는 마음에 재빨리 황성으로 들어서는데, 때마침 모두루와 부살바도 들어오고 있었다. 그들의 얼굴도 시뻘겋게 얼어 있었고, 옷매무새는 어지러이 흐트러져 있었다.

"국상 대인이 아니오. 허허, 그런데 이게 뭡니까? 체통을 지키셔야지요."

"허허! 그러는 장군은 자기 모습은 생각지 않고, 어찌 남만 놀리려고 하오. 한번 그 모양새를 거울에 대고 봐 보구려. 그걸 보고 누가 사람이라고 하겠소? 하하하!"

모두루와 혜성이 서로의 모습을 보고 웃어넘겼다. 그런 중에 부살바가 몸을 추스르고 나서 얘기했다.

"그런 농을 하는 것을 보니 아직 힘이 남아도는 모양이구려. 난 정신을 차릴 수 없는데 말이요."

"허허, 부살바 장군한테 한 방 얻어맞았군그려. …… 그건 그렇고, 이런 날씨에 무엇 때문에 폐하께서 우리를 찾으시는지 통 모르겠소이다. 혹시 짐작되는 바라도 있소이까?"

"글쎄요. 남방으로 길을 떠나겠다고 하시지나 않으실는

지…….”

혜성이 넌지시 마음속의 얘기를 내비치자, 모두루가 언제 농담을 주고받았냐는 듯 진지한 태도로 물었다.

“뭐요? 이 추운 날씨에 말이오? 남방 일이 뭐 그리 급하다고……. 게다가 우리에게 시키시면 될 일을…….”

“맞아요. 이제 해결할 일이 있으면 우리가 나서서 해결해야지요.”

부살바가 당연하다는 듯 동조하며 말했다.

“그래야지요. 그러나…… 그게…… 나도 아니기를 바라지만, 아마 십중팔구는…….”

담덕이 완강하게 나올 것이라고 예상하는 듯한 혜성의 말에, 모두루가 수용해서는 안 된다고 단호하게 잘라 말했다.

“그러시더라도 막아야지요. 우리가 주청해서라도 이번 출행만큼은…… 이 추운 날씨에……. 옥체를 생각하셔야지.”

모두루 말에 혜성과 부살바가 고개를 끄덕이며 동의했다. 이들이 서로 다짐하며 어전에 들어가니 벌써 창기 장군이 도착해 있었다.

담덕이 세 사람의 얼굴을 살펴보고는 먼저 말을 건넸다.

“어서들 오시구려. 바람이 세차지요. 장군들의 얼굴이 다 얼었습니다. 어서들 따뜻한 차 한잔 드시면서 몸을 녹이시지요.”

“황공하옵니다.”

세 사람은 입김을 불어 넣으며 차를 마셨다. 그런 속에 부살바가 입을 열었다.

"차를 마시니 몸이 후끈하옵니다. 그런데 올겨울은 유난히 춥고 바람이 세찬 모양이옵니다. 여기 오는데 정말 길을 걷는 것 자체가 힘들 정도였사옵니다."

"바람이 그토록 거세다는 말입니까?"

"부살바 사마는 무공이 높아 그런 정도인지 몰라도, 소신은 온몸이 갈라 터지며 부서져 버릴 정도였사옵니다. 이런 때에 어디 나서시는 것은 맞지 않는 것으로 사료되옵니다."

모두루가 담덕의 물음을 받아 출타 얘기를 아예 꺼내지도 말라는 투로 싹둑 잘라 말했다.

"모두루 장군께서 그리 엄살을 떠시다니……. 내 아무 말도 하지 않았거늘, 오늘 뭔가 단단히 벼르고 온 것 같습니다. 날씨를 가지고 이렇게 심하게 나오니 말입니다."

"당치 않사옵니다. 그저 사실을 얘기했을 따름이옵니다. 이 점을 유념해 주시옵소서."

"허허! 그만둡시다. 날씨야 추웠다가도 다시 풀리는 것 아닙니까?"

얘기를 꺼내기도 전에 입막음부터 하려는 이들의 모습에 담덕이 말을 돌리려 했다. 그러나 그 의도를 알기라도 한 듯 혜성이 한 발짝 더 나아갔다.

"날씨야 그렇사옵니다. 그러나 사람의 몸은 그렇지 않은 줄로 아옵니다. 옥체를 중히 여기셔야 할 것으로 사료되옵니다."

"이거야 원……."

이들을 쉽게 설득할 수 없음을 이해한 담덕이 혀를 끌끌 찼다. 모두루가 이에 아랑곳하지 않고 담덕의 대답을 주문했다.

"대왕 폐하! 이제 나라의 기강이 완전히 세워졌사옵니다. 그러니 소신들에게 일을 맡겨 주시옵소서."

"허-허, 이리 나오시니 내 직접 말하리다."

에둘러서 넘어갈 수 없음을 안 담덕이 자기 속내를 밝히고자 했다. 그러자 밖의 추운 날씨와는 달리 어전의 공기는 갑자기 팽팽해졌다. 담덕의 말이 이어졌다.

"지금 남부 전선에서 새로운 정세가 복잡하게 꼬이고 있소이다. 이 실타래를 풀어야만 활로가 열어질 것입니다. 내 그래서 직접 남방으로 나갈까 하오."

"대왕 폐하께서 직접 가실 필요는 없는 줄로 사료되옵니다. 백제는 이제 우리의 적수가 되지 못하옵고, 가야와 왜 또한 별로 걱정할 것이 없지 않사옵니까?"

담덕의 말이 떨어지기가 무섭게 모두루가 나서서 반박했고, 이에 부살바가 거들었다.

"맞사옵니다. 지금 우리의 국력은 막강하며 대왕 폐하의 위세는 사해에 뻗치고 있사옵니다. 그러하오니 대왕 폐하께서 굳건히 버티고 계신 것만으로도 백제와 가야, 왜는 벌벌 떨 것이옵니다. 분부하실 일이 있으시면 소신에게 명을 내려 주시옵소서."

"그렇지 않아도 부살바 장군은 함께 동행해야 할 것입니다. 그러니 그리 아시고 준비를 해 주었으면 합니다."

자기를 대동하고 가겠다는 말에 부살바가 미처 답을 못하고 머뭇거리자, 모두루가 다시 나섰다.

"꼭 대왕 폐하께서 직접 나서야 하시겠사옵니까? 이번에는 소신들에게 맡겨 주시옵소서."

"그래요? 그러면 남방에 내려가서 어찌하시겠다는 건지 말씀해 보시구려."

담덕이 모두루의 물음에는 대답하지 않고, 그가 뭘 하려고 하는지에 대한 의견부터 물었다. 그러자 모두루가 잠깐 생각하며 망설이다가 단호한 어조로 입을 열었다.

"남방 정세가 복잡하게 꼬이게 된 이유는 모두 다 백제로부터 연유한 것이 아니옵니까? 그러니 그들을 제압해 버리면 될 것으로 사료되옵니다."

모두루의 말이 납득되지 않는다는 태도로 담덕이 재차 되물었다.

"백제를 제압한다? 글쎄요……. 왜 그리해야 한다고 보십니까?"

"지금 정세가 이리 얽히고설키게 된 건 다 백제의 준동 때문이라 사료되옵니다. 그자들을 거수국으로 인정해 주고 있는데, 이를 몰라보고 계속 훼방을 놓는다면 아예 이번 참에 합병해 버려야 할 것이옵니다. 그러면 가야와 왜 또한 더 이상 신라를 괴롭히지 못할 것이고, 남방의 꼬인 정세는 쉽게 풀릴 것이옵니다."

"아예 합병해 버리자? 다른 분들도 그리 생각하십니까?"

이번에는 담덕이 다른 사람의 의견을 물었다. 그러자 부살바가 대화의 초점이 빗나갔음을 지적하며, 다시 원래대로 얘기를 돌려놓고자 했다.

"합병해야 할지 어찌해야 할지는 더 따져보아야 할 것이옵니다. 하지만 그보다 더 중요한 것은 대왕 폐하께서 직접 나서실 필요까지는 없다는 점이옵니다. 이미 평양성과 남평양성에 다기 장군과 수라바 장군이 있는바, 어찌하든 소장들이 협력해서 처리하면 될 것으로 사료되옵니다."

"소신이 생각하기에도 부살바 사마의 말씀이 옳은 것으로 여겨지옵니다. 대왕 폐하께서는 위엄을 지키시고 명을 내려 주시옵소서. 소신들이 나서서 처리하겠사옵니다."

창기도 부살바의 말에 동감하며 담덕의 출전을 만류하려 들었다. 그러자 담덕이 이치를 따져서 논의해야지 막무가내로 우기려드느냐며 혜성의 의견을 듣고자 했다.

"어찌 해결할 것이냐고 묻는데 한 분은 합병하자고 얘기하시고, 다른 분은 맡겨만 달라고 하시니…… 이런 난감할 데가……. 혜성 국상께서는 어찌 생각하십니까?"

"어찌 신의 짧은 소견을 듣고자 하시옵니까? 그냥 대왕 폐하께서 말씀하시옵소서."

담덕의 물음에도 혜성이 자기 의견을 피력하지 않으려 했다.

"짧은 소견이라니요? 혜성 국상답지 않게……. 어째서 오늘은 말을 빼려고만 하십니까? 의견이 서로 다르니 국상의 의견도 밝혀 보시지요."

재차 의중을 묻는 담덕의 말에 혜성이 마지못한 듯 입을 열었다.

"신의 소견으로는 지금 상황에서 백제를 공격하거나 합병하는 것은 옳지 않아 보이옵니다. 모두루 장군의 말씀처럼 모든 화근이 백제에서 파생되고 있기는 하나, 그들이 신라를 공략하려는 것이지 우리 고구려를 직접 침공하려는 것은 아니옵니다. 더욱이 거수국으로 인정했는데 우리가 먼저 공격한다는 것은 사리에 맞지 않을 것이옵니다. 앞으로 백제나 가야, 왜 등의 움직임을 계속 주시하며 판단해야 할 것으로 사료되옵니다."

상황을 보고 결정하자는 혜성의 말은 결국 담덕이 진영에 나가 진두지휘해야 한다는 뜻이 되었다. 남방의 정세를 직접 요해하며 결정을 내려야 할 분은 바로 대왕인 것이다.

"그렇지요. 모든 단군족을 단합시키려는 우리가 사리에 맞지 않게 무작정 힘으로 내리누를 수야 없지요. 형제 나라들과의 단결과 투쟁을 적절하게 구사해야지요. 외적에 대해서는 단호하게 응징해야 하지만, 같은 형제 나라는 조금 결함이 있더라도 서로 협력할 수 있도록 최선을 다해야지요. 더 많은 인내와 분위기 조성이 필요한 거지요. 내 그래서 남부 정세를 직접 파악하며 결정하고자 하는 것입니다."

담덕이 혜성의 말을 지렛대 삼아 자연스럽게 자신의 결정을 정당화했다. 그러자 분위기가 이상스럽게 변했다. 혜성이 출행을 바라는 꼴이 되어 버린 것이다. 그러나 혜성의 입에서는 그 반대의 말이 튀어나왔다.

"하오나 대왕 폐하! 이번만큼은 소신들의 청을 가납해 주시옵소서."

"아니 혜성 국상도 그리 생각하신단 말입니까? 난 다른 분들은 몰라도 혜성 국상은 내 뜻을 아실 것으로 생각했는데……."

"대왕 폐하의 뜻을 어찌 모르겠사옵니까? 이번 일의 해결이 얼마나 중차대한지도 잘 알고 있사옵니다. 하오나 폐하께서 그리 말씀하시니 소신 또한 직접 말씀 올리겠사옵니다."

혜성이 반대하고 나서자 얘기는 새로운 단계로 접어들었다. 남부 정세의 해결 방안을 놓고는 담덕이 의견을 관철시켰으나, 출행을 놓고는 서로 견해를 달리해 또다시 진검승부를 겨뤄야 했다.

"대왕 폐하! 우리 고구려의 앞길에는 아직도 해야 할 일이 산적해 있사옵니다. 후연과의 승부도 남아 있고, 동부여는 물론 남부도 평정해야 하고……. 소신은 이것이 끝내 실현될 것이라고 믿어 의심치 않사옵니다. 하오나 정말 중요한 것은 기필코 성사시켜야 한다는 것이옵니다. 단언컨대 조금 시간이 걸리는 것을 문제 삼을 필요가 없다고 보옵니다. …… 대왕 폐하! 용광검의 자리는 그 누가 대신할 수 있는 자리가 아니옵니다. 폐하께서 중심을 잡고 우뚝 서 계셔야 천손의 나라를 세울 수 있사옵니다. 그런데 모든 일을 대왕 폐하께서 처리하시기 위해 이렇게 계속 강행군을 하시다가는 옥체가 상할까 심히 염려되고, 나중에 그것이 화근이 되어 잘못되기라도 하는 날엔, 우리 고구려만이 아니라 단군족의 역사에 천추의 한을 남길까 심히 두렵사옵니다. 다른 장군들도 이를 염려하고 있음이옵니다. 부디 바라옵건대, 신의 청을 단지 기우라고 여기지 마시옵소서."

혜성의 말이 끝나기가 무섭게 부살바가 바로 그것이란 듯 동조하고 나섰다.

"맞사옵니다. 대왕 폐하께서는 하루도 편히 쉬지 못하시고 지금껏 강행군을 계속해 오셨사옵니다. 옥체를 보존하시는 것이 무엇보다 중한 일이옵니다. 나라의 앞날을 위해서 드리는 혜성 국상의 말이 백번 천번 지당한 말로 사료되옵니다. 부디 통촉해 주시옵소서."

"통촉해 주시옵소서."

나머지 사람들도 부살바의 마지막 말을 따라 하며 재고를 한목소리로 요청했다. 이번에야말로 담덕은 난감한 상황에 빠지게 되었다.

"나의 건강을 염려해주시는 마음이야 고맙기 그지없습니다. 그러나 나는 약골이 아닙니다. 이미 충분히 쉬기도 하여 건강에는 자신이 있으니, 걱정하지 않아도 될 겁니다. 나를 믿으세요."

담덕이 두 주먹을 쥐어 보이며 건강을 과시했다. 그런데도 모두루가 어림없다는 듯 단호히 반박하며 확약을 받아내고자 했다.

"혜성 국상의 말씀대로 훗날을 생각해 주시옵소서. 대왕 폐하께서 소신에게 자주 말씀하신 바와 같이, 만년대계의 포부가 하루 이틀에 걸쳐 실현되는 것이 아니지 않사옵니까? 소신들 보고 믿으라고만 하지 마시옵고, 이번만큼은 폐하께서 소신들을 믿어 주시옵소서."

"믿어 달라? 훗날을 생각해 달라? 참 지당하고 좋은 말씀입니다. 그런데 나는 장군들을 믿고 있고 먼 훗날을 기약하고 있는데, 왜 여러분은 날 믿지 못하고, 또 훗날을 생각하지 않으시는 것입니까?"

어물쩍 넘어갈 수 없다고 판단한 담덕이 본격적으로 제기한 질문이었다. 이에 모두루가 말도 되지 않는다는 표정을 지었다.

"네-에? 그 무슨 말씀이시옵니까? 당치 않사옵니다."

"이치를 따져보면 그렇지요. 세상에는 다 각자가 해야 할 몫이 있지 않습니까? 여기 국성은 혜성 국상과 모두루 장군, 창기 장군이 자리를 지키고 있고요. 여기 있어야 할 분들이 이곳을 비워 놓고 자리를 뜬다는 것은 사리에 맞지 않지요. 내 그래서 여러분을 믿고 내 할 도리를 하기 위해 출발하고자 하는 것입니다. 나는 여러분을 이렇게 굳게 믿고 맘 놓고 가려고 하는데, 한사코 막으려고만 드니 그게 나를 믿지 못하는 것이 아니고 뭐겠습니까? 그리고 훗날을 기약하라고 하셨지요. 당연히 그래야지요. 그런데……."

담덕이 차분하게 논리를 펴 가다가 잠깐 멈추고 그들을 바라보았다. 이들의 속마음을 모르는 것이 아니었다. 하지만 지금 상황은 주저앉아 있을 수 없는 형편이기에 설득해야만 했다.

"훗날을 기약할 수 있는 건 오늘 나서는 문제를 풀었을 때 그 활로가 개척되는 것이지, 가만히 앉아 있어도 절로 열리는 것이 아닙니다. 미래의 희망을 위해 지금 우리는 결코 멈춰 설 수가 없습니다. 만약 백제와 가야, 왜의 연합전선이 공고화되면 더욱 강력해진 적을 상대해야 될 것입니다. 그러면 단합의 길은 교착 상태에 빠지고 더욱 엄중한 난관이 초래될 것입니다. 지금이야말로 그런 상황에 맞게 꾸준히 대처해 나가는 것 말고 다른 활로가 없습니다. 내 그래서 훗날을 기약하고 미래의 활로를 뚫고자 하는 것입니다."

자신의 출정을 이치에 맞게 강변하는 담덕의 말에, 혜성은 잠시 대왕이 말한 대로 각자의 몫이 있다는 것은 거부할 수 없는 운명이 아닌가 하는 생각에 불현듯 빠져들었다. 그것은 억지로 막는다고 해서 풀어질 게 아니었다.

"폐하의 말씀은 알겠사옵니다. 하오나 대왕 폐하의 신임에 보답하고 나라의 앞날을 염려하는 소신들의 마음은 변함이 없사옵니다. 다시 한번 간곡히 청하오니, 이번만큼은 소신들의 청을 받아들여 주시옵소서. 부디 재고해 주시기를 거듭 청하옵니다."

부살바가 여전히 수용할 수 없다는 태도를 보이며 간청하는 말에, 혜성은 일순간의 사색에서 깨어났다. 그리고 다른 사람들과 함께 무릎까지 꿇으며 재고를 요청했다. 이것은 그들이 할 수 있는 마지막 수단이었다.

"재고해 주시옵소서."

결단코 물러서지 않겠다는 이들의 모습에 담덕은 난감해하면서도 더 이상 논쟁하지 않겠다는 어조로 결론을 지었다.

"왜들 이러십니까? 내 여러분의 뜻을 알았으니, 그 마음을 받아들여 날씨가 조금 풀린 다음에 출발하도록 하겠습니다. 그러니 더는 그만 말씀하시고……. 부살바 장군께서 이번 원정을 준비해 주시구려."

백제와 가야, 왜의 움직임은 대국으로 거듭난 고구려에게 그다지 중요한 문제가 아닐 수 있었다. 그러나 단군족의 단합이라는 각도에서 보면 형제 나라 간의 관계가 어떤 관계로 풀어져야 하는지에 대한 중요한 의미가 함축되어 있었다. 담덕은 여기에서 역량의 압도적인 우세를 내세워 새로운 돌파구를 찾고자 했다.

담덕의 명에 그들은 더 이상 대꾸하지 못했다. 부살바는 하는 수 없이 책임을 지고 출정을 준비해 나갔다.

담덕의 강인한 의지를 알았음인지, 그토록 추웠던 날씨도 며칠 안 가 언제 그랬냐는 듯 햇살을 보였다. 새로운 활로를 열라는 하늘의 조화 같았다.

담덕은 날씨가 풀리자 기다렸다는 듯 남평양성으로 출정을 명했다. 아직도 겨울의 추위가 다 가시지 않았지만, 남방 통일의 걸림돌을 제거하려는 의지로 고구려군은 기세 좋게 남평양성으로 곧장 내려갔다.

수라바는 대왕께서 내려온다는 소식을 전해 듣고 준비를 갖추어 놓고 있다가 담덕 일행을 맞아들였다.

"신, 수라바 문후드리옵니다."

그의 나이도 어느덧 중년에 접어들고 있었다. 담덕이 오랜만에 만나는 기쁨에 덕담을 건넸다.

"참, 이번에 둘째를 봤다고요. 경하드립니다."

수라바는 늦장가를 들었는데 이번에도 또 아들을 낳았다.

"황공하옵니다. 이 모두가 대왕 폐하의 은덕이옵니다. 두 분 왕자님께서도 이제 제법 장성하셨겠사옵니다."

"아직도 코 흘리기에 불과하지요. 거련 왕자가 여덟 살이고 승평 왕자가 다섯 살이니 말입니다."

담덕의 슬하에는 두 아들이 있었는데, 첫째 거련이 393년에, 둘째 승평이 396년에 태어난 것이다. 담덕이 다시 말을 이었다.

"그러고 보니 장군이 국성에 와 본 지가 꽤 오래되었구려. 그동안 고생이 많았습니다."

"고생이라니요? 소신이 좋아서 하는 일이옵니다. 신은 여기 남평양성이 아주 마음에 드옵니다. 이를 어여삐 여겨 주신 대왕 폐하의 황은에 황공할 따름이옵니다."

"역시 수라바 장군은 한결같구려. 누가 알아주든 안 알아주든 묵묵히 자기 할 일을 열심히 하는 장군의 모습은 언제 봐도 믿음직스럽소이다. 만인의 귀감이 되는 게지요. 그래서 지금과 같은 남평양성의 모습이 있게 된 것이고요. 이곳 남평양성을 평양성의 별성(부수도)으로 다듬은 것은 모두 장군의 공입니다. 앞으로 이곳은 남쪽 형제 나라를 하나로 모을 전진 거점으로 그 역할을 톡

톡히 해낼 것입니다."

"그리 말씀하시니 몸 둘 바를 모르겠사옵니다. 앞으로도 전심 전력을 다해 대왕 폐하의 뜻을 받들겠사옵니다."

담덕의 칭찬에 수라바가 부끄러워하며 민망해했다.

"왜 그렇게 부끄러워하십니까? 그게 다 장군의 공인데……. 그건 그렇고 남방의 움직임이 심상치 않다고 하는데 특이한 상황은 없습니까?"

"백제와 가야, 왜 등의 움직임으로 보아 신라를 공격하려는 시점이 임박한 듯하옵니다. 그래서 지금 신라에서도 사신을 보내왔사옵니다. 며칠 전에 도착했으나 폐하께서 내려오신다는 소식을 듣고 여기 머물도록 조치했사옵니다."

신라는 인질로 와 있던 실성의 아비 되는 이찬 대서지를 특사로 파견해 온 것이었다. 신라 사신이 급히 고구려에 왔다는 것은 남방에서 곧 전쟁의 불길이 댕겨지리라는 것을 의미했다.

전선의 상황을 대략 가늠한 담덕이 수라바에게 넌지시 의견을 물었다.

"신라에서 사신을 보내왔다니, 그건 분명 구원병을 요청하고자 하는 뜻일 텐데, 장군은 이에 대해 어찌했으면 좋겠다고 생각하십니까?"

"소신이 뭘 알겠사옵니까만, 신라와의 약속도 있고 하니 무작정 외면할 수는 없을 것이고…… 게다가 그들의 청을 들어주지 않는다면 신라는 오래 버티지 못할 것이고…… 하오나 그것은 다른 나라에 군사를 파견하는 일이어서……. 감히 소신은 판단하지 못하겠사옵니다."

"하실 말씀은 다 하셔 놓고 모른다고 하시니……. 그런데 만약 원군을 보낸다면 어느 정도면 될 것 같습니까? 아니, 그보다는 원군을 보내지 않을 방법은 없겠습니까?"

"네-에? 무슨 말씀이신지……."

수라바는 원군을 보내겠다는 것인지, 안 보내겠다는 것인지 도무지 아리송하기만 했다.

"원군을 보내지 않고도 해결할 수만 있다면 그게 가장 좋은 방도가 아니겠습니까?"

"그거야 그렇지만…… 그런 방법이 있을지……."

"그리되도록 노력해 보아야지요. 어쨌든 신라 사신을 데려오도록 하시구려."

수라바는 대왕께서 이미 모종의 방안을 마련하고 있다는 것을 알고 밖으로 나가 지시를 내렸다.

"여봐라! 신라 사신을 곧장 모셔오도록 하라!"

수라바의 지시에 수하들이 즉각 움직였고, 얼마 후 신라 사신이 도착했다.

"신 이찬 대서지, 저희 왕의 명을 받고 대왕 폐하께 인사 올리옵니다."

이찬 대서지의 얼굴은 구원을 요청하는 신세지만, 신라 사신으로서의 위엄을 잃지 않겠다는 모습이 역력했다. 그것을 본 담덕이 허심하게 말을 꺼냈다.

"잘 오셨습니다. 여기에 머무는 동안 뭐 불편한 점은 없었습니까?"

"그런 것은 없었사옵니다. 대왕 폐하의 세심한 배려에 황공할 따름이옵니다."

"원로에 고생이 많으셨을 텐데, 같은 형제의 나라이니 마음 편히 가지시구려. 그리고 기왕 여기까지 오셨으니 아드님을 만나보고 가셔야지요?"

위안 삼아 해주는 얘기였지만 대서지는 위급한 나라 사정에 그런 것은 안중에 없다는 듯 말을 돌렸다.

"사직이 존망의 위기에 빠져 있사온데 어찌 그런 것을 생각할 겨를이 있겠사옵니까? 그보다는 백척간두에 선 저희 신라의 상황을 굽어살펴 주시옵소서."

"대신의 충심이 대단하다는 소문을 들었습니다만, 오늘 모습을 직접 보니 과연 그 뜻을 충분히 알겠습니다. 내 대신의 충심에 경의를 표합니다."

"황공하옵니다. 그리 말씀해 주시니 소인 직접 말씀 올리겠사옵니다. 지금 저희 신라는 풍전등화의 위기에 처해 있사옵니다. 그래서 지난날 신라가 위기에 처하면 구원해 주시겠다는 폐하의 약조를 철석같이 믿고 이렇게 한걸음에 달려왔사옵니다. 대왕 폐하, 도와주시옵소서. 무적 강군인 대왕 폐하의 군사만이 신라를 구원할 수 있사옵니다. 부디 이 소청을 들어주시옵소서."

“신라의 상황은 전해 들었소이다. 어려움에 처해 있다고 하는데, 모른 체야 할 수 없지요. 도와주어야지요.”

담덕이 화통하게 약속했다. 이에 대서지는 어쩔 줄 몰라 하며 감격해했다.

“황은이 망극하옵니다. 대왕 폐하의 은덕에 이제 신라는 살았사옵니다. 그런데 침공해 오는 적들의 수가 엄청난 데다가 화급을 다투는 상황인지라 원군을 얼마나…….”

대서지가 더 많은 지원을 받으려는 뜻을 은근히 내비치자 담덕이 고개를 저으며 대답했다.

“내 말을 오해하지 마시기 바랍니다. 내가 도와준다고 했지 군사까지 보내겠다고는 아직 확답하지 않았는데…….”

대서지가 순간 당황해하며 되물었다.

“지금 무슨 말씀을 하시는지 신은 잘 이해가 되지 않사옵니다.”

“말 그대로지요. 뭐 다른 뜻이 있겠습니까?”

대서지는 당황한 얼굴로 담덕을 한참 동안 뚫어져라 쳐다보았다. 그러나 담덕의 속내가 어쨌든, 지금은 신라의 구원을 역설해야 하는 상황이란 것을 그는 잘 알고 있었다. 그는 한참 고민한 끝에 용광검을 입에 올렸다.

“신이 들은 바에 의하면 대왕 폐하께서는 용광검의 주인이라고 들었사옵니다. 그게 맞사옵니까?”

용광검을 거들고 나오는 말에 그 의도를 헤아리며 담덕이 빙그레 웃었다.

"신이 알기로 용광검의 주인은 모든 단군족을 하나로 모아 천손의 나라를 세우실 운명을 타고나신 분으로 알고 있사옵니다."

"그래요? 그런데 대신은 그것을 정말로 믿고 있습니까?"

갑작스런 질문에 대서지는 잠시 멈칫했다. 다른 누구도 아닌 용광검을 가지고 있다는 사람의 입에서 이런 말이 나올 것이라고 미처 예상하지 못한 것이다. 그러나 즉시 마음을 가다듬었다.

"단군조선의 정통 계승자가 나오지 못한 이후로 그것은 유민들 사이에 입에서 입으로 전해져 내려왔사옵니다. 이것은 세상 누구나 다 알고 있는 사실이옵니다. 신라 또한 단군조선의 유민들에 의해 세워진 나라이옵니다. 그런데 어찌 그것을 모르겠사오며, 또 믿지 않겠사옵니까?"

"진심으로 믿고 있다니 반가운 일입니다. 그것은 결국 지금 우리가 비록 서로 다른 나라로 분리되어 있지만, 그 혈통과 뿌리가 같다는 것을 의미하는 게 아니고 무엇이겠습니까?"

담덕이 고개를 끄덕이며 동의하자 대서지가 기회를 포착이라도 한 듯 재빨리 말을 이었다.

"우리 신라에서는 그것을 믿고 고구려를 단군조선의 정통 계승국으로 여기고 협력하기로 결정한 것이옵니다. 이미 폐하께서도 그리 아실 줄 알고 있사온데 소신이 잘못 알고 있는 것이옵니까?"

"으-음. 단군조선의 정통 계승국이라……."

"대왕 폐하! 신 무례인 줄 아오나 감히 대왕 폐하께 청하옵니다. 용광검의 주인으로서 모든 단군족을 이끌어 가실 계승자답게 그 위엄을 보여 주시옵소서. 신라가 어려울 때 구원해 주시겠다는 약조를 지켜주시어 신의가 살아 있음을 보여 주시옵소서."

"대신은 내 말을 오해하고 있구려. 내가 언제 신라를 도와주지 않겠다고 했습니까? 단지 꼭 군사를 동원해야만 하는가 아니면 군사를 동원하지 않고도 해결할 방법은 없는가를 묻는 것인데, 그것이 신의를 저버리는 행동이고 모든 단군족을 하나로 모으는 태도가 아니라고 어떻게 말할 수 있겠습니까?"

"저희 신라는 적의 침략을 받아 사직이 존폐의 기로에 처해 있사옵니다. 지금 저희가 당장 필요로 하는 것은 군사적 지원이옵니다. 그런데 대왕 폐하께서는 신라를 도와주겠다고 하시면서도 원군에 대해서는 확답을 주지 않고 있사옵니다. 이것은 결국 우리를 도와주지 않겠다는 뜻이 아니고 무엇이겠사옵니까? 또한 백제와 가야 등의 분열 행위를 보고도 방관하시겠다는 말씀이 아니고 무엇이겠사옵니까?"

"무엄하기 짝이 없소이다. 아무리 대왕 폐하께서 그대의 충심을 높이 사 어여삐 여기고 계실지라도 그런 말을 입에 올리다니……."

대서지의 불경함을 못 참겠다는 듯 수라바가 크게 꾸짖었다. 그러자 담덕이 그것을 제지하며 입을 열었다.

"아직 신라가 침공을 받고 있는 것이 아니지 않습니까? 그런 조짐이 있을 뿐이지. 그동안 시간이 있는데 왜 그것을 이용하지 않고 무작정 지원군을 요청하며 싸움으로만 해결을 보려고 하십니까? 정말 형제 나라들 간의 단합을 염두에 두신다면 평화적 방법으로 해결할 방도를 먼저 찾아야 하지 않겠습니까? 그게 아니라면 신라의 안위만 먼저 생각하고 계시는 게지요. 내 대신의 우국충절을 몰라서 하는 말이 아닙니다. 사실이 그렇다면 그것을 솔직하게 인정하는 것이 도리이지, 그걸 가지고 용광검을 거론하며 그럴듯한 말로 포장하려 해서야 되겠느냐는 것입니다. 내 할 말은 아니지만 한마디 하겠습니다. 그토록 신라를 끔찍이 염려했다면 먼저 왜 침략을 받게 되었는지 그 연유를 따져보고, 그에 대비하지 못했음을 반성하는 것이 이치에 맞지 않습니까? 우리에게 정식으로 지원을 요청하는 것이야 좋지만, 그렇다고 우리가 단군조선의 계승자로서 형제 나라 간의 단합을 위해 노력하지 않는다는 듯이 사실까지 억지로 왜곡할 필요는 없지 않습니까? 내 말을 섭섭하게 생각지 마시고, 그런 태도가 조정의 신하 된 도리가 아니냐 하는 말이지요."

"대왕 폐하의 지적에 신라의 조정 신하로서 부끄럽기 짝이 없사옵니다. 하오나 이 점 또한 말씀드리고 싶사옵니다. 지금껏 신라는 가야와 왜를 상대로 다투어 왔을 뿐 직접 백제를 상대로 하지는 않았사옵니다. 그런데 지금은 백제가 직접 나서서 가야와 왜를 끌어들여 신라를 공격하려는 듯한 형국이옵니다. 이렇게 된 데에는 우리 신라가 고구려와 협력을 취한 데에 그 원인이 전혀 없다고는 할 수 없을 것이옵니다. 그리고 지난날 지금의 국상께서 신라에 오셔 말씀하시기를, 고구려는 단군족의 단합을 위해서 노력할 것이며, 신라의 어려움을 결코 모른 척하지 않겠다고 약조했습니다. 이를 우리는, 모든 단군족의 형제 나라들은 서로 힘을 합쳐야 하고, 분열을 일으킨 행위에는 반대해서 싸우자는 뜻이 담긴 약조로 받아들였사옵니다. 그런데 백제와 가야 등이 이를 어기면서 저희 신라를 침공하려 하고 있습니다. 침공 자체도 나쁘지만, 형제 나라끼리 편을 갈라 싸우게 하는 것은 단군족의 단합에 얼마나 큰 후과를 가져다줄지, 대왕 폐하께서도 잘 아실 것이옵니다. 그렇다면 신라와 협력해 이들에 대항해 싸우는 것이 신라를 위하는 길이 되기도 하거니와, 단군족의 단합을 위한 길이기도 할 것이옵니다."

"허-허! 대신은 어찌 세 치 혀로 흑백을 가리려 하십니까? 신라의 구원과 단군족의 단합은 일맥상통하기도 하지만 똑같은 것이 아닌데, 마치 그런 것인 양 자꾸 우기시니 말입니다. 신라 입장에서 보면 무조건 군사를 지원해주면 좋겠지요. 허나 형제 나라들을 모두 하나로 모아야 하는 입장에서 보면 서로 전쟁 없이 평화적으로 해결하는 것이 가장 좋은 방도겠지요. 이 점을 분명히 보시라는 겁니다. 바로 이것이 신라라는 테두리에서 벗어나 단군족의 단합을 생각하는 입장이니까요. 자-아 보세요. 백제 또한 우리 고구려의 거수국이고, 신라 또한 형제 나라입니다. 그렇다면 가장 큰형 된 입장에서 무조건 한편만 들 수는 없지 않겠습니까? 기회를 주어야지요. 물론 말을 듣지 않고 계속 잘못된 길을 간다면 당연히 그 위엄을 보이고, 응당한 조치를 취해야겠지요. 하지만 처음부터 무기를 꺼내 들고 겁박하며 싸우려고 하는 것이 옳겠습니까? 내 그래서 형제 나라들 간의 문제를 평화적으로 해결하기 위해 신라를 도와주겠다고 하면서도, 당장 군사적 지원에 확답을 해주지 않는 것입니다. 그런데 이것이 무슨 신의에 어긋났다는 것이며, 단군족의 단합을 위한 대의에 어긋났다고 말하는 겝니까?"

담덕의 말을 들은 대서지의 얼굴은 후끈 달아올랐다. 겉으로는 단군족의 협력을 거론하고 있지만, 신라의 구원에만 관심이 있는 게 아니냐는 담덕의 지적에, 그는 더 이상 반박할 수 없었다. 논쟁을 벌여 자연스럽게 지원받으려 했다가 도리어 본전도 뽑지 못한 결과였다. 그렇지만 나라의 존망이 그의 손에 달려 있는 상황에서 순순히 물러설 수는 없었다. 이런 상황에서 고구려 태왕 담덕을 움직일 수 있는 단 하나의 방법은 솔직하게 인정하고 우직하게 밀고 나가는 것이었다.

"신은 우둔해서 대왕 폐하의 말씀을 당해내지 못하겠사옵니다. 신, 대왕 폐하의 원대한 뜻에 놀랍고 경외롭기만 하옵니다. 하오나 신은 워낙 소견이 좁은 사람인지라, 당장 저희 신라의 위기 상황이 눈앞에 어른거려 눈물이 앞서기만 하옵니다. 폐하께서는 도와주신다고 하나 신의 눈으로는 기약 없는 약속만 하시는 것 같아……. 신 감히 대왕 폐하께 청하옵니다. 약조를 지켜주시옵소서. 신의라는 것이 어찌 말로써만 생길 수 있겠사옵니까? 소신은 지금까지 살아오면서 서로의 마음을 알아주는 것이 진정한 신의라고 알고 있사옵니다. 신 거듭 청하옵건대, 백척간두에 처한 저희 신라의 위급한 상황을 외면하지 마시옵고, 신의가 살아 있음을 보여 주시옵소서."

담덕은 신라의 위급한 상황만 거론하며 주청하는 대서지의 얼굴을 담담하게 지켜보았다. 충분히 말귀를 알아들을 수 있게 얘기했건만, 자신의 처지만 생각하니 딱하기 그지없었다. 어쩌면 고구려와 신라의 관계는 지금 두 사람이 앉아 있는 거리만큼이나 가깝기도 하지만 멀기도 한 것 같았다. 진정 신라나 백제와 같은 형제국에서 자기 나라의 울타리를 벗어나 단군족의 대의를 견지하는 사람이 나올 수 없는가 하는 강한 의문이 들었다. 그는 애써 답답한 마음을 가슴 한켠에 접고 차분한 어조로 입을 열었다.

"대신, 단군족의 협력을 위해 도와주겠다는 내 말을 아직도 믿지 못하겠고, 이해하지 못하겠소? 내가 바라는 것은 단군족의 단합을 입으로만 외치지 말자는 것입니다. 그것을 제일 우선에 놓고 진심으로 합심하자는 것이지요."

"대왕 폐하의 원대한 포부에 신은 놀랍기만 하옵니다. 하지만 우리 신라가 망한 다음에 그것을 할 수는 없지 않사옵니까? 그래서 도와 달라고 간청하는 것이옵니다. 만약 대왕 폐하께서 원병을 보내주시겠다고 약조만 해주신다면 우리 신라는 앞으로 용광검의 계승자이신 대왕 폐하의 나라와 손잡고, 단군족의 단합을 위해 영원토록 협력할 것이옵니다."

"우리와 손잡고 단군족의 단합을 위해 영원토록 협력하겠다……."

담덕이 대서지의 말을 되풀이하며 원군도 보내줄 수 있다는 의향을 내비쳤다. 담덕은 그동안 대서지와 논쟁을 통해서 신라를 도와주는 것이 두 나라의 이익만이 아니라, 단군족의 단합이라는 대의에서 비롯된 것임을 확인시키고자 했고, 앞으로도 그런 지향을 계속 견지할 것을 요구하고자 했다. 백제와의 관계를 거수국으로 놓고 풀어가려 했다면, 신라와의 단합은 단군족의 대의에 의한 협력 강화임을 분명히 하고자 한 것이다. 다시 담덕의 말이 이어졌다.

"그런데 그게 대신의 뜻입니까? 아니면 신라 매금寐錦(내물왕)의 뜻입니까?"

내물이사금奈物尼斯今(내물왕)이 권한을 일임했다면 그가 직접 실제 행동으로 내보일 수 있는가를 묻는 말이었다.

"소신의 뜻이기도 하고 저희 폐하의 뜻이기도 하옵니다."

대서지가 분명하고도 뚜렷한 어조로 화답했다. 그는 내물이사금으로부터 어떻게 해서든지 고구려의 지원병을 끌고 오라는 명을 받고 온 것이었다.

"신라 매금의 뜻도 그러하다? 좋소. 내 대신의 충정을 생각해 어떤 경우에도, 다시 말하지만 어떤 경우라도 구원해 주겠다고 약속해드리겠소."

"저희 왕과 온 백성을 대표해 대왕 폐하의 하해와 같은 은혜에 감사드리옵니다. 그런데 언제쯤 구원병을 보내주실 것이온지……. 그것을 알아야 우리 신라 쪽에서도 대응책을 마련할 수 있을 것인지라……."

대서지는 또다시 지원군에 대한 날짜까지 확약받고자 했다. 이에 담덕이 화가 난 목소리로 준엄하게 꾸짖었다.

"아직도 말귀를 못 알아듣고 있소이까? 내 그쯤 했으면 이해할 듯도 한데……. 그럼 용광검을 직접 보여주어야 믿을 수 있다는 말이오?"

담덕이 용광검을 빼 들려 했다. 그러자 대서지가 당혹스러워하며 말을 얼버무렸다.

"그런 것이 아니옵니다만……. 어찌 그러시는지 이해가 되지 않는지라……."

대서지는 원병을 보내줄 것처럼 하다가 처음과 똑같은 말만 되풀이하는 담덕의 말이 도무지 이해되지 않았다. 지원병을 보내주겠다는 것인지, 안 보내겠다는 것인지 그것 자체도 아리송했다. 그로서는 단군족이나 형제국의 단합이라는 말은 빛 좋은 개살구에 불과했다. 나라가 망한 다음 고구려 군사가 온다면 아무런 소용이 없었다.

"내 앞서 얘기했듯이, 우리는 이 문제가 전쟁 없이 평화적으로 해결되기를 바라고 있소이다. 어렵겠지만 미리서부터 포기할 필요는 없지 않습니까? 최선을 다해 보아야지요. 어쨌든 확언했듯이 신라의 어려운 상황을 결단코 묵과하지 않겠다고 말씀드렸으니 그리 믿어주시구려."

"신, 대왕 폐하의 말씀을 믿겠사옵니다. 하지만 어떻게 군사를 보내지 않고도 해결할 수 있는 것인지, 신으로서는 납득되지 않사옵니다. 좋은 비책이라도 있으면 신에게 가르쳐 주시기를 청하옵니다."

여전히 이해할 수 없다는 대서지의 표정이었다. 담덕은 충분히 그의 태도가 이해되기도 했다. 그만큼 신라의 위급한 처지를 반영한 것이었다. 그것은 단군족의 형제 나라들 간의 단결과 투쟁이 얼마나 어렵고 힘든 일인가를 실감하게 했다. 하지만 신라와의 협력과 백제와의 관계 개선을 원만하게 해결하자면 충분히 납득시키면서 풀어나가야 했다.

"그리 걱정만 하시니 내 한 말씀 드리지요. 우리가 백제군이 가세하지 못하도록 붙잡아 둔다면 연합전선은 구축되지 못할 것입니다. 그것이 백제에게도 기회를 주는 것이고, 또 가야와 왜의 힘도 약화시키는 방안이 될 것입니다. 물론 그들이 어찌 나올지 지금으로서는 알 수가 없지요. 하지만 백제가 싸우려고 하지 않는다면 가야와 왜 또한 물러갈 수밖에 없을 것입니다. 만약 그래도 그들이 신라를 위협한다면 그때는 우리 군사가 직접 나설 것입니다. 이제 됐습니까?"

광개토호태왕릉비문에는 9년 기해己亥년에 백잔百殘이 맹세를 어기고 왜倭와 …… 내통했다. 태왕太王이 평양平壤으로 내려오니 신라新羅가 사신을 보내…… 왜인倭人이 그 국경國境에 ……성들을 무너뜨리고 있는데 노객奴客(신라왕)은 ……구원을 요청한다고 했다. 태왕

太王은 은혜롭고 자애로워 그 충성忠誠을 칭찬하고 사신을 돌려보내면서 밀계密計를 알려 주었다고 했다.

"그렇게만 해 주신다면야……."

얼굴이 환해짐과 동시에 대서지가 부끄러운 듯 고개를 들지 못했다. 그제서야 고구려 태왕이 지금까지 무슨 말을 해왔는지 일목요연하게 이해된 것이다. 고구려 태왕의 구상이야말로 굳이 전쟁하지 않고 신라의 침략 세력을 쉽게 몰아낼 방안이었다. 더욱이 고구려의 위용 앞에 가야와 왜가 백제의 지시로 스스로 물러난다면 싸우지 않고도 전쟁을 끝낼 수도 있었다. 이런 이치를 모르고 계속 군사 원조만 강변했으니 놀림을 당한 꼴이었다.

"대왕 폐하! 신이 우둔하여……. 대왕 폐하의 하해와 아량으로 용서해 주시옵소서."

대서지가 솔직하게 자신의 어리석음을 인정하자 담덕이 그것을 곱게 보아주며 넘어갔다.

"그게 어찌 대신의 우둔함이겠소? 신라에 대한 충심이 높아서 그런 게지요. 하지만 앞으로는 단군족의 단합을 위해서도 노력해 주시구려. 나는 그것을 믿을 것입니다. 그리고 다음 기회에는 아들 실성도 보고 가셔야지요."

"대왕 폐하의 신묘한 계책에 신 눈물이 앞을 가리옵니다. 그러면 소신은 대왕 폐하께서 가르쳐 주신 비책을 안고 달려가겠사옵니다."

대서지가 신하로서 정중한 예를 다시 올렸다. 그 정중한 예를 갖춘 이면에는 진정한 존경심이 묻어 있었다. 실상 그는 용광검을 거론하기는 했지만 그것을 진실로 믿지는 않았다. 그러나 여러 의견을 나누는 가운데 저절로 용광검의 주인임을 인정하지 않을 수 없었다.

대서지는 자리에서 물러 나온 후 곧장 신라로 향했다. 이와 때를 같이해 고구려 군사는 시위라도 하듯 요란하게 소리를 내며 백제와의 전선으로 이동하였다.

48

담덕은 국경선으로 군사를 이동시킨 다음 백제의 동태를 살폈다. 백제는 고구려 군사의 움직임에 아연 긴장에 휩싸이는 모습이 역력했다. 지난날 고구려의 전면 공격에 무참히 짓밟힌 악몽이 있는지라 이에 촉각을 곤두세우고 있는 듯했다. 작전이 주효했다.

이를 본 담덕은 좀 더 강도를 높여 군사적 시위를 감행했다. 백제로 하여금 형제국끼리 서로 싸우고 다투는 분열 행위를 하지 말라는 경고의 의미였다. 이에 백제는 신라 지역으로 보낸 군사를 접경지역으로 급히 돌이켰다. 그러나 가야와 왜에게는 신라를 공략하도록 여전히 배후에서 독려했다.

참으로 애석한 일이었다. 진실로 형제국 간의 싸움을 바라지 않는다면 가야와 왜에게도 군사를 되돌리도록 해야 했다. 그러나 백제는 고구려 군사를 분산시키려는 의도를 포기하지 않았다. 그래야 고구려 군사가 자신들을 공격하지 못하고 가야와 왜를 상대할 것이라고 본 것이다.

무력 시위를 통해 평화적으로 해결하려는 뜻이 백제의 간계로 무산되자, 어쩔 수 없이 신라로 군사를 파견해야 할 상황에 처하게 되었다. 원하지 않는 바였지만, 또 동족 간에 혈전을 치르게 될 수밖에 없게 되었다.

담덕은 신라로 언제 군사를 파견할지 그 시기를 가늠했다. 그런데 어쩐지 후연이 마음에 걸렸다. 분명 후연은 고구려가 대군을 보낸다면 그것을 기회로 삼을 것이었다.

담덕은 신라로 군사를 파견하기 전에 먼저 후연에 국서를 보냈다. 그 내용은 서로 화친하며 평화롭게 살자는 것이었다. 후연이 서부 변방을 넘보지 말라는 경고의 의미였다. 그런 연후 신라에 5만의 대군을 보내려고 하자 부살바가 재고를 요청했다.

"대왕 폐하! 후연의 움직임을 예상할 수 없사옵니다. 그들이 국서 한 장으로 준동하지 않을 것이라고는 생각지 않사옵니다. 후연을 대비하는 것이……."

"수라바 장군도 그리 생각하시오?"

"소신이 보기에도 백제가 움직이지 못하는 상태라면 가야와 왜군을 상대로 그렇게 많은 병력이 필요치 않을 것으로 사료되옵니다.”

“군사적 역량만 본다면 장군들의 말씀이 맞을 것입니다. 그러나 우리 군은 파병된 군사라는 것을 생각해야 합니다. 그곳의 지리도 잘 모르는 형편이고…… 더욱이 중요한 것은…….”

담덕이 잠시 멈추었다가 다시 말을 이었다.

“어쩔 수 없이 군사를 파견하지만, 동족 간의 싸움은 이번 싸움으로 끝내야 한다는 것입니다. 그러자면 연합전선이 공고히 형성되기 전에 초전에 짓부숴 버려야 합니다. 더욱이 왜까지 가세하고 있는 것은 두고 볼 수 없는 일입니다. 이번 기회에 우리 고구려의 막강한 위용을 과시해야 합니다. 다시는 형제국 간에 싸움을 벌이는 불상사가 앞으로 일어나지 않고 단합할 수 있는 전환적 계기를 기필코 확보해야 합니다. 내 뜻을 아시겠습니까?”

부살바가 담덕의 뜻에 동의하면서도 여전히 후연의 움직임이 걸리는 듯 그쪽으로의 파견을 주청했다.

“그렇다면 서부 변방 쪽은 어찌할 것인지……. 차라리 소장을 그쪽으로 보내 주시옵소서. 그러면 소장, 후연군이 절대 준동하지 못하도록 하겠사옵니다.”

“부살바 장군의 말씀이 옳을 듯싶사옵니다. 부살바 장군이 그쪽으로 간다면 심려를 놓을 수 있을 것이옵니다. 그리하시옵소서.”

수라바가 찬성을 표시하자 담덕도 고개를 끄덕였다.

“아무래도 그게 좋을 듯싶습니다. 별성체계가 세워져 있고, 그곳에 진 장군이 있는 한 크게 문제 될 것은 없을 것입니다. 허나 만에 하나라도 대비해야 할 것입니다. 이미 국서를 통해 함부로 날뛰지 말라고 경고했으나, 힘이 뒷받침되지 못한다면 소용없을 것입니다. 부살바 장군이 지금 당장 서부 변방으로 떠나 진 장군을 도와주시구려."

후연이 만약 서부 국경을 넘본다면 곧장 반격하라는 명이었다. 성 방위체계를 세워온 성과물에 의거해 남부와 서부의 양 방면에서 주동적으로 문제를 풀어가자는 의견이었다. 이에 부살바가 시원스럽게 대답했다.

"신명을 바쳐 폐하의 명을 받들겠사옵니다."

"수라바 장군께서는 신라로 파병 가는 원군을 지휘해 주시구려. 이 난국을 헤쳐 가느냐, 그렇지 못하느냐는 두 분의 어깨에 달려 있습니다."

"대왕 폐하! 심려하지 마시옵소서."

담덕의 뜻을 받들고 부살바는 곧장 서부 변방으로 말을 달렸다. 수라바는 언제든지 출병할 준비를 해 놓고 담덕의 명을 기다렸다.

담덕은 부살바가 떠난 후에도 별다른 움직임을 보이지 않았다. 백제군이 계속 고구려군을 경계하게 함으로써 꼼짝 못 하게 붙들어 두면서도, 가야와 왜에 압력을 넣어 군사를 물릴 시간을 주고자 함이었다. 그러나 그의 바람과는 달리 가야와 왜군이 신라의 변방 깊숙이 침공해 왔다는 급보를 알려 왔다.

마침내 담덕은 1월이 끝나갈 무렵 수라바 장군에게 출정을 명했다.

고구려 원병의 총대장인 수라바는 고구려 남변성인 남거성男居城에서 기병과 보병을 합해 5만의 대군을 이끌고 신라로 진군하였다. 고구려군은 신라의 남쪽을 전진 지점으로 삼고 은밀하고도 빠르게 나아갔다.

영락 10년(400년) 2월 중순, 서부 변경의 후연 쪽과 남부의 신라 진영에서의 숨 가쁜 움직임과는 달리, 백제와 경계를 접하고 있는 고구려 진영은 조용했다. 군사 또한 왕당군의 군사만이 있었고 다른 군사들은 보이지 않았다. 표면적으로 평온한 분위기였지만, 지휘부 막사는 두 진영의 움직임을 보고받으며 숨 가쁘게 돌아갔다.

담덕은 막사 안에서 자리를 뜨지 못했다. 오골승만이 주위를 경계했다.

담덕이 오골승을 향해 물었다.

"지금 보고된 다른 소식은 없습니까?"

담덕은 신라와 후연 쪽으로부터의 소식을 기다리고 있었다. 이미 신라 쪽에서도 한참 전쟁이 수행되고 있었고, 서부 변경 쪽에서도 후연의 모용성이 침공해 왔다는 급보를 받고 곧바로 반격 명령을 내린 상태였다.

"도착할 때가 되었사오나 아직……."

오골승이 민망해하며 우물쭈물했다. 이때 밖에서 외치는 소리가 들렸다.

"대왕 폐하!"

"무슨 일이냐?"

오골승이 소리쳐 물었다.

"수라바 장군이 보내서 왔사옵니다."

"들라 하라!"

담덕의 얘기에 전령병이 들어와 예를 취했다.

"전황은 어찌 되어 가고 있느냐?"

"우리 군의 대승이옵니다. 우리 군이 한걸음에 달려가 신라 변방의 한 성에 이르니 왜병이 가득했사오나, 우리 군이 용맹무쌍하게 진격하자 왜군은 감히 대항할 엄두를 못 내고 도망치기에 급급해했사옵니다."

"그래! 그다음은 어찌 되었느냐?"

"이에 수라바 장군께서는 왜군을 격파한 후 곧장 임나가라任那加羅(가야, 김해)의 종발성에까지 진격했사옵니다. 그곳에서 가야와 왜병이 감히 우리 군대에 대적하려 하자, 이에 수라바 장군은 철기부대를 앞세워 성을 공격했사옵니다. 철기부대가 그들을 파죽지세로 몰아치자, 가야군과 왜병은 그 위력 앞에 감히 싸울 엄두를 내지 못하고 곧장 항복했사옵니다."

"역시 수라바 장군이군."

"연전연승한 기세로 수라바 장군은 신라군으로 하여금 종발성從拔城을 지키게 해 놓고는 곧장 왜병이 집결해 있는 성염성城鹽城

으로 진격하고 있사옵니다. 아마 지금쯤은 그곳 또한 이미 장악되었을……."

"성염성. 그 성이 어떤 성인지 아느냐?"

"신라인들의 말로는 그곳이 바로 왜병의 소굴이라고 합니다."

신라 구원전은 이제 막바지 상황으로 치달아 가고 있었다. 그 소굴을 소탕하면 이번 싸움의 종지부를 찍을 수 있었다. 담덕이 고개를 끄덕이며 다시 물었다.

"달리 전한 말은 없었느냐?"

"수라바 장군께서는 왜병의 소굴인 성염성을 격파한 다음 일부 군사만을 제외하고는 곧장 돌아오겠다고 하셨사옵니다."

"수고했느니라."

신라로 원정 나간 수라바 장군은 그의 믿음대로 전황을 완전 장악하고 있었다. 이제 남은 것은 서부 쪽의 정세였다. 진 장군이 버티고 있는 데다 부살바 장군까지 가세했으니, 크게 염려할 바는 아니었으나 그래도 그 귀추가 주목되었다.

"서부 변경의 소식을 알 수 없으니……. 지금 어찌 되어가고 있는지……."

연락병이 물러간 후 담덕이 혼자 말처럼 중얼거렸다. 아무래도 그쪽에서 심상치 않게 뭔가 일이 벌어지고 있다는 직감이 가슴을 무겁게 내리눌렀다. 부살바가 떠난 이래 소식이 올 때가 되었는데 파발이 도착하지 않고 있음이었다.

모든 백성이 풍요롭고 행복하게 살자면 무엇보다 외침에 시달리지 않아야 했다. 환란에 휩싸인다면 그동안 고생하며 이룩해온 삶의 터전을 잃어버리는 격이었다.

결코 전란의 소용돌이에 휘말리지 않아야 한다는 바람이 더욱 서쪽 소식을 애타게 기다리게 했다. 그러나 그쪽에서의 연락이 그렇게 빨리 올 수는 없었다. 그곳은 거리가 너무 멀었다. 단지 위안 삼을 것이 있다면 남방에서의 일이 착착 진행되어 머지않아 승전보를 올리고 돌아올 것이고, 그러면 서부 쪽에 힘을 집중시킬 수 있다는 점이었다.

2월이 다 지나갈 무렵, 담덕이 애달아하는 가운데 오골승이 소리쳤다.

"대왕 폐하! 전령병이 도착했사옵니다. 어서 대왕 폐하께 그곳의 소식을 소상히 고하도록 하라!"

담덕이 서부 쪽의 전황을 애타게 기다리고 있는 것을 안 오골승이 전령에게 다그쳤다.

"대왕 폐하! 후연이……."

연락병이 눈물을 글썽이며 말을 잇지 못했다. 기필코 일이 크게 터졌다는 것을 직감한 담덕의 얼굴이 일그러졌다. 오골승이 전령병에게 재차 재촉했다.

"차근차근 전해 올려라!"

"후연왕 모용성이 2월 초에 직접 삼만여 군사를 이끌고 쳐들어왔는데, 어둠을 틈타 급습을 한지라……. 신성, 남소성이 있는 칠

백 리 길이 그들의 말발굽에 짓밟혔다 하옵니다."

"뭐? 신성과 남소성이 있는 데까지……."

담덕의 입에서 신음 소리가 흘러나왔다. 엄청난 타격이었다. 이제 후연은 내정을 정비했음을 선언하고 고구려와 한판 승부를 겨루자고 달려드는 모양이었다.

삼국사기에는 광개토왕 9년(400년) 봄 정월에 왕이 연燕에 사신을 보냈고, 2월에 연나라 왕, 성盛이 예절이 오만하다는 이유로 직접 3만을 거느리고 …… 표기대장군驃騎大將軍 모용희慕容熙를 선봉으로 삼아 신성新城, 남소성南蘇城의 두 성을 함락시키고 7백 리의 땅을 점령하여 5천여 호를 이주시켜 놓고 돌아갔다고 했다.

"더욱이 참을 수 없는 것은 그들이 고구려를 공격한 그 이유가…… 이유가……."

전령병이 말을 하지 못하고 뜸을 들이자 오골승이 다시 채근했다.

"왜 말을 하지 못하는 것이냐? 소상히 전하도록 하라."

"차마 입에 담기가……. 그 이유인즉…… 국서의 내용이 교만하다는 것이었다 하옵니다."

"뭐라고? 모용성 이놈이!"

오골승이 눈을 부라렸다. 감히 대왕 폐하를 욕보이다니 용서할 수 없었다.

"어허! 됐습니다. 그래 부살바 장군은 어찌하고 있느냐?"

"부살바 장군이 도착하기 전에 이미 벌어진 일인지라……. 하지만 지금은 빼앗긴 영토를 모두 되찾았사옵니다."

불편한 심기를 헤아려 본 전령병이 재빨리 힘주어 얘기했다. 그러나 담덕은 아무런 반응을 보이지 않았다. 전령병의 말이 계속 이어졌다.

"부살바 장군은 도착하자마자 주위의 군사들을 모아 진 장군을 도우면서 적극 반격하였사옵니다. 특히 루라 부장의 활약은 눈부셨사옵니다. 후연군은 루라 부장의 화살에 후드득 쓰러지며 줄행랑을 놓았고, 후연왕 모용성까지 큰 상처를 입혔다 하옵니다."

"그래, 부살바 장군이 달리 전한 말은 없었느냐?"

"지금 후연에 짓밟힌 지역을 추스르고 있사온지라, 그곳을 처리한 연후에 돌아오겠다고 하였사옵니다."

"알았느니라."

전령병이 물러간 후 오골승이 분을 참지 못하고 간청했다.

"대왕 폐하! 후연을 응징하셔야 할 줄 아옵니다. 대고구려를 넘본다면 어떻게 되는지, 이참에 아예 본때를 보여주어야 할 것이옵니다."

오골승의 요청에도 담덕은 대꾸하지 않고 물러가게 했다. 나중에 복수한다 한들 백성들의 삶에는 큰 도움이 되지 못했다. 이미 그곳 백성들은 후연의 말발굽에 짓밟혀 고통을 당하고 있을 것이었다. 사전 대비가 중요한 것이지 사후 약방문은 아무런 소용이 없었다. 백성들이 전란의 고통에 떨고 있을 것을 생각하니 쓰린 가슴을 억누를 길이 없었다.

후연의 침탈 소식을 듣고 난 이후 담덕은 막사에서 두문불출했다. 그러다 보니 막사 주위는 침울한 분위기가 감돌았다. 그도 그럴 것이 담덕이 대왕에 오른 이래 적의 침공을 받았지만 한 번도 조국 강토가 짓밟히게 한 적은 없었다.

그는 무엇보다 고구려 백성이 다른 외세의 침입을 받는 일만은 없게 하겠다고 맹세하고, 그것을 위해 지금까지 전장을 전전했다. 이번에도 이런 일을 당하지 않기 위해 혜성 국상을 비롯한 장군들의 끈질긴 반대에도 아랑곳하지 않고 여기까지 직접 나온 것이었다. 비록 곧바로 반격에 들어가 물리쳤다 하나, 침공을 받아 타격을 입은 것만은 엄연한 사실이었다.

일이 이렇게 된 데에는 단군족의 형제국들이 서로 단합하지 못한 데 있었다. 서로 힘을 합쳤다면 이런 일이 일어날 수 없었다. 형제 나라들을 하나로 묶지 못한다면, 또 이런 전철을 밟지 않는다고 장담할 수 없었다.

이것을 보더라도 결단코 형제 나라들의 단합을 늦출 수 없었다. 하지만 참으로 난감한 것은 그 단결이 결코 무력으로만 이뤄질 수 없다는 점이었다. 그렇지만 대의에 입각해 단결하고 싸운다고 한들, 힘이 없으면 아무 소용이 없는 조건에서, 이제 무엇을 해야 할지 그 과제가 명백해졌다는 것이다. 그것은 대륙의 강자로 새롭게 거듭나는 것이었다. 마음에서 우러난 협조를 끌어내기 위해서도 힘이 필요했다. 오직 자신의 힘으로 성취하기 위해서는 강국으로 되살아나야 했다.

'단군족의 단합을 이룩하려는 우리의 입장을 그 누구도 막지 못할 것이다. 이 길을 막는 자 준엄하게 철퇴를 내리리라. 후연, 우선 너희들부터 천백배 만백배의 복수를 해줄 것이다. 대고구려를 넘보는 것이 얼마나 후회막급한 일인지, 내 기어이 보여주고야 말리라.'

담덕은 쓰린 속을 달래며 결의를 새기고 새겼다. 대륙의 강자로 거듭나기 위해 궤도를 바로잡아야 했다. 그것이 단군족의 형제국들을 하나로 통일하고 끝내 천손의 나라를 세울 수 있는 돌파구였다.

"대왕 폐하! 수라바 장군께서 돌아오고 있다 하옵니다."

"나가봅시다."

담덕은 침울한 분위기를 떨쳐 버리며 밖으로 나섰다. 지휘관이 계속 침통해 있는 모습을 보여주는 것은 사기에도 도움이 되지 않았다.

수라바의 귀환과 승리의 소식은 침통했던 고구려 진영에 활기를 불어넣었다. 가야와 왜군을 파도처럼 몰아친 고구려군의 위세를 다시금 확인한 것이었다.

보무도 당당하게 승전고를 울리며 행군해오던 수라바 장군이 마중 나온 담덕을 보고 예를 갖추며 보고하였다.

"신, 수라바. 대왕 폐하의 명을 완수하고 돌아왔사옵니다."

"수고하셨소이다. 자! 안으로 들어갑시다."

막사로 들어온 담덕이 다시 수라바의 공을 치하했다.

"장군의 공으로 형제국끼리 편을 갈라 싸우려는 백제의 전술은 파탄 나고 말았소이다. 연합세력의 준동을 초전에 막아냄으로써, 단군족의 단합에 또 한 번의 전기를 이룩하게 되었소이다. 이 모두가 장군의 큰 공입니다."

"듣기 민망하옵니다. 소장은 단지 대왕 폐하의 뜻을 따랐을 뿐이옵니다. 그런데 서부 변경 쪽은 어찌 되어가고 있사온지……."

"예상한 대로 후연이 침공해 왔소이다."

"그러면 지금……."

"아닙니다. 진 장군과 부살바 장군께서 곧장 그들을 반격해 몰아냈다고 합니다. 뿐만 아니라 후연왕 모용성에게도 큰 상처를 입혔다 합니다."

오골승이 대신 대답을 했다. 수라바가 고개를 끄덕이고는 담덕의 상한 마음을 달래고자 화제를 다른 데로 돌렸다.

"대왕 폐하! 기쁜 소식이 있사옵니다. 신라 내물이사금(내물왕)이 대왕 폐하의 은덕을 잊지 못하겠다고 직접 폐하를 배알하겠다며 우리 군사가 귀환하는 길에 동행했사옵니다."

"으음, 이찬 대서지가 약속을 지키는 모양이구려. 그러면 어서 모시도록 하오."

"알겠사옵니다. 대왕 폐하!"

수라바는 대답하고 나서 밖으로 나와 수하들에게 명했다.

"즉시 신라 내물이사금을 모셔 오도록 하라!"

수라바의 지시에 신라 내물이사금 일행이 이찬 대서지와 함께 담덕의 막사에 도착했다.

"고구려의 아우 나라 신라 내물이사금이옵니다. 대왕 폐하의 하해와 같은 은혜에 신라 백성을 대표해 감사드리옵니다."

내물이사금이 신라를 구원해 준 은공에 대한 보답으로 담덕을 향해 머리를 조아렸다.

광개토호태왕릉비문에는 10년 경자庚子년에 …… 5만 명을 보내어 신라新羅를 구원하게 하였는데 남거성男居城을 거쳐 …… 왜를 쫓아 급히 임나가라任那加羅의 종발성從拔城 …… 성염성城鹽城을 함락시키니 왜구倭寇가 이로 인하여 궤멸되고 …… 옛적에는 신라매금新羅寐錦이 직접 온 일이 없었으나, 태왕太王 때에 와서 매금寐錦이 조공朝貢하게 되었다고 하였다.

"어서 일어나시지요."

담덕이 내물이사금의 손을 잡으며 일으켜 세웠다.

"망극하옵니다. 저희 신라를 도와주시는 와중에 후연의 침탈을 받았다는 소식을 전해 들었사옵니다. 대왕 폐하의 상심이 얼마나 크실까를 생각하니…… 우리 신라를 구원해 주시다가 생긴 일이어서…… 이 은혜를 어찌 갚아야 할지……."

"핏줄이 같은 우리 형제 나라들이 서로 협력하지 못하고 싸우기 때문에 발생한 일이 아니고 무엇이겠습니까? 우리가 서로 힘을 합치는 사이였다면 어찌 형제국끼리 싸우는 일이 일어났겠으며, 고작 후연 같은 나라가 우리를 감히 넘볼 수 있었겠습니까?"

"명심하겠사옵니다. 저희 신라를 존망의 위기에서 구해주신 대왕 폐하의 은혜를 절대로 잊지 않을 것이오며, 앞으로도 폐하의 뜻을 받들어 같은 형제 나라들이 힘을 합치도록 적극 노력할 것이옵니다. 비록 부족하지만 대왕 폐하의 황은에 보답하고자 준비한 것이옵니다. 받아 주시옵소서."

내물이사금의 지시에 그의 수하들이 마련해 온 진귀한 보물을 담덕 앞에 내놓았다.

"성의가 고마워 받기는 하겠습니다. 그런데 우리가 바라는 것은 진귀한 보석 같은 것이 아니라, 단군족의 형제 나라들이 진심으로 힘을 합치자는 것입니다. 이것은 빈말이 아니라 우리의 진실한 뜻이라는 점을 깊이 이해해 주셨으면 합니다. 그래야 다른 외세의 침입도 받지 않고 서로 피를 흘리며 싸우는 일도 없어지지 않겠습니까?"

담덕의 말에 내물이사금이 조심스럽게 입을 열었다. 그는 고구려 태왕을 충실하게 받들겠다는 태도를 보이면서도 실속을 차리고자 했다.

"명심 또 명심하겠사옵니다. 그런데 외람된 말씀이오나 대왕 폐하께 청하고 싶은 것이 있사온데, 말씀을 올려도 될는지……."

"뭔데 그러십니까? 얘기해 보시지요."

"그럼 무례를 무릅쓰고 말씀 올리겠사옵니다. 이번 침공은 대왕 폐하의 은혜로 막기는 했사오나, 그들의 침략이 또 있을 것인지라 그게 걱정되기만 하옵니다. 고구려 군사를 계속 신라에 파견해 주신다면 이 근심을 벗어던질 수 있을 것 같아……."

"그야 고구려 군사가 아직 신라에 남아 있지 않습니까? 그거면 충분할 것 같은데……."

"이 은혜 절대 잊지 않을 것이옵니다. 그래서 청하고자 하는 것인데……."

내물이사금이 곧장 말을 하지 못하고 우물쭈물하는 것을 본 담덕이 허심하게 되물었다.

"그럼 다른 청이 있다는……. 뭔데 그리 뜸을 들이십니까? 마저 얘기해 보시오."

"무례한 청이라는 것을 알고 있사옵니다. 하오나 폐하께서 그리 말씀하시니 염치 불고하고 말씀드리겠사옵니다. 고구려의 막강한 군대의 위용을 보면서 우리 신라의 군대도 저러하다면 얼마나 좋을까 생각했사옵니다. 그러면 백제와 가야, 왜로부터 시달리는 일이 없을 것이고……. 대왕 폐하! 우리 신라는 대국 고구려의 아우 나라로서 앞으로 대왕 폐하의 뜻에 따를 것이옵니다. 청하옵건대, 대왕 폐하의 무적의 군사로부터 무예를 습득할 수 있도록 윤허하여 주시옵소서."

고구려 군사의 주둔으로 얻어지는 단물을 최대한 뽑아내려는 내물이사금의 속내를 담덕은 이내 파악했다. 그것은 잘못하면 또

다른 호랑이를 키우는 독소가 될 수 있었다. 하지만 군사훈련과 무예의 습득을 통한 교류의 활성화는 더욱 협력을 촉진시킬 수 있었다. 그는 대국답게 흔쾌히 그 요청을 들어주기로 했다.

"일리가 있는 말씀입니다. 내 그리하도록 도와주겠소이다."

아무리 가까운 사이라도 자기 나라의 무예를 가르쳐주기는 쉽지 않았다. 그래서 밑져야 본전이라는 생각으로 한번 요청해 보았는데, 담덕이 선선히 응해 주자 내물이사금은 깜짝 놀라며 과장된 몸짓으로 사례를 표했다.

"정말이시옵니까? 대왕 폐하의 하해와 같은 은혜 절대 잊지 않을 것이옵니다. 앞으로 저희 신라는 단군족의 단합을 이룩하려는 대왕 폐하의 뜻을 받들기 위해 한결같이 열과 성의를 다 바칠 것이옵니다."

"좋은 성과가 있기를 바랍니다."

담덕이 내물이사금에게 대답한 다음, 다시 대서지를 보고 말을 건넸다.

"또 보게 되었구려."

"황공하옵니다. 이번에 저희 신라가 이렇게 나라를 보존하게 되었던 것은 대왕 폐하의 원대한 포부와 지략 덕택이옵니다. 신은 아직도 대왕 폐하의 가르침을 잊지 않고 있사옵니다."

"그 무슨 말씀을……. 이번에는 실성을 꼭 만나보고 가시구려."

"황은이 망극하옵니다."

"자! 이제 이런 얘기는 그만하고, 우리 고구려와 신라가 서로 합심해 대승을 거두었으니 승리의 축배를 들도록 합시다."

"황공하옵니다."

담덕이 분위기를 돋우기 위해 제안하는 소리에 모두 만족스러워하며 동의를 표시했고, 이내 잔칫상이 차려졌다.

한두 잔의 술이 들어가면서 연회의 분위기는 더욱 무르익었고, 그런 가운데 신라로 원정 나간 고구려군의 무용담이 자연스럽게 흘러나왔다. 그러다 보니 형제 나라들의 중심에 고구려 영락 태왕이 서 있다는 것이 자연스럽게 부각되었고, 이에 신라 쪽에서는 고구려에 적극 협력하겠다는 다짐의 소리가 거듭 울려 나왔다.

담덕은 그 소리를 들으면서 후연에 대한 응징을 재차 다짐했다. 가야와 왜를 격파한 승리의 여세를 몰아 후연을 제압하고 대륙의 강국으로 우뚝 서야 했다. 분열되어 있으니 외침을 받은 것이고, 침략을 받게 되니 더욱 단군족의 단합이 어려워지는 것이었다. 이 굴레의 쇠사슬을 끊어버려야 했다. 그의 마음은 벌써 멀리 서부 변경으로 향하고 있었다.

49

385년 고구려가 후연을 응징한 이래 잠잠했던 서부국경은 후연의 선제공격으로 다시 요동치기 시작했다. 그러나 후연왕 모용성은 고구려와의 전투에서 입은 상처가 덧나 그 이듬해 401년에 죽고 모용희가 그 뒤를 이었다.

모용희는 모용성의 숙부가 된 자였는데, 조카의 죽음에 원한을 갚겠다고 벼르고 또 벼렸다.

고구려 또한 후연 침공에 복수를 다짐했다. 마침내 고구려는 402년 5월에 대군을 동원해 국경을 돌파하여 후연의 평주자사가 도사리고 있던 숙군성(조양동북, 대릉하 중류계선)을 공격해 함락하고 철수했다. 바야흐로 후연과 고구려는 동북아의 패자 자리를 놓고 한판 승부를 겨루기에 이르렀다.

이런 정세를 틈타 백제는 또다시 고구려를 침공할 생각을 품었다. 그러나 이번에는 자신들의 힘이 아니라 왜를 끌어들이려 했다. 자신들의 역량은 고스란히 보존하면서도 고구려의 힘을 약화시키고자 한 계략이었다.

아신왕은 진사왕의 뒤를 이어 왕위에 오르면서부터, 고구려에 당한 복수심에 불타 앞뒤 가리지 않고 틈만 나면 공세를 취했다. 그런데 그것이 얼마나 전력 소비를 가져다주었는가를 뒤늦게야 깨달았다. 그 결과 수도성까지 함락당하며 고구려의 노객으로 살겠다고 성하맹세城下盟誓까지 하는 치욕을 겪었다.

그제야 상황을 파악한 그는 우선 군사력을 강화하는 것에 역점을 두었다. 그러면서도 고구려를 약화시켜 활로를 열어보고자 가야와 왜를 끌어들여 신라를 공격하고자 했다. 그러나 이마저도 고구려의 방해로 실패하게 되자, 마지막 수단은 직접 왜의 군사를 동원해 해결하는 것이라고 생각했다.

403년 봄, 왜에 나가 있었던 백제의 태자 여영(훗날 전지왕)은 아신왕의 밀서를 받고 사카라를 불러들였다.

사카라는 호전적인 무사가 많은 왜에서도 특출하게 전쟁 경험이 많은 훌륭한 지휘관인 데다 그 검술이 뛰어나 자타가 인정하는 무사였다. 예리하기 그지없는 그의 왜검에 걸려든다면 그 누구를 막론하고 아직껏 살아남는 자가 없을 정도였다.

여영은 아신왕의 원자로서 394년 태자로 책봉되었으며, 그로부터 3년 뒤인 397년에 왜로 건너왔다.

백제는 왜에 강력한 영향력을 행사하는 대국이었다. 비록 지금은 고구려에 연패해 위용이 많이 깎였다고는 하지만, 근초고왕 시기 4세기 중엽만 하더라도 멀리 산동반도와 요서 지역, 한반도와 왜의 북규슈 지방에 걸친 대제국을 형성하고 있었다.

왜의 북규슈 지방에 대거 진출한 백제의 힘은 막강했다. 이것은 백제가 왜왕에게 칠지도七支刀 등을 직접 하사하는 데서 알 수 있다. 백제 칠지도七支刀의 명문을 보면 태화泰和 4년 5월 13일 병오丙午일 한낮에 백번 단련한 철로 된 칠지도七支刀를 만들었다. 이것은 대대로 모든 무기들을 물리칠 것이니 후왕侯王에게 줄 만하다. …… 이전에는 이런 칼이 없었는데 백제왕百濟王이 …… 후왕侯王을 위해 만든 것이니 후세後世에 전하면서 보이도록 하라고 기록되어 있다. (『광개토왕릉비문 연구』, 사회과학원, 중심)

왜에 진출한 백제인들은 항상 본국의 상황에 민감했다. 이들은 대백제국의 백성으로서 자부심을 간직하고 있었으며, 고구려에 연패당한 소식에 분노하며 본국을 적극 지원하고 있었다.

사카라는 백제 본국 태자의 부름에 즉각 달려왔다.

“찾으셨사옵니까?”

“그렇소. 우선 자리에 앉으시구려.”

“무슨 일로 그러시옵니까?”

“대백제국의 본국에서 사신이 도착했소.”

북규슈 지방에 나와 있던 백제 유민들은 이곳을 백제 본국의 분국으로 여기고 있었다.

“그렇사옵니까?”

“사신에 의하면 본국에서는 왜국에 강력한 군사 출병을 요구하고 있소.”

“저번에도 지원병을 보냈는데…….”

사카라의 뜨뜻미지근한 반응에 여영이 말을 돌리며 설득하려 했다.

“지금은 그때와 상황이 다르다 하오.”

“상황이 다르다 함은…… 무슨 말씀이온지…….”

“지금 고구려는 남방에 힘을 쓰지 못하고 있다 하오. 후연의 공격이 다시 시작되면서 서부 방면에 힘을 집중하고 있다 하오. 이번 기회가 대백제국의 영광을 되찾을 절호의 기회가 아니겠소?”

“듣고 보니 호기로 보이옵니다.”

"그래서 하는 말이오만, 이번에는 장군께서 직접 나서서 그 위엄을 보여주는 것이 좋겠는데……."

"소장이 직접 말입니까?"

사카라가 놀란 눈으로 반문하자 여영이 단도직입적으로 물었다.

"왜 싫소이까?"

"그건 아니옵고 한 번도 생각해 본 적이 없는지라……."

사카라는 자신이 왜를 떠난다는 것을 생각해 보지 못했다. 그러나 그 당시 백제와 왜는 자유롭게 왕래하고 있었고, 이미 전에도 백제 본국에 지원군을 보낸 적이 있었다.

"나는 장군이 이 일을 맡아주리라고 믿고 있소."

본국의 영이니 따르라는 다소 강압적인 여영의 말이었다. 백제 본국 태자의 명을 거부할 수 없는 사카라가 마지못해 대답했다.

"알겠사옵니다."

미적지근한 사카라의 태도를 본 여영이 그를 어루만져 주고자 다시 입을 열었다.

"나는 장군의 용맹에 기대를 걸고 있소이다. 장군이 아니라면 어느 누가 고구려군을 대파할 수 있겠소. 그러니 장군께 긴히 부탁한 것이지요."

"태자 저하께서 신을 그리 믿어주시니 몸 둘 바를 모르겠사옵니다."

사카라는 사탕발림이라는 것을 알면서도 대백제국의 태자로부터 추켜세우는 말을 들으니 기분이 조금 풀어졌다.

"장군께서 꼭 고구려군을 무찔러주시오. 대백제국의 영광이 장군의 손에 달려 있소이다. 나는 장군께서 대백제국의 위용을 자랑하고 돌아올 것이라 믿고 있소이다."

"태자 저하의 믿음에 기필코 보답하겠사옵니다. 신을 믿어 주시옵소서."

사카라는 여영의 처소에서 물러나온 후 지원군을 편성하기 시작했다. 처음엔 마지못해 행했으나 점차 생각이 달라졌다. 만약 백제 본국마저 제압하지 못한 고구려군을 무찌른다면 그의 명성과 권위는 더욱 높아질 것이고, 왜에서의 입지도 더욱 탄탄해질 것이었다.

이를 계산에 넣은 사카라는 고구려군을 무찌르기 위해 박차를 가했다. 우선 나라에서 난다 긴다 하는 정예 무사들로 출정군을 충원했다. 그리고 군사훈련도 혹독하게 실시했다. 기필코 고구려군을 격파하겠다는 결의였다.

404년 7월, 마침내 모든 준비를 마친 원정군이 출정식을 치르기에 이르렀다. 원정군은 선단에 오르기 위해 대열을 정비했다. 사카라는 그들 앞에 나서서 소리쳤다.

"병사들이여!"

사카라의 등장에 군사들이 '와! 와!' 연호했다. 이들의 함성은 천지를 찢어놓을 듯 기세등등했다. 그만큼 그들은 이번 기회를 통해 왜의 위세를 보여주고자 절치부심 다짐한 바였다.

"우리는 이제 적국 고구려를 향해 출발할 것이다. 그들은 우리가 적대한 적이 없음에도 신라를 구원한다는 명분으로 우리 왜군을 무참하게 도륙했다. 이 피맺힌 원한을 갚아주어야 한다."

"피맺힌 원한을 갚자!"

병사들이 계속해서 소리쳤다. 사카라는 손을 들어 함성을 제지한 다음 다시 말을 이었다.

"원한을 갚음으로써 우리 왜의 위용을 만방에 떨쳐야 할 것이다. 이제 우리 왜도 새롭게 거듭나야 한다. 고구려군을 단칼에 무찔러 버리는 바로 여기에 우리 왜의 위용이 있고 살 길이 있다. 승리하지 못하면 다시 돌아오지 않겠다는 각오로, 전장에서 뼈를 묻을 각오로 싸워야 할 것이다. …… 자! 병사들이여! 출정하라!"

병사들은 우레와 같은 함성을 토해내며 선단에 올랐다. 본국이 하지 못한 것을 그들이 해낸다는 자부심은 가히 하늘을 찌를 듯했다. 여영이 떠나려는 사카라를 배웅하며 입을 열었다.

"장군의 승전보를 기다리고 있겠소. 무운을 비오."

"승리하지 못한다면 그곳에서 뼈를 묻을 각옵니다. 좋은 소식을 기다리고 계시옵소서."

"장군만 믿겠소이다."

여영이 믿음직스러운 손길을 내밀었다. 전의에 불탄 사카라의 손에 힘이 넘쳤다.

사카라는 그 길로 왜의 오천여 군사를 이끌고 백제에 도착했다. 백제 진영에서는 사카라의 도착을 무척 반가워하며 아신왕에게 곧장 안내했다.

"신 사카라, 대왕 폐하의 부름을 받고 이제 도착했사옵니다."

"어서 오시게. 원로에 수고가 많았소."

사카라의 두 손을 잡은 아신왕의 눈에는 눈물이 글썽거렸다. 고구려 태왕에게 당한 치욕을 씻고자 하나, 그 길은 어렵게만 보였다. 얼마나 속병을 앓고 살았는지, 그의 얼굴은 핏기가 없이 휑한 눈동자만이 번들거렸다. 그런 만큼 그의 가슴은 고구려 태왕에 대한 증오로 가득 찼다.

"폐하! 고구려에 당한 수모를 아직도 갚지 못함에 얼마나 상심이 크시옵니까? 이제 걱정하지 마시옵소서. 소장이 기필코 갚아드릴 것이옵니다."

아신왕의 안쓰러운 모습을 본 사카라가 제법 호기를 부리며 위로하려 들었다.

"내 고구려 태왕에게 당한 치욕을 생각하면 하루도 편히 잠을 잔 적이 없었는데, 장군의 말을 들으니 내 가슴이 다 후련해진 것 같구려."

"이제 소장이 왔사오니 심려 놓으시옵소서."

"내 장군의 용맹은 익히 들었소. 허나 고구려는 그렇게 만만히 상대할 적이 아니요. 그 점을 명심해야 할 것이오."

호언장담하는 말에 아신왕이 주의를 환기시켰다. 이번마저 실패한다면 고구려를 대적할 방법이 없는 형편이었다.

"알고 있사옵니다. 하지만 이 칼에 결코 살아남지 못할 것이옵니다. 폐하의 믿음을 결코 저버리지 않을 것이옵니다."

"그래야지요. 지금이야말로 그 기회요. 고구려는 후연으로부터 기습을 당한 후 남방에 거의 눈을 돌리지 못하고 있소. 서부 쪽에 전력을 기울이고 있는 지금, 이때가 절호의 기회라는 것이지요. 장군은 이때를 놓치지 말아야 할 것이오."

고구려는 후연의 침략을 받은 이후 치밀한 준비 끝에 402년 5월 대군을 동원했다. 그리고 404년에 들어와서도 수군을 동원하여 장성 이남에 있던 후연의 연군(광계)을 기습하여 100여 명을 살상 또는 포로로 잡았다. 이런 상황은 고구려가 남방에 전력을 기울이지 못하고 있음을 드러내 준 것이었다.

"고구려가 서부 쪽에 전력을 기울이고 있다는 것은 이해가 되옵니다. 하지만……."

"뭐 걸리는 문제라도 있소?"

"실상 고구려가 최근 치른 모든 전투들이 그들의 승리로 끝나지 않았사옵니까? 그쪽에 얼마나 힘을 기울이고 있는가는 모르겠지만, 우위에 서서 주동적으로 처리하고 있다면, 이곳 남쪽에도 능히 대비할 것이 예상되는지라……."

그렇게 기세 좋게 얘기하던 사카라가 갑자기 어려운 일인 것처럼 말하자, 아신왕이 그의 얼굴을 뻔히 내려다보며 천천히 입을 열었다.

"이미 그걸 시험해보기 위해 작년에 신라의 서부 변방을 공격했소이다. 그러나 고구려는 전혀 움직임을 보이지 않았소. 그러니 그건 걱정하지 않아도 될 것이오."

당시 신라는 고구려에 인질로 와 있던 실성이 401년에 귀국하여, 그다음 해 내물이사금의 뒤를 이어 왕위에 올랐기에 고구려의 직접적인 영향 아래에 있었다. 그래서 백제는 신라를 공격함으로써 고구려의 움직임을 떠본 것이었다.

"그렇더라도 고구려를 직접 공격한다면……."

"물론 방어야 하겠지요. 그러나 힘을 집중시킬 수는 없다는 것이오. 왜? 어렵게 느껴지오?"

아신왕이 실망스럽다는 투로 묻자, 사카라가 그게 아니라며 콧방귀까지 뀌며 거들먹거렸다.

"쳇-엣! 그럴 리가 있사옵니까? 설사 고구려의 태왕이 직접 대군을 거느리고 오더라도 능히 부숴버리고 말 것이옵니다."

사카라는 이번 전쟁을 통해 어떻게든 그의 명성을 높이고자 했다. 그래서 상황을 과장할 필요가 있었고, 만일 승리한다면 그것은 전적으로 자신의 용맹무쌍함에 있다는 사실을 명확히 해두고 싶었던 것이다.

"장군이 그리 대답할 줄 알았소. 다른 누구도 아니고 장군을 부른 것은 바로 내 장군을 신임하고 있기 때문이 아니겠소?"

"황공하옵니다."

"이번에 장군께서 대방계 방면을 탈환해 주시구려. 그리만 된다면 대백제국의 영화가 다시 세워지게 될 것이오. 내 그러면 장군의 공을 잊지 않을 것이오."

왜의 힘을 동원해 고구려를 약화시키고자 하는 것이 아신왕의 의도였다. 이것이야말로 백제의 역량을 보존시키면서 고구려의 전력을 소모시키는 일거양득의 방법이었다.

"명을 받들겠사옵니다. 승전보를 기다리시옵소서."

사카라는 아신왕의 명을 받고 자신만만하게 대방계 방면으로 진격했다. 그러자 고구려는 그 움직임을 파악하고 즉각 대응해 왔다.

영락 14년(404년) 8월 옛 대방국의 남쪽, 즉 대방계(황해남도 남쪽 해안) 방면에서는 고구려군과 왜군이 한 치의 물러섬도 없이 대치하게 되었다. 왜의 대장 사카라는 적정을 살피고 온 염탐병에게 물었다.

"고구려군을 이끄는 자가 누구더냐?"

"고구려 태왕이 직접 군사를 이끌고 있었사옵니다."

"뭐? 고구려 태왕이 직접 왔다고?"

"그러하옵니다. 고구려 태왕이 최강의 부대라는 왕당군을 직접 이끌고 지휘하고 있었사옵니다."

사카라의 입이 굳게 다물어졌다. 호기를 부리긴 했지만 고구려 태왕이 직접 올 것이라고는 생각하지 않았다. 이는 결코 한 치도 물러서지 않겠다는 의지를 내비친 것이나 다름없었다.

만만찮은 싸움이 예상되었다. 그러나 다시 생각해보니 오히려 이름을 날릴 수 있는 절호의 기회이기도 했다. 어차피 고구려와의 전쟁은 무적 강군을 상대로 하는 전투였다. 그럴 바에는 차라리 고구려 태왕과 직접 겨루는 것이 더 큰 공을 세울 기회가 될 것이었다.

'이번 전쟁만 승리로 끌어낸다면 우리 사카라 가문의 명성도 하늘 높이 치솟을 것이다.'

그는 새롭게 결전의 의지를 다그치며 군사를 신중하게 움직였다. 우선 군사를 두 진영으로 나누었다. 고구려 군사가 한 곳을 공격하면 협공해 무찌르겠다는 계산이었다.

그는 두 진지를 구축하고서 고구려의 반응을 살폈다. 그러나 별다른 움직임이 없었다. 첩보를 수집해 온 병사들도 한결같이 특이한 이동은 없고, 그저 경계만 하고 있다는 보고였다.

사카라는 이해할 수 없었다. 지금껏 들은 바에 의하면 고구려 태왕은 전쟁을 속전속결로 끝낸다는 것이었다. 더욱이 후연의 움직임이 있는지라 그쪽에 신경을 써야 했다. 그런데 장기전의 자세를 취하다니 그 속셈이 아리송하기만 했다.

'장기전으로 들어가겠다면 기꺼이 그렇게 해주겠다. 급한 것은 우리가 아니라 너희 고구려다.'

사카라는 장기전을 대비할 속셈으로 군사를 진격시켜 험준한 산악 지형을 골라 진지를 구축했다. 고구려군이 공격해 온다면 양편에서 협공해 떼죽음을 안겨줄 수 있는 천혜의 요충지였다.

그는 군사들에게 그들의 상대가 다른 누구도 아닌, 고구려 태왕 담덕이라는 것을 주지시키며 경계에 만전을 기할 것을 지시했다. 시간은 그의 편이었기에 고구려가 먼저 공격해 올 수밖에 없을 것이었다. 그때를 놓치지 않고 반격하면 되었다. 그런데 고구려군은 여전히 움직임이 없었다. 그러자 왜의 군사들은 담덕이 사카라의 용맹에 겁을 먹고 감히 공격하지 못하는 것이라고 여기며 자연 경계심이 늦춰졌다.

여느 날과 달리 밤이 되면서 주위는 칠흑같이 어두워졌다. 주위 사람도 구별하기 힘들 정도였다. 사카라는 심상치 않다고 여기며 두 진지 간의 연락을 언제든지 즉각 주고받을 수 있도록 하라고 지시를 내렸다. 아니나 다를까 깜깜한 밤에 다른 부대 쪽에서 전령이 급하게 달려오며 소리쳤다.

"사카라 장군님!"

"무슨 일이냐?"

"고구려군의 기습이옵니다."

"전황은 어찌 되어 가고 있느냐?"

"고구려군이 진지를 불 지르며 기습해 왔지만, 곧 반격을 가하고 있사옵니다."

"그래!"

사카라의 얼굴에는 미소가 일었다. 협공 작전에 걸려들었으니 아무리 잘난 고구려 태왕도 고양이 앞에 생쥐 꼴이나 다름없었다. 지략가라고 하더니만, 이런 함정에 걸려든 것을 보니 별것 아니라는 생각마저 들었다.

"전군은 곧장 출동하라!"

사카라는 기세 좋게 명령을 내리고 그 자신도 직접 칼을 빼 들고 자기편의 다른 진지가 있는 곳을 향해 달려 나갔다. 그러자 그들 군사를 향해 화살이 우수수 쏟아졌다.

"고구려군을 격멸하라!"

사카라는 당황하지 않고 다시 명을 내렸다. 이편에서 화살을 강력하게 쏟아붓자, 저편의 대응 또한 만만치 않았다. 이쪽에서도 사상자와 부상자가 속출하기 시작했다.

'놀랍구나! 고구려 태왕이 직접 이끄는 왕당군이라더니, 양쪽의 협공 속에서도 저리 버티다니!'

그러나 그는 승리는 이미 떼 놓은 당상이라고 확신하며 더욱 소리 높여 외쳤다.

"고구려군은 협공당하고 있다. 그들이 최후 발악하고 있으나 곧 전멸할 것이다. 절대 공격을 늦추지 말고 계속 응사하라!"

사카라의 독려에 힘입어 군사들은 더욱 거세게 공략했다. 그러자 저쪽에서도 그에 상응하여 대응해 왔다. 사상자들이 속출하는 가운데 그날의 전투는 새벽녘까지 이어졌다. 군사들은 거의 기진맥진했다.

날이 밝아오면서 적의 모습이 시야에 들어오기 시작했다. 그런데 웬일인지 모르게 왜군 복장을 하고 있었다. 이상하게 여기며 서로를 확인해보니, 그들은 다른 쪽 진지에 있던 자기편 군사들이었다.

귀신이 곡할 일이라고 황당해하고 있을 때, 갑자기 뒤쪽에서 고구려군의 함성이 들려왔다. 이와 동시에 군사들의 비명 소리가 들려오며 대열이 순식간에 무너지기 시작했다. 그 기세가 어찌나 드센지 사카라의 얼굴이 새파랗게 질려버렸다. 이미 어둠 속에서 자기편끼리 난전을 치르다가 수많은 사상자를 낸 형편에서 고구려군에 대항할 수는 없었다.

"후퇴하라!"

그렇지만 양편의 군사가 서로 뒤엉키는 통에 도주마저 쉽지 않았다. 그들보다도 더 빨리 고구려군이 길을 막고 나왔다. 고구려의 한 장수가 크게 외쳤다.

"네가 사카라란 자냐! 지난번 그렇게 호되게 당했으면 말 것이지, 또다시 대고구려를 감히 넘보려 들다니……. 내 다시는 그런 맘을 품지 못하도록 만들어주고 말겠다. 자! 내 칼을 받아라!"

"좋다. 나 또한 고구려 장수와의 대결을 학수고대한 바다. 어서 와라……. 자! 간다."

사카라가 단칼에 요절내어 활로를 뚫고자 했다. 그의 칼이 고구려 장수의 심장을 향해 비수처럼 날아갔으나 헛나가며 도리어 가슴팍에 상처를 입었다.

"장군! 어서 자리를 피하시옵소서. 이곳은 저희들이 막겠사옵니다."

그의 수하들이 에워싸며 하는 말이었다.

사카라는 이미 혼비백산한 상태였다. 그는 더는 싸울 엄두를 내지 못하고, 부하들이 고구려 장수를 몸으로 막고 있는 사이 말을 달렸다. 뒤에서 계속 쫓아오는 소리가 들려 왔다. 다급한 마음에 그는 아예 투구까지 벗어 던졌다.

그런 속에 그제야 자신의 본국 백제가 왜 고구려와의 전투를 회피하며, 자기들로 하여금 대신 싸우게 하는가에 생각이 미치고 있었다. 결코 고구려와 대적해서 이득을 볼 것이 하나도 없었다. 그러나 그것도 잠시, 그의 뇌리는 온통 그 자리를 피해야 살 수 있다는 생각만으로 휘청거렸다. 그가 이처럼 두려움에 벌벌 떨며 도망치기는 난생처음 있는 일이었다.

이날 고구려는 왜군을 거의 전멸시키다시피 하였다. 담덕은 왜군을 절대 살려서 보낼 수 없다고 결심했다. 가야는 지난번의 싸움 이래 더 이상 대적하려는 행동을 보이지 않았다. 그런데 고작 백제의 분국이라는 왜가 한번 혼을 내주었는데도 제 분수를 모르고 나서니, 아예 다시는 그러지 못하도록 철저히 응징하려고 벼른 것이었다. 그래야 앞으로 남쪽 형제국 간의 전쟁을 막고 단합에 유리한 정세를 조성해 가면서, 서부 쪽에 전력을 기울이며 한판 승부를 벌일 수 있었다.

그래서 이번에 직접 출정해 완전히 섬멸하는 작전을 구사하려고 했다. 그런데 왜군이 처음에 진지를 구축한 퇴로가 벼가 무르익어 가는 들녘이었다. 전쟁에서 승리하고자 이들을 공략한다면 백성들이 일 년 내내 땀 흘려 지은 농사가 망쳐질 수 있었다. 그래서 피해를 입히지 않기 위해 적들을 유인하고자 기다린 것이었다.

그런 속내를 짐작도 못 한 사카라는 그저 담덕이 장기전을 구사하는 줄 알고, 방어하기 쉬운 험준한 산을 택하여 서로 연락을 주고받으면서 협공할 수 있도록 진지를 구축했다. 그래서 칠흑같이 어두운 밤을 이용해 그들이 서로 싸우게 한 다음, 기진맥진할 때쯤 전격적으로 공격 명령을 내린 것이었다.

> 광개토호태왕릉비문에 의하면 14년 갑진甲辰년에 왜倭가 분수없이 대방帶方의 국경으로 침입하였다. 그들은 백잔百殘 군대와 통하였으며 석성石城으로부터 침입하였다. 왕이 직접 군대를 거느리고 가서 토벌할 때 서로 조우하자 왕당王幢군이 맞서 무찔렀다. 왜구倭寇가 패전하여 무너지니 참살斬殺한 것이 이루다 헤아릴 수 없이 많았다고 하였다.

담덕이 왜군에 대승을 거두고, 국성을 향해 돌아오는 중 남평양성에 이를 때였다. 고구려의 수군을 거느리고 있던 선길 장군이 담덕을 찾았다.

선길은 담덕의 총애를 받고 있었다. 그가 수군을 강화한 결과로 고구려는 해로를 이용해 후연을 압박할 수 있었고, 장차 후연을 완전히 제압할 준비를 할 수 있게 되었다.

"대왕 폐하! 신 선길! 대왕 폐하께 소청이 있사옵니다."

"그래요? 무엇입니까? 어서 말씀해 보세요."

"왜가 고구려를 공격해 온 이상, 그들의 본거지를 아예 제압하는 것이 어떠신지……. 소신에게 맡겨만 주신다면 수군을 이끌고

가 책임지고 수행하겠사옵니다."

아예 왜를 손아래에 놓자는 진언이었다. 고구려의 국력이 날로 강화되면서 어떤 것이든 못 할 게 없다는 군사들의 사기를 반영한 의견이자 제안이었다.

담덕은 이런 얘기를 들을 때마다 참으로 난감했다. 천손의 나라를 건설하자는 것이 패권의 추구는 아니었다. 다른 나라를 지배하려는 패권은 옳지도 않을뿐더러, 다른 형제 나라들과 진정한 단합을 실현하는 데에 장애만 될 뿐이었다. 담덕이 선길에게 되물었다.

"백제가 왜에 분국을 세우는 것처럼 고구려도 그곳에 분국을 세우자는 것입니까?"

"그러하옵니다. 그리만 한다면 우리 고구려의 위력은 더욱 배가 될 것이며, 백제가 감히 왜를 조종해 침략하는 일은 없을 것이옵니다."

"그렇겠지요. 그런데 앞으로도 왜가 고구려에 대적해 오리라고 생각합니까?"

"그러지 못할 것으로 사료되옵니다. 하지만 이번만 보더라도 그들을 봐주면 그것을 몰라보고 대적해 오는지라…… 아예 뿌리를 뽑아버리는 것이……."

"이번에 혼쭐이 난 왜는 절대 고구려와 직접 싸우려 하지 않을 것입니다. 그런데 굳이 왜에 고구려 분국을 세우려고 해야 하겠습니까? 또 그런 입장이 다른 형제국들에게 어떤 영향을 미칠지는 생각해 보셨습니까?"

"그건 미처……. 하오나 그 일이 우리에게 좋으면 좋았지 나쁜 일은 아니지 않사옵니까?"

선길이 담덕의 반대 의견에 선뜻 이해되지 않는다는 표정을 지었다. 담덕이 차분하게 입을 열었다.

"장군의 충심을 이해합니다. 하지만 우리 앞에는 다른 어떤 목표보다 우선해서 천손의 나라를 건설해야 합니다. 그런데 이를 수행하자면 혈통이 같은 형제 나라들을 하나로 모아내야 합니다. 단군조선이 망한 이래 서로 분열해 싸우면서 나타난 후과가 그 얼마나 큽니까? 이제 더 이상 형제 나라 간의 싸움은 그만 중단하고 진심으로 협력할 수 있는 분위기를 조성시켜 나가야 합니다. 그런데 우리가 패권을 추구한다면 다른 형제국들이 어떻게 생각하겠습니까? 아마 지배받지 않기 위해 더욱 대항해 싸우려 들 것입니다. 참답게 힘을 합치기 위해서는 대의에 따라 행동해야 합니다. 생각해 보십시오. 백제의 위력에도 왜가 따르고 있는데, 단군족의 형제국 모두가 하나로 힘을 합친다면 어찌 되겠습니까? 그야 자연히 우리를 따르게 될 것은 불문가지이겠지요. 그때 서로 평화적인 관계를 맺어 서로 이익을 누리면서 살아가면 되지 않겠습니까? 더욱이……."

선길을 지긋이 바라보는 담덕의 눈길에는 지금 그가 무엇을 해야 하는지 이해하기를 바라는 마음이 담겨 있었다. 담덕의 말이 다시 이어졌다.

"지금 우리에게 있어 가장 중요한 과제는 서부의 안전을 공고히 하며, 대륙의 강자로 우뚝 서는 것입니다. 우리 고구려의 가장 큰 후환거리는 항상 서쪽에 있었습니다. 서부 방면의 침략이 있으므로 해서, 같은 형제 나라들 간에 힘을 합치려는 노력이 응당한 결실을 맺지 못했습니다. 이제 그것을 해결해야 할 때입니다. 서부 쪽의 안전을 공고히 할 뿐만 아니라, 우리 형제국들의 단합을 추진하는 우리의 행동에 시비 걸거나 방해하지 못하도록 대륙의 강자로 우뚝 서야 합니다. 이번에 왜를 강력하게 응징한 것은 다시는 남쪽의 어떤 세력도 우리 고구려를 넘보지 못하게 함으로써, 우리의 전력을 온전히 서부 쪽에 기울여 그 과업을 달성하기 위해서였습니다. 이 과업의 성사 여부에 따라 형제 나라들 간의 단합과 천손의 나라를 건설하는 여건이 결정됩니다. 그렇다면 수군을 책임지고 있는 장군께서 이 일에 전력을 기울여야 하건만, 그런 생각을 하고 계시다니……."

선길이 빨개진 얼굴을 들지 못하고 고개를 숙였다. 패권의 추구가 잘못된 것임을 이해하기도 했지만, 천손의 나라를 건설하려는 원대한 포부를 실현하기 위해 일로매진하는 대왕 앞에, 그 자신이 얼마나 옹졸한 생각에 빠져 있었는가를 깨닫게 된 것이었다.

그는 이번 왜의 침공에 격분해 고작 왜 같은 나라를 제압하려는 생각이나 하였지만, 대왕은 천손의 나라라는 거대한 목표를 세우고, 지금은 대륙의 강자로 우뚝 설 시기임을 분명하게 선언하고 있었다. 그렇다면 서쪽에서 고구려를 계속 침략하는 후연을 제압하기 위해 수군을 철저히 준비해야 했다.

"소장의 생각이 짧았사옵니다. 폐하의 뜻을 받들어 우선 후연을 제압하고, 대륙의 강자로 우뚝 서도록 신명을 다 바치겠사옵니다."

선길은 백제 장군 출신으로서 고구려를 위해 일하게 된 사람이었다. 그때 그는 백제의 대왕을 폐위시키지 않았으면 좋겠다고 요구 조건을 내걸었는데, 담덕은 그것을 들어주었다. 그런데 고구려에 계속 복무하면서 그의 생각은 자기도 모르는 사이 바뀌고 있었다. 단군족과 천손의 나라는 어느새 잊어버리고 고구려 이익만을 먼저 떠올리게 되었다. 그러다 보니 포부도 사라지고 일의 방향도 놓치게 되었다. 그런데 대왕은 용광검의 계승자답게 처음부터 끝까지 천손의 나라라는 화두를 잊지 않고 있는 것이었다.

선길은 대왕 폐하가 왕당군을 이끌고 국성으로 올라가는 긴 행렬을 오랫동안 바라보았다. 패권의 추구가 아니라 융성 번영한 천손의 나라를 만들려는 웅혼한 뜻을 품고, 또 그것을 흔들림 없이 밀고 나가는 혜안과 열정에 감동하고 있었다.

그의 눈에 용광검이 환하게 보였다. 담덕이 그걸 들고 모든 단군족의 형제국들 앞에서 천손의 나라를 건설하자고 외치는 것 같았다. 그럴수록 멀리 떠나가는 대왕 폐하가 휘황찬란한 불빛으로 다가왔다.

3장 대륙의 강국

50

후연의 기습 공격을 받은 이래 고구려는 후연과의 한판 승부를 준비했다. 이를 위해 우선 402년과 404년에 보복을 감행했다. 그것은 육로와 수로를 통해 각각 수행되었는데, 후연의 군사력을 시험해보기 위한 성격도 띠고 있었다. 또 남방의 후환을 제거하고자 왜에 치명적인 타격을 안겨 주었다. 이로써 고구려는 온전히 서부 쪽에 전력을 기울일 수 있게 되었다.

한편 후연 또한 두 번에 걸친 고구려의 타격에서 벗어나 서서히 전열을 가다듬고, 점차 역공의 자세를 취하고 있었다. 바야흐로 피할 수 없는 한판 대결의 양상을 띠며 첨예한 전운이 감돌았다. 그런 속에 404년이 저물고 새해를 맞았다.

영락 15년(405년) 1월, 이런 정세 속에서도 서북부의 하늘은 여전히 푸르렀다. 엷은 구름이 드넓은 대지 위에서 가볍게 나풀거리는 속에 수많은 수레가 한 방향을 향해 질주해 나갔다. 각 수레에는 유제품과 소금이 가득 실려 있었다. 거란을 징벌한 이래, 이곳은 고구려인의 새로운 활동 무대로 자리 잡게 되었다.

수레바퀴가 굴러갈 때마다 대지에 얼어붙은 살얼음이 갈라지며 치-익 파열음을 냈다. 교역 상인들의 행렬이 확 트인 대지 위를 길게 이었다. 이들 일행은 거란 쪽에 철과 금, 은 및 농산물을 팔고, 그곳에서 다시 유제품과 소금을 사서 돌아오는 길이었다.

다무기는 교역의 책임자로서 이들 일행을 이끌고 있었다. 언제 있을지도 모르는 후연의 침공에 대비하며, 수레의 주위에는 말을 탄 호위무사들이 뒤따랐다. 살얼음판을 지나가듯 다무기의 얼굴에는 긴장이 감돌고 있었다.

다무기가 교역에 종사하게 된 데에는 아버지의 영향이 컸다. 그의 아버지 유부라는 거상이었는데 상인으로서의 자부심이 대단했다. 그는 다무기가 어렸을 때부터 자랑삼아 이런 얘기들을 하곤 했다.

"물은 흘러야 살아 있는 물이 되듯이, 백성이 잘살기 위해서는 물품이 원활하게 돌아가야 하지. 유통이 잘 돼야 많은 사람이 혜택을 누릴 수 있는 것이다."

자기 직업에 대한 자부심이 대단했지만, 유부라는 편벽되게 사고하지는 않았다. 차라리 뜻이 고상하고 지혜롭기까지 했다. 하지만 다무기의 귀에는 관심 밖이었다. 나라 전체가 상무정신을 강조하는 틈에서 자란 그는 그런 것엔 관심이 없었다. 그래서 아버지에게 되물었다.

"아버님, 먹고 사는 것도 중요하지만, 정말 근심 걱정 없이 살려면 무엇보다 외침을 받지 않는 것이 더 중요하지 않겠사옵니까?"

"허-허! 네가 벌써 나라를 걱정하느냐? 허나 잘 먹고 잘살아야지. 사람이 건강해야 싸움도 잘하고, 좋은 무기도 만들어 낼 수 있지. 사람이 굶고서야 무슨 일을 할 수 있겠느냐?"

유부라가 기특해하며 설명해 주는데도 다무기는 한 귀로 흘려들었다. 그는 큰 장수를 꿈꾸고 있었기 때문이다.

그는 어린 시절 무예를 익히며 보냈다. 물론 유부라는 자신이 자부하는 장사에 대해 무관심하며, 무술에 정신이 쏠려있는 아들을 타박하지는 않았다.

400년 들어 어느덧 다무기의 나이도 청년기에 접어들었다. 그 당시 서부 접경지역은 후연에 침탈당한 피해를 복구하며 재정비해 나가고 있었다. 그도 여기에 적극 참여하며 군사로 나서고자 했지만 기회를 잡지 못했다.

그러던 어느 날, 점차 복구가 끝나가면서 친구들과 어울려 사냥을 떠났다. 그날 운이 좋게도 멧돼지 한 마리를 포획했다.

"우리 이거로 술이나 한잔하세!"

"그러세!"

혈기 왕성한 젊은이답게 그들은 불을 피우고 고기를 구웠다. 다른 두 친구는 술과 소금 등을 가져오기 위해 마을로 내려갔다. 들뜬 기분에 젖어 친구들을 기다리는데, 한참 만에 돌아온 그들의 얼굴에는 낭패라는 표정이 역력했다.

"이거 원 소금을 구할 수가 있어야지."

"그게 무슨 소리야?"

"이거 보게나."

친구가 내어 보인 소금은 한 줌도 안 돼 보였다. 안주 삼아 먹기엔 턱없이 부족한 양이었다.

"거란을 정벌해 염수鹽水를 장악했는데, 소금이 부족하다니 말이 되는 소리야?"

> KBS 역사스페셜에서 고구려의 영토를 고증하는 현장 답사에 나섰는데, 염수鹽水는 소금이 나는 강으로 시라무렌강 중·상류 지역 인근에 있는 초원지대라고 밝혔다.(『KBS 역사스페셜, 광개토대왕 정복 루트를 가다 – 염수의 비밀 편』)

"우리도 그리 생각하고 한참을 찾아 헤맸네만 당최 구할 수가 있어야지."

"그럴 리가 있나 없으면 모를까? 염수에서 나는 그 많은 소금이 없다니, 그게 말이나 되는가?"

"이 친구 정말 세상 물정 하나도 모르고 있구만. 염수에 소금이 많으면 뭐하나? 지금 이곳엔 없는데……. 유통이 안 되니 품귀 현상이 생기는 것은 자명한 이치거늘 그걸 모른단 말인가?"

서부 지역이 후연에 짓밟히면서 염수로부터 소금 공급이 일시 중단된 상태였던 것이다.

그 이래로 다무기는 물자 교류와 유통이 인간 생활에 얼마나 큰 영향을 미치는지 다시 생각하게 되었다. 아버지의 말씀을 조금은 이해할 것 같기도 했다. 하지만 그것도 잠시, 시간이 흘러가면서 잊고 지냈다. 도리어 후연의 침탈 때문이라는 판단에 장수가 되겠다는 생각을 더욱 다졌다.

오랫동안 무술로 단련된 몸매는 날렵했고, 한창 성장하는 젊은이답게 몸에는 힘이 넘쳤다. 그런 그를 아버지가 찾았다.

"부르셨사옵니까?"

"어서 앉거라!"

이날따라 아버지의 표정은 뭔가 결단을 내린 듯 진지했다. 아니나 다를까 아버지의 입에서는 받아들이기 어려운 청천벽력 같은 소리가 터져 나왔다.

"너도 나이를 먹을 만큼 먹었겠다. 이제 네가 이 집안을 이끌어 가야겠다."

"어찌 제가……."

"무술도 그만하면 됐고…… 이제 세상 이치도 알만한 나이가 되었고…… 나는 이제 나이가 들어 몸을 움직이는 것조차 예전만 같지 못하니, 네가 이 집안을 맡아야지."

"하오나 소자는……."

"다른 말 말고 이번 원행 길에는 네가 다녀오도록 해라. 여기 물품 목록이 있으니 그걸 보고 구해오면 될 것이다."

유부라가 목록이 적힌 책자를 내주며 던지는 말이었다. 평상시 아버지답지 않게 이미 결정했으니 군말 말고 따르라는 태도였다. 지금껏 유부라는 아들에게 그 무엇을 강박한 적이 없었다.

"전혀 아는 바가 없는데 어찌 소자가 감당할 수 있겠사옵니까?"

"누구나 처음부터 알고 하는 것은 아니다. 하면서 배우는 것이지. 네가 무예를 익힐 때도 처음부터 알고 한 것은 아니잖느냐?"

다무기는 여기서 물러서면 안 된다고 판단하고 자기 뜻을 분명히 밝혔다.

"소자 불효인 줄 아오나 아버님의 말씀을 따를 수 없사옵니다. 소자는 무예로 이 나라에 기여하고 싶사옵니다."

"그렇다면 원행에 호위무사들도 필요하니 네가 그걸 맡으면 되겠구나."

다무기의 말뜻을 모를 리 없건만 유부라가 엉뚱하게 받아들였다.

"아버님, 소자의 말은 그런 뜻이 아니오라, 장수의 길로 나서고 싶다는 말이옵니다."

"그러니까 네 말은 장수가 아니어서 호위무사는 아니 하겠다고? 허-허! 이런 궤변이 어디 있느냐?"

그제야 유부라가 어이없다는 표정을 지으며 다무기 쪽으로 바짝 다가앉았다. 오늘 뭔가 결판을 지으려는 태도였다.

"네가 그리 말하는 것을 보니 오늘 한번 너에게 무술이란 것이 뭐고, 상무정신이라는 것은 또 무엇인지 얘기를 들어보고 싶구나."

"예-에?"

"왜? 얘기할 수 없다는 것이냐? 지금까지 배우고서도 그리 말한다면 도대체 넌 뭘 배운 것이냐?"

유부라의 언성이 높아졌다.

"그것은 아니지만……."

"그게 아니다? 그럼 다시 묻겠다. 너는 뭣 때문에 무예를 배우려고 하는 것이냐?"

"그야……. 작게는 몸과 마음을 닦고자 함이고, 크게는 나라를 지키기 위해서이옵니다."

"그럼 왜 몸과 마음을 닦고 나라를 지키려고 하는 것이냐?"

누구나 알 만한 질문들이 계속 쏟아지자 다무기는 꼭 어린애 취급당하는 기분이었다.

"왜 이런 것을 물으시는 것인지, 그걸 말씀해 주시면……."

"왜? 말문이 막히는 게냐? 그게 아니라면 대답해 보거라."

"그야……. 나라가 외침에 시달리지 않고 백성들을 행복하게 살게 하고자 함이 아니겠사옵니까?"

"바로 그거다. 대의에 입각해 모든 답을 찾아가다 보면 결국 백성들이 풍요롭게 사는 것으로 귀결되는 법이지. 무예로 기여하든, 상업으로 기여하든 그 뜻은 하나로 관통돼 있다는 것이다. 그러니 원행도 하고, 호위도 하면 더욱 좋은 일일 것인데 왜 마다하는 것이냐?"

아버지의 주장에 다무기는 실소를 금할 수 없었다. 아무리 봐도 그건 억지 논리였다.

"아버님, 제가 무조건 가지 않으려는 것이 아니라, 일에는 선후가 있고 중요도가 있지 않사옵니까? 아무리 잘 먹고 잘살려고 해도 침략을 받아 나라가 유린당한다면 그게 무슨 소용이 있겠사옵니까? 지금 후연 놈들이 우리 고구려를 넘보고 있는데…… 그런데 어찌 나라를 방비하는 것과 장사하는 것을 똑같다고 하십니까? 더욱이 소자는 아버님께서 아시는 바와 같이, 지금껏 장수가 되기 위해 준비해오지 않았사옵니까?"

"그러니 꼭 장수가 되겠다고? 네 말도 일리는 있다. 그런데 지금 이 나라는 어떤 누구도 함부로 넘볼 수 없는 군사 강국이 되었다. 그래서 대왕 폐하께서도 이를 아시고 모든 사람이 풍요롭게 살아갈 길을 열어가고자 홍익인간의 뜻을 만방에 내걸고 있지 않으냐? 나에게는 유통 체계를 정비할 것을 명하시고, 그것을 책임지고 수행하도록 지시까지 하셨다. 내 그래서 이 일을 맡아오고 있는 것을 너도 잘 알고 있을 것이다."

"그건 소자도 알고 있사옵니다."

"그걸 안다는 놈이 어찌 시대의 흐름을 따를 생각은 않고 계속 장수 타령만 하는 게냐?"

"하오나 무력이라는 것이 계속 강화되어야지, 한번 되었다고 해서 멈추는 것이 아니지 않사옵니까? 더욱이 그 일은……."

다무기가 말을 하려다 말고 멈칫했다. 장사는 아버지 소관이 아니냐는 말이 입속에서 맴돈 것이다. 부자지간이지만 그의 진로와 관련해서는 양보할 생각이 없었다.

"물론 군사력이야 계속 강화되어야 하지. 그런데 너는 부경桴京(작은 창고)에 뭐가 들어 있는 줄 아느냐?"

뜬금없이 먹고 사는 얘기가 나오자 다무기는 의아한 생각이 들었다. 아니 논점을 피해 교묘하게 그럴싸한 주장을 하려고 한다는 판단이 먼저 들었다.

"그건 왜 물어보시는지……. 그게 지금 얘기와 무슨 관련이 있사옵니까?"

"관련이 있는지 없는지는 추후 생각해 보기로 하고 어서 대답해 보거라."

"그야 각종 고기와 식량이 보관되어 있는 줄 아옵니다."

"우리 집 창고에는 그게 들어 있겠지. 그런데 다른 집들도 그리할 거라고 생각하느냐?"

"그렇지는 못할……."

"그것 봐라. 아직도 많은 사람이 먹고사는 문제를 풍족하게 해결하지 못하고 있다. 이를 해결하자면 어찌해야겠느냐?"

"그건……."

다무기는 말문이 막혔다. 이런 문제를 한 번도 생각해 보지 않았던 것이다.

"네가 말을 못 하는 것을 보니 배곯지 않고 얼마나 세상을 편히 살아왔는지 알만하다. 그러니 세상 물정도 모르고 반푼수가 되어 장수 타령만 하는 게지. 나는 네가 무예를 제대로 배운 줄 알았더니 아무래도 헛것을 배운 모양이로구나. 그래 가지고 도대체 뭘 하겠다는 것이냐?"

"네-에? 무예를 익혀 장수가 되겠다고 하는데…… 어째서 그런 말씀을 하시는지……."

"무예를 배우지 말라는 것도 아니고, 무를 숭상하지 말라는 것도 아니다. 내가 지적하고 싶은 건 칼의 주인이 사람이듯, 상무정신의 주인 또한 사람 즉 백성이라는 것이다. 그런데 너는 칼의 기술만 배우려고 하고 있다. 칼이 사람을 떠나 제 맘대로 움직이기 시작하면 사람을 해치는 살인 무기가 될 뿐이고, 백성을 위하지 않은 무력 숭상은 해악만 줄 뿐이다. 이런 이치도 모르고 무예를 쌓으면 무엇 하겠으며, 그런 사람이 어디에 쓸모가 있겠느냐?"

"소자가 장수가 되려고 하는 것은 이 나라와 백성을 위하자고 하는 것이옵니다. 그런데 어찌 소자의 참뜻은 받아주지 않으시고 그리 말씀을 하시는지……."

그는 자신의 마음은 몰라주고 억지로 우기는 듯한 아버지의 태도가 야속하게만 생각되었다.

"내 말뜻을 아직도 못 알아듣는 모양이구나. 내가 문제 삼는 것은 너의 그 알량한 정신상태이니라. 자, 전쟁이 일어나면 누가 싸우더냐? 대답해 봐라!"

"그야 백성이지요."

"그렇지. 진실로 백성을 위하는 사람이라면 언제든지 백성을 위해 나설 수가 있어야지. 그런데 너는 훌륭한 장수가 되겠다고 생각하면서 핑계를 대고 있단 말이다. 그뿐만이 아니다. 무를 제외한 나머지 것들을 깔보고 있어. 네가 원행을 가지 않으려는 것은 그 때문이 아니냐? 장사는 하찮은 상인이나 하는 일이라고 얕잡아보고 있다는 거다. 그런 잘못된 생각이 너 자신도 모르게 네 생각 속에 뿌리 깊게 박혀 있는 것이지."

엄하게 꾸짖는 말을 듣고서야 아버지의 말뜻이 조금 이해되는 것 같았다. 그러나 지금껏 준비해온 꿈을 여기서 접을 생각은 없었다.

"그건 아니옵니다. 그러나 진정 더 무예를 갈고 닦는다면 언젠가 큰일을 할 때가 있을 것이옵니다."

먼 미래를 생각하고 있으니 봐달라는 요청이었다. 그러나 유부라의 목소리는 더욱 커져만 갔다.

"언젠가 큰일을 할 때가 있을 것이라고? 장수로 등극할 날만을 기다리겠다는 게냐? 이 세상에 중요한 것은 어떤 큰 인물이 되겠다기보다는 어떤 뜻을 세우고 살아가느냐가 중요한 게야. 내 그걸 깨우치라고 이제 빈둥거리지만 말고, 이번 원행을 다녀오라

하는 것이다. 네가 지금껏 배운 무술도 원행 길에 도움이 될 것이라고 생각해서…… 그런데 가보지도 않고 따를 수 없다니……. 나 원 참.”

지금껏 그 나이 먹도록 무얼 해왔느냐고 꾸짖는 아버지의 말은 다무기의 폐부를 바늘로 콕콕 찌르는 것 같았다. 장수가 되겠다는 것을 부정하는 것이 아니라, 할 일은 하면서 하라는 말에 그는 더 대꾸할 수 없었다. 꼭 오물을 뒤집어쓴 기분이었다. 이런 그를 보며 유부라가 아예 끝장을 보겠다는 투로 양자택일을 강요했다.

“네가 내 말을 듣고서도 정녕 네 길을 가고 싶다면 더 이상 강요는 하지 않으마. 허나 나 또한 너를, 더는 도와줄 수는 없다. 그 나이 먹었으면 충분히 할 수 있을 터, 네가 쓸 것은 네가 벌어서 사용하도록 해라. 자, 어찌할 것이냐?”

매몰차기 그지없는 말이었지만 거부할 명분이 없었다. 다무기는 고개를 숙였다.

“알겠사옵니다. 아버지의 말씀을 따르겠사옵니다. 허나 계속하겠다는 확답은 못 하겠사옵니다.”

이렇게 다무기는 교역 일을 시작하게 되었다. 하지만 장수가 되겠다는 생각을 완전히 접은 것은 아니었다. 그러나 그의 사고는 점차 바뀌게 되었다.

처음에는 원행 길에 만나는 여러 지방의 생경한 모습이 흥미로웠다. 한 번에 그치지 않고 여러 곳곳을 돌아다니며, 어떤 때에는 육로를 통하기도 했고, 또 어떤 때에는 수로를 이용하기도 했다.

교역량도 엄청나 고구려뿐만이 아니라 저 멀리 거란에서부터 숙신과 말갈, 동부여 등에까지 발길이 닿았다. 정말 고구려는 광활한 영토를 가진 나라였다.

어떤 평야 지대에서는 곡식이 풍부하고, 어떤 광산에서는 철이 많이 나고, 다른 초원에서는 말과 유제품 등이 풍족했다. 각 지역과 지방마다 특산물도 다채로웠다. 안타까운 것은 많은 사람이 이 모든 것을 누리지 못하고 산다는 것이었다. 교역이 원활해지면 지금보다 훨씬 풍요롭게 살 수 있을 것 같았다. 그가 조달해 온 물품들을 사람들이 긴요하게 쓰는 것을 보고, 전에 느끼지 못한 행복도 느꼈다.

이런 과정에서 그는 물자를 서로 유통시키는 일이 백성의 경제생활에 얼마나 크게 기여하는지 깨닫게 되었다. 그래서 아버지께 스스로 요청해 이 일을 지금껏 대신하게 되었다. 그러면서 나라 내부의 유통 체계만이 아니라 국제 교역의 중심으로 우뚝 서도록 하겠다는 새로운 포부를 세우게 되었다.

다무기는 이번에도 그 꿈을 실현하기 위해 멀리 거란 원행을 다녀오며 요동성(요양)으로 돌아오고 있었다.

그는 달리는 말에 채찍을 가하며 몸을 바삐 놀렸다. 전쟁 발발의 가능성이 있는 지역에서 물품을 안전하게 운반하는 방법은 최대한 빨리 그곳을 통과하는 것이었다. 그가 길을 재촉하며 한참을 달리는 중에 다급하게 외치는 소리가 뒤에서 들려왔다.

"작은 주인님!"

일행의 후미에서 뒤따라오던 살거가 말을 거세게 몰아오며 부르는 소리였다.

"왜 그러느냐?"

"뒤쪽에서 쫓아오는 무리들의 수가 적지 않사옵니다. 아무래도……."

"뒤쪽에서 쫓아오는 무리가 있다고?"

"들려오는 말발굽 소리로 보아 군사들이 아닌가 하옵니다. 그 수도 만만치 않고……."

"군사라니, 후연의 군사가? 그럼 전쟁이……."

다무기의 눈초리가 치켜 올라갔다. 어차피 위험을 감수하고 출발한 것이지만, 당장 이 사태를 맞아 어찌 대처할 것인지 신속히 판단해야 했다.

다무기의 다급한 목소리가 울려 나왔다.

"마동은 곧바로 요동성으로 달려가 이 사실을 알리도록 하라"

일행 중 가장 날렵하기로 소문난 마동이 대답과 동시에 요동성을 향해 치달았다. 그것을 본 다무기가 다시금 신속하게 입을 열었다.

"부관은 일부 호위무사와 함께 수레를 끌고 내달리시오. 그리고 나머지는 나를 따르도록 하라."

요동성에 다다르려면 아직도 한참을 달려야 했다. 그동안 시간을 끌어야 했다.

수레가 떠나가자 다무기 일행은 뒤쫓아 오는 무리들이 지날 듯한 야산 쪽으로 곧장 몸을 숨겼다. 형체는 보이지 않았으나 들려오는 말발굽 소리의 기세는 사뭇 대단했다.

"달려오는 기세로 보아 군사들이 분명하옵니다."

"그런 것 같군. 모두들 각오는 되었겠지."

우선은 그들이 누구인지 확인해야 했지만, 최악의 경우 후연 군사라 하더라도 일전을 불사하겠다는 뜻을 밝힌 말이었다.

"물론이옵니다."

모두들 하나같은 목소리로 대답했다. 그들은 이런 때를 대비한 무사들이었다.

"좋다. 우리는 여기서 최대한 시간을 끌어야 한다. 이게 나라를 방비하는 일이고 수레 물자를 안전하게 지키는 일이다. 내가 명할 때까지 움직이지 마라!"

다무기의 지시에 그들은 숨을 죽이며 그들 쪽으로 다가오는 무리들을 주시했다. 점점 가까워지는 말발굽 소리는 더욱 거세졌다. 이윽고 그들의 형체가 드러나는가 싶더니, 우두머리인 듯한 자가 손짓으로 무리들을 멈추게 했다. 삽시에 사위는 쥐죽은 듯 고요해졌다.

차림새를 보아하니 후연의 군사임이 틀림없었다. 정찰부대 같았다. 아마 수레바퀴와 말발굽 소리를 듣고 추적해 온 모양이었다.

한 병사가 말에서 내려 귀를 땅에다 대더니 우두머리인 듯한 자에게 뭐라고 보고했다. 그러자 그자가 다무기가 잠복해 있는 곳을 가리키며 말을 몰았고 나머지 병사들도 뒤따랐다.

그들의 수는 줄잡아 100여 명에 가까웠다. 다무기가 이끄는 수는 고작 20~30명이었다. 숫자상의 차이가 큰 상태에서 그들을 상대하자면 사정권에 완전히 들어올 때까지 기다려야 했다.

다무기의 눈은 투지로 번들거렸다. 죽을 수도 있지만, 언제나 조국을 위해서는 기꺼이 목숨을 바치겠다는 평소의 다짐이 이러한 위급한 상황을 맞이해서도 당황하지 않고 전선에 나설 수 있도록 용기를 심어 주었다. 마침내 사정권에 들어오자 다무기의 우렁찬 목소리가 새어 나왔다.

"고구려를 침략한 후연 놈들을 한 놈도 남김없이 사살하라!"

다무기의 호령에 호위무사들이 함성을 지르며 연거푸 활을 쏘기 시작했다. 교역을 호위하는 무사에서 나라를 지키는 병사로 돌변한 모습이었다.

기습적인 화살 공격에 후연군의 정찰대는 순식간에 나동그라지며 혼란에 휩싸였다. 그 틈을 타고 다무기가 돌격 명령을 내리며 대담하게 접근전을 펼쳤다.

날카롭게 휘두르는 호위 병사들의 칼날에 후연군은 당황하며 전의를 상실했다. 급기야 많은 부상자와 사상자를 내며 줄행랑을 놓기에 이르렀다. 고구려 상인들의 완벽한 승리였다.

"만세! 고구려 만세!"

그들은 승리의 함성을 질렀다. 조금 전까지 조마조마했던 마음은 온데간데없이 사라지고 의기양양하게 다시 길을 돌릴 수 있었다.

"작은 어르신의 무예가 대단하시옵니다."

용의주도하게 지휘한 다무기의 모습에 살거가 놀랍다는 듯이 말했다.

"아닐세. 여기 있는 모든 사람이 합심해서 나를 따라주었기 때문일세."

"그래도 작은 어르신의 일사불란한 지휘가 아니었다면 이 위기를 어찌 극복해 나갈 수 있었겠사옵니까? 모두가 작은 어르신의 공이십니다."

"민망하게 왜 그런가? 그만하게. 근데 이 일을 겪고 나니 많은 생각이 드는구만."

이번 싸움을 직접 겪고 나니 무예를 연마하든 상업에 종사하든, 다 나라를 위한 길에서는 하등 차이가 없다는 아버지의 말씀이 피부에 와닿는 것이었다.

"예-에? 그게 무엇이옵니까?"

"나는 말이야 상무정신과 교역은 서로 무관한 것이라 여기고 있었네. 나라 방비는 무예를 닦은 사람들이나 담당하는 것으로 생각한 거지. 그런데 그게 아니었어. 진정한 군사력은 바로 백성의 힘에서 나오는 것이었어. 농사꾼도 그렇고, 우리 또한 그렇고……. 오늘 우리가 이 위기를 극복하고 저들을 쫓아낼 수 있었던 일도 여기 있는 사람들이 모두 상무기풍을 세우고 무예를 배워서 가능했던 것 아닌가?"

"그렇사옵니다. 여기 있는 사람들이야 무예라면 다 한가락 하는 이들이 아닙니까?"

후연 군사를 물리쳤다는 자긍심에 모두들 기꺼이 화답했다.

"그건 그렇지. 하지만 앞으로도 무예 수련을 게을리하지 않아야 할 것이네."

"그야 여부가 있겠사옵니까? 우리는 작은 어르신이 이끄시는 대로 따를 것이옵니다."

흔쾌히 대답하는 목소리에 다무기가 더욱 힘을 얻은 듯 눈빛을 빛냈다.

"고마우이. 사실 난 지난날 장수가 될 꿈을 가지고 있었네. 그런데 이 일을 하면서 새로운 꿈을 갖게 되었지. 그게 뭔 줄 아는가?"

"소인들이 그것을 어찌……."

"나는 이곳을 거점으로 해서 국제 교역의 중심망을 구축할 생각이네. 우리 고구려의 경제력이 군사력과 마찬가지로 사방팔방으로 뻗쳐나가도록 말이야."

"국제 교역의 중심망이요?"

"그렇네. 우리 고구려의 군사와 경제 역량은 물론이고, 지정학적 위치를 고려하면 가능한 일 아닌가? 국제 교역의 중심을 세워낸다면 우리 위세는 사방에 펼쳐지게 될 것이야. 명실상부한 강국이 되는 것이지."

"과연 작은 주인님이십니다. 그러고 보니 우리가 큰일을 해내고 있는 셈이네요."

"그게 그렇게 되는 건가?"

"정말 그리 생각하니 힘이 불쑥 솟는 것 같습니다. 그런데 후연 놈들이 이리 쳐들어오는데 그들부터 막아야 하지 않겠사옵니까?"

"맞는 말이야. 우리가 교역 일을 하며 최전선에서 싸워야 할 이유가 여기에 있는 것 아니겠나?"

대륙의 강자로 부상한 나라의 모습을 떠올리면서 이들의 가슴은 벅차올랐다. 그러나 그것을 실현하려면 당장 후연의 침공부터 격파해야 했다.

이를 확인이라도 해주듯 다시 말발굽 소리가 들리면서 군사들이 몰려오고 있었다. 기습 공격에 일단 후퇴한 뒤, 이들은 아예 주력군을 몰고 오는 모양이었다. 새까맣게 몰려오는 군사들을 보며 다무기가 말했다.

"어서 요동성으로 달려가자."

이미 시간이 한참 지났기에 수레 물자를 이끌고 간 부관은 무사히 도착했을 것이고, 고구려 진영도 이 소식을 전달받았을 것이었다. 빨리 요동성으로 달려가 고구려군과 합세하여 후연군을 맞아 싸워야 했다.

이들은 뒤쫓아 오는 후연군을 뒤로하며 말을 달렸다. 쫓고 쫓기는 달리기의 시작이었으나 그 사이는 쉬 좁혀지지 않았다. 말을 다루는 일이야 이들만큼이나 숙달된 사람도 드물었다. 하루에도 수백 리 길을 항상 말과 함께한 것이 곧 이들이었다.

일정한 간격을 유지하며 달리는데 그들 앞쪽에서도 군사들이 몰려오고 있었다. 벌써 소식을 듣고 고구려 진지에서 달려온 기병대였다. 급히 나온 탓으로 그 수는 많지 않았다.

"다루마 말객이 아니시오."

다무기는 다루마를 잘 알고 있었다. 다루마는 말객末客의 무관 지위로 요동성의 임청 성주 밑에서 일하고 있는 장수였다. 능기 장군은 이미 세상을 떠나고 그 자리를 임청 장군이 잇고 있었다.

고구려의 군사체계는 중앙군만이 아니라 지방군에까지 그 지휘체계가 정연하게 짜여 있었다. 그래서 주, 군, 현의 장관이 다 있었다. 이것은 삼국사기 지리지에 한산주漢山州, 우수주牛首州, 하슬라주何瑟羅州와 그 산하의 군, 현들에 대한 기록이 있는 부분에서 확인된다. 그런데 고구려의 행정체계는 성城을 중심으로 이뤄졌기 때문에 군사체계와 밀접히 연관되어 있었다.

고구려의 주가 몇 개 있었는지 정확히 확인할 수 없으나 국내성주, 신성주, 부여성주, 오골주, 다벌악주, 하슬라주(비렬홀주), 한성주(한산주), 당아주, 건안주, 요동성주, 우수주, 책성주 등이 나온 것으로 보아 대략 14~15주가 있었을 것으로 추측된다.

한원翰苑 고려기에 대성에는 욕살褥薩을 두었는데 이는 도독에 해당한다. 여러 성에는 처려근지處閭近支를 두었는데 도사道使라고도 하며 자사刺史에 해당한다. …… 성에는 루초婁肖를 두었는데 현령縣令에 해당한다고 했다.

이를 볼 때 주의 장관은 욕살褥薩로서 군주軍主(도독)로 대접받으며 장군급 무관직을 겸임했고, 군의 장관은 처려근지處閭近支로서 태수太守, 수守라고도 불리었으며, 현급 고을의 장관은 루초婁肖 내지는 재宰라고 했다는 것을 알 수 있다. 그리고 말객末客은 대형大兄, 대사자大使者 급에서 임명되었는데, 군급 정도의 무관직이라 할 수 있다.

다무기가 다루마를 알게 된 것은 국가의 정책 때문이었다. 나라에서는 물자 조달과 국가 간의 교역을 적극적으로 지원할 것을 지시하고 있었다. 특히 거란 자치지역의 목초지는 기병대를 조직하기 위한 말의 보급 진지나 다름없었다. 조정에서는 이를 중시하고 있었고, 다루마는 다무기에 대한 군사적 호위까지 일정 부분 지원하고 있었다.

"후연군들이 침공했다고 하던데 그들은 어찌 되었소?"

"혼을 내어 쫓아버렸소만, 아직도 정신을 못 차리고 이리로 몰려오고 있소이다."

"큰일을 하셨구려. 일단 요동성으로 가서 적들을 맞이합시다."

마음 같아서는 달려오는 적들과 과감하게 싸워보고 싶었다. 그러나 국성에서는 가벼이 움직이지 말고 성들을 견고하게 방어할 것을 지시하고 있었다.

말을 달려 요동성 안으로 들어온 이들은 곧바로 방어 태세를 갖추었다. 이미 요동성은 후연의 침공 소식을 전해 들은 상황이라 이를 대비하고 있었다. 또 봉화를 올려 후연이 요동성을 침공했음을 국성과 거란지역에 알린 상태였다.

요동성의 임청 성주는 국성의 지시에 따라 방어전을 전개할 생각이었다. 국성의 지시에 필시 무슨 까닭이 있을 것이라 여겼던 것이다.

수성전을 파악한 후연왕 모용희는 요동성 밖에 군대를 포진시켰다. 삽시에 요동성은 비상 나팔이 울리며 일전의 분위기가 삽시에 번져 나갔다. 이런 속에 후연의 한 장수가 성문 앞으로 나서며 외쳤다.

"나는 후연 황제 폐하의 말을 전하러 왔다."

이에 다루마가 맞받았다.

"남의 나라를 침략하고서 무슨 할 말이 있다고 하느냐? 우리는 눈곱만큼도 들을 생각이 없으니 할 말이 있으면 네놈의 나라에 가서 짖어 대거라!"

"후연은 천명을 받은 황제 폐하의 나라이다. 그런데 황제 폐하의 말을 거역하다니……."

"뭐라고? 너희는 고깟 하늘의 명을 받는 나라에 불과하지만, 우리 대왕 폐하께서는 하늘의 자손이시다. 그런데 아직도 주제 파악 못 하고 경거망동하며 까분단 말이냐? 썩 물러가지 못할까?"

중국은 황제가 하늘의 명을 받아 통치하는 천하관을 가지고 있었다고 한다면 단군조선과 고구려는 환인, 환웅, 단군의 계보를 통해 알 수 있는 바와 같이, 바로 자신이 천손, 즉 하늘로서 세상을 다스린다는 독자적인 천하관을 가지고 있었다.

"무엄하다. 지금도 늦지 않았으니 어서 성문을 열고 황제 폐하를 맞이하도록 하라. 그러면 죄는 묻지 않을 것이다."

"찢어진 입이라고 함부로 나불대는 것을 보니, 아직도 네놈들이 정신을 차리지 못하고 있는 게 분명하구나. 너희들은 이제 고구려대제국의 땅을 밟은 이상 결코 살아서 돌아가지는 못할 것임을 알아야 할 것이야."

"좋다. 그러면 각오하라!"

"각오는 너희들이 해야 할 것이다."

다루마는 후연의 항복 요구에 보란 듯이 나가 후려치고 싶었다. 그것은 후연군이 바라는 바였다. 거기에 넘어갈 이유가 없었다.

협박을 하고 돌아간 후연군은 다음 날 수많은 군사들로 하여금 요동성을 포위했다. 공격을 단행하려는 모양이었다. 고구려군은 그것을 성안에서 지켜보며 대비했다. 결단코 죽을지언정 쉽게 성을 내주지 않겠다는 결의를 다졌다.

후연군이 함성을 지르며 공격해 오자 다루마의 목소리가 하늘을 갈랐다.

"모두들 자리를 고수하라!"

고구려의 군사들은 성에 다가오는 적병들을 향해서는 우선 화살을 쏘았고, 성벽으로 기어오르려는 적병들에게는 무거운 돌을 굴렸다. 그러자 쉽사리 성을 타고 넘지 못했다. 삽시간에 수많은 사상자와 부상자를 내고 후연의 군대가 후퇴했다. 당시 고구려의 수성 전술은 철벽이었던 것이다.

모용희는 재차 공격을 강행했다. 고구려의 방위는 철옹성답게 허점이 보이지 않았다. 후연 쪽에서는 사상자만 속출했다.

모용희는 장군들을 모아 놓고 호통을 쳤다.

"아니, 대후연의 군사가 저깟 성 하나를 함락시키지 못한단 말인가?"

"워낙 성의 방비가 두터운지라……."

"그걸 말이라고 하는 거요. 어서 성을 함락시킬 계책을 말해보시오!"

"지금은 방비가 철통같은지라 공격하는 척 시간을 끌다가 기습전을 전개하는 것이 타당할 것으로 보이옵니다."

모용희는 분통이 터질 듯했다. 이깟 성 하나 함락시키지 못하고서야 체면이 서지 않았다. 어떻게든지 빨리 함락해야 했다. 만약 다른 성에서 고구려의 지원군이 도착한다면 도리어 그들이 포위망에 걸려들 수 있었다. 그러나 묘안이 떠오르지 않는지라 무작정 공격 명령만 내릴 수는 없었다.

"좋소. 그럼 기습전을 전개할 대책을 마련해 보시오."

모용희는 군사들을 일단 뒤로 물러나게 하고 다음 공격을 엿보았다. 그런데 그의 막사에 급한 비보가 날아들었다.

"황제 폐하! 급보이옵니다."

"무슨 일이냐?"

"거란 쪽 방면에서 고구려 군사가 우리 수도성으로 몰려오고 있다고 하옵니다."

"뭐? 수도성으로 몰려와……."

모용희의 얼굴은 사색이 되었다. 고구려가 거란을 정벌한 이래 수도는 언제든지 위협받는 처지에 놓여 있었다. 이를 알았기에 그는 우선 요동성을 공략해 고구려의 전진 거점을 장악해 두고자 이번 원정을 강행한 것이었다.

"황제 폐하! 지금 곧 회군해야 할 줄 아옵니다."

모용희의 책사 갈마가 옆에서 다급한 상황을 알리며 그의 결단을 촉구했다. 수도가 공략당할 수도 있게 된 상태에서 이곳 요동성에서 미적거릴 처지가 아니었다.

고구려의 조정에서는 후연의 침공로를 미리 계산한 후에, 후연 북부를 통해 수도성으로 곧바로 진격해 들어갈 수 있도록, 거란 자치지역에 이미 고구려군을 주둔시켜 놓고 있었다. 그래서 이곳에서 올라간 봉화를 보고 즉각 행동을 개시한 것이다.

"내 먼저 회군하겠소. 책사는 이곳의 군사를 수습하여 뒤따라 오도록 하시오."

"알겠사옵니다."

모용희는 곧바로 군사를 물리고 돌아갔다.

삼국사기에는 광개토왕 14년(405) 봄 정월에 연나라 왕 희가 요동성을 공격해 왔다. 그러나 성안의 삼엄한 대비로 그들은 승리하지 못하고 물러갔다고 했다.

아무 소득 없이 돌아가는 후연군의 발걸음은 무겁기만 했다. 아니 그것을 한탄할 여유조차 없었다. 시급히 돌아가 수도를 지키는 문제가 더 급했기 때문이다.

51

405년의 공격이 실패로 돌아간 이후 후연은 절치부심 만반의 준비를 서둘렀다. 1년여의 준비 끝에 또다시 고구려 원정을 강행하기에 이르렀다.

마침내 영락 16년(406년) 1월, 군사를 모아 놓은 가운데 후연의 왕 모용희의 서슬 퍼런 명령이 떨어졌다.

"진군하라!"

모용희의 명에 기병과 보병이 기세 좋게 앞으로 나아갔으며, 그 뒤로 대규모의 치중輜重(짐수레)부대가 뒤따랐다.

모용희의 결의는 이번엔 사뭇 달랐다. 이미 고구려도 한판 승부를 벼르고 있다는 정보가 파악되고 있었다. 만약 이번에 기선을 잡지 못한다면 고구려의 대대적인 반격에 앞으로의 전투는 더욱 힘든 상황에 직면할 것이었다. 이쪽의 공격이 실패하면 다음번에는 상대편의 공세에 시달리게 되는 것은 전쟁의 법칙이었다. 이번 원정만큼은 반드시 승리로 이끌어 유리한 교두보를 마련해야 했다. 땅에 떨어진 황제의 권위도 되찾고 광활한 내륙으로 뻗어 나갈 단초를 마련해야 했다.

모용희는 이번 원정을 나름대로 확신했다. 군사들의 정신 상태가 강화되고 사기가 높았던 것도 있지만, 다른 무엇보다 고구려 침략에 길잡이 역할을 하는 장협이 있기 때문이었다.

본디 후연은 건국 초기부터 전연을 계승한 관계로 고구려와는 적대 관계에 놓여 있었다. 우선은 내정을 정비하는 것이 급선무였다. 초기엔 고구려에 대해 적극적 공세로 나올 수 없었다. 국가 체계를 갖추고 역공을 취하려 하자 이번에는 북위가 그들을 침공해 왔다.

후연은 북위가 398년 후연의 수도 중산을 공격해 오자 전력을 기울여 그것을 막아냈다. 그 과정에서 심한 내홍을 겪었고, 2대 왕인 모용보가 죽자 우여곡절 끝에 모용성이 제위에 올랐다.

이즈음 후연으로 도망쳐 온 장협이 모용희를 찾아왔다. 모용희는 후연을 건국한 모용수의 아들이자 당시 후연왕인 모용성의 숙부가 되는 사람이었다.

"고구려 사람인데 황숙을 뵙자고 하옵니다."

모용희의 책사 갈마가 전하는 말이었다.

모용희는 고구려 사람이라는 말에 묘한 흥미를 느꼈다. 고구려는 후연의 안위에 가장 큰 위협 세력이었다. 그의 호기심을 풀어주기라도 하듯 갈마가 다시 말을 이었다.

"고구려의 국상을 지낸 분이라고 하옵니다."

"국상이라……. 그럼 장협이라는 게냐?"

그의 얼굴에는 언뜻 희색이 감돌았다. 고구려에 내분이 일고 있다면 손도 안 대고 코 풀 수 있는 격이었다. 그는 이제야 후연의 활로가 열린다는 생각으로 다시 확인하려 들었다.

"나를 보자고 한 이유가 뭐라더냐?"

"직접 만나서 얘기하겠다고 하옵니다. 하지만 그의 처지를 생각한다면……."

"뭐 짚이는 것이라도 있나?"

"들어 봐야 알겠지만, 그의 처지로 볼 때 십중팔구는 고구려 태왕 담덕을 반대하는 데에 동맹을 맺자고 할 것이 뻔하지 않겠사옵니까?"

"우리와 동맹을 말인가? 푸-하하하!"

그가 코웃음을 치자 갈마도 덩달아 따라 웃었다. 장협의 처지로야 절박한 요구이겠으나, 이쪽에서는 어림 반 푼어치도 안 되는 소리였다. 그러나 지금은 쓸모가 있었다.

"들여보내도록 하라."

모용희의 지시를 받은 갈마가 장협을 데리고 들어왔다.

"장협입니다. 황숙께 인사드립니다."

"어서 오십시오. 내 얘기는 들었습니다만, 그동안 고생이 많았겠습니다?"

형식적 인사치레에도 장협의 눈에는 물기가 배며 회한에 젖어 든 듯했다. 만인지상의 자리에 있다가 몸도 편치 않은 고령에 고향산천도 등지고, 이국땅에 망명객으로 전락한 처지가 서글프게 떠올랐다.

장협은 뇌도를 이용해 담덕의 암살을 시도했다. 그야말로 성공만 한다면 권력을 한 손에 거머쥐는 것이었다.

그는 성공을 확신하며 흥덕과 함께 희소식을 초조하게 기다렸다. 뇌도가 실패해도 대자무가 말끔하게 마무리 지을 것이었다. 그러나 그 계획은 어긋나고 말았다.

"장협 대인! 흑-흑……."

일의 전말을 얘기하는 전령의 목소리가 떨려 나왔다. 일이 잘못되어 가고 있음을 직감한 그는 두려움에 떨었다.

"우물쭈물하지 말고 어서 속 시원하게 얘기해 보아라. 그래 일은 어찌 되어가고 있느냐?"

"왕당군의 군사들이 대기하고 있다가 급히 출동하는 것으로 보아서……."

"왕당군이……."

장협은 말을 잇지 못했다.

"내가 혜성 그놈을 계산에 넣지 못했구나! 내가 호랑이 새끼를 키워 놓았어!"

혜성이 죽이고 싶도록 미웠다. 은혜를 원수로 갚은 놈이었다. 그를 지금에 이르게 해 준 사람이 바로 자기인데 한사코 앞길을 막는 놈이었다.

"대인 어른! 지금 지체하고 있을 여유가 없사옵니다. 우선 몸을 피하시는 것이……."

그와 함께 보고를 듣고 있던 흥덕이 다급하게 말했다.

"내가 여기를 떠나 어디로 간단 말인가?"

"아니옵니다. 일단 몸을 피하신 다음 훗날을 기약하셔야 하옵니다."

"훗날을 기약한다고……. 이 꼴로 뭘 기약할 수 있단 말인가?"

장협은 비틀거렸다. 기약 없는 미래였다. 한 치 앞도 보이지 않았다. 이왕 이렇게 된 바에는 죽고만 싶었다.

"아니 되옵니다. 대인 어른! 우선 몸을 피하시옵소서. 급하옵니다."

주저앉으려는 장협을 흥덕이 일으켜 세웠다.

"대인 어른! 이러시면 아니 되옵니다. 어서 힘을 내시옵소서. 곧 군사들이 들이닥칠 것이옵니다. 지체했다간……."

군사들이 몰려올 것이라는 얘기에 귀가 번쩍 틔었다. 실패했다고 원망하고 있을 계제가 아니었다. 잡히는 날에는 끝장이었다. 두려움 앞에 장협은 어쩔 수 없이 결단을 내렸다.

"좋네! 어서 여기를 벗어나고 보세. 준비해 주시게."

"이미 다 되어 있사옵니다. 가시기만 하면 될 것이옵니다."

흥덕은 장협이 계획을 밝혔을 때부터 실패할 경우를 대비해 왔다. 담덕이 호락호락하게 당할 인물이 아니라는 것을 잘 알고 있었다. 하지만 호랑이 두 마리가 한 울타리 안에 살 수 없으니 결국 피할 수 없는 일전이었다.

"잠깐만 기다리시게."

이제 길을 떠나면 영영 보지 못할 것을 떠올린 장협이 그와 평생을 같이했던 부인을 마지막으로 보고자 했다. 그러나 홍덕이 그것을 제지했다.

"시간이 촉급하옵니다. 그럴 여유가 없사옵니다."

장협은 홍덕의 손에 이끌려 뒤쪽 문을 통해 집을 빠져나왔다. 국성을 한시바삐 벗어나야 했다. 지체하다가는 국성을 빠져나가는 것마저 힘들 수 있었다.

그들은 그 길로 국성을 빠져나와 어둠이 짙어질 무렵, 인적이 드문 한적한 곳에 있는 집을 찾았다. 사람들이 많이 드나드는 곳은 위험해서 피해야 했다. 홍덕이 조심스럽게 문을 두드렸다.

"주인장, 계시오."

"뉘시오?"

"지나가는 과객이오만, 그만 날이 저물어서……."

"보아하니 귀한 분들 같으신데 보다시피 집안이 누추해서……."

"그건 괜찮습니다. 하룻밤만 유하게 해주신다면……."

"정 그러시면……."

주인장의 배려에 그곳에서 하룻밤을 유하게 되었다. 휑한 얼굴로 지친 다리를 푸는 그들의 모습이 안쓰러워 보였는지 주인장이 다시 물었다.

"그런데 저녁은 드셨습니까?"

그제야 그들은 도주하기에 급급해 아직껏 아무것도 먹지 못했다는 것을 깨달았다.

"그리해주신다면……. 사례금은 얼마든지 드리겠습니다."

도망치는 와중에도 그들은 챙길 것은 최대한 챙기고 보았다. 그들의 생존 방식이었다.

"이런 것 가지고 사례는 무슨……. 그런데 지금과 같은 세상에 어쩌다 아직껏 식사도 못 하셨소. 조금만 기다리시구려."

주인장 내외가 밥을 준비하는 동안 그들은 말을 잇지 못했다. 잡히지 않으려고 무작정 이곳까지 오기는 했지만 앞날을 생각하니 깜깜하기 짝이 없었다. 이윽고 주인장의 아낙이 식사를 준비했는지 밥상을 들여왔다.

"부족한 찬이지만 드십시오. 우리네 삶이야……. 그래도 예전에 비하면 많이 달라졌지요. 뜨뜻한 밥은 먹으니까요."

주인장 아낙의 말에는 지금의 삶에 대한 만족감이 배어 있었다.

"이거 폐를 끼치게 되어……. 고맙소이다."

주인장의 아낙이 잠시 측은한 눈길을 보내더니 편안하게 식사하라는 듯 물러갔다.

두 사람은 단출하게 차려진 밥상을 놓고 선뜻 수저를 들지 못했다. 호의호식은 못 하더라도 근심 없이 사는 주인장 내외의 모습이 자신의 처지와 비교되어 더욱 행복한 듯 보였다. 그만큼 그들의 신세는 처량했다.

"대인 어른, 드시옵소서."

"자네도 들게."

말은 그리했지만 눈물이 글썽거렸다. 이제 역적으로 낙인찍힌 방이 전국 곳곳에 붙여질 것이었다. 어느 곳 하나 맘 놓고 가지 못하고 생쥐마냥 숨어 지내야 할 판이었다. 흥덕이 다시 재촉했다.

"어서 드시옵소서. 지금은 억지로라도 드셔야 하옵니다."

"그러세."

두 사람은 서글픔 속에 거친 밥알을 목구멍에 털어 넣었다. 도저히 먹을 수 없을 것 같았는데도 허기진 배는 그것을 허겁지겁 받아넘겼다. 배를 채우고 난 다음에도 그들은 한동안 말을 잇지 못했다. 마침내 장협이 어렵사리 입을 열었다.

"앞으로 어찌하면 좋겠는가?"

"잠시 상황을 보며 판단하는 것이……. 그러나 어딘가 길은 있을 것이옵니다."

흥덕도 마땅한 대안이 없었다. 그러나 여기서 신세를 한탄하고 있을 수는 없었다.

둘은 다시 침묵했다. 세상만사 일장춘몽이라고 하지만 그들은 이런 경우를 한 번도 상상하지 못했다. 흥덕이 비장한 결심을 한 듯 입을 열었다.

"후연으로 망명하는 것이 어떠실지……."

"후연으로?"

장협은 화들짝 놀랐지만 그건 순간이었다. 역적으로 내몰린 상황에서 고구려에서 발을 붙이고 살기는 어려웠다. 망명의 길을 찾는 것은 정해진 순서였다. 하지만 고국을 떠나는 것이 그렇게 쉽게 정리되지 않았다. 가족을 생각하면 눈물이 앞을 가렸다.

"후연으로 가면 분명 길이 있을 것이옵니다."

망명해서 의탁할 수 있는 나라는 후연밖에 없었다. 이미 거란이나 숙신, 백제 등은 고구려의 발아래에 있었다. 이런 사실을 흥덕이 상기시키고 있었다.

"어떤 묘안이 있다는 겐가?"

"어쩌면 여기보다 더 좋은 여건이 생길지도 모르는 일이옵니다. 후연은 고구려를 적대하고 있습니다. 그들을 부추긴다면 필시 우리가 잃었던 것을 다시 찾을 날이 기필코 올 것이옵니다."

흥덕이 재차 결단을 촉구하듯 얘기했다. 장협은 엄중한 난관 앞에서도 용의주도하게 판단해 가는 흥덕의 모습에 위안을 받았다. 그마저 없었다면 버틸 수 없을 것 같았다. 지푸라기라도 잡는 심정으로 확인하듯 물었다.

"고구려는 이미 거란을 장악하고 있네. 아무리 후연이래도 고구려를 함부로 대하지 못할 것이야. 그런데 후연이 쉽게 움직여 줄까?"

"그들은 대륙의 패자를 꿈꾸고 있습니다. 그 걸림돌이 고구려인지라 가장 경계하고 있을 것이옵니다. 그것만 추동할 수 있다면 그들은 분명 그렇게 할 것이옵니다."

"그렇기는 하네만 그게……."

어떻게든 난관을 헤쳐가려는 흥덕의 마음을 알면서도 장협은 앞날이 암울하게만 다가왔다. 비관적으로 보니 모든 것이 어렵고 힘든 것으로 비쳤다.

"대인! 힘을 내시옵소서. 오늘은 비록 이렇지만, 내일은 기필코 고국으로 돌아갈 수 있다고 생각하셔야 하옵니다."

"알겠네. 그렇게 노력함세."

"대인 어른!"

흥덕이 목이 메어 불렀다. 장협은 흥덕의 손을 잡았다. 생사고락을 함께한다는 게 바로 이런 것인가 싶었다.

"제가 대인을 잘못 모셔서 오늘의 결과가……."

흥덕의 목소리는 거의 울음에 가까웠다. 눈에는 눈물이 그도 모르는 사이에 그렁그렁 흘러내렸다. 그도 버틸 수 없는 심정이었다. 그러나 장협이 비관에 빠져 자포자기하고 있는지라, 자기마저 그럴 수 없어 안간힘을 쓰고 있었다. 마침내 장협이 결단을 내리는 모습을 보자 서러움이 한꺼번에 몰려왔다.

"아닐세. 내 자네를 믿네. 우리의 뜻을 이뤄 꼭 고국으로 돌아와야 하지 않겠는가?"

이번에는 장협이 위로하였다.

"물론이옵니다. 꼭 그리될 것이옵니다."

둘은 흘러내리는 눈물을 닦지도 않은 채 얼싸안았다.

이날 이후, 그들은 사람들의 눈을 피해 계속 후연을 향해 달렸다. 마침내 후연의 수도 중산에 도착하였다.

이들은 먼저 후연의 권력계를 파악하고 모용희를 설복시키면 후연을 움직일 수 있을 것이라고 나름대로 계산을 끝냈다. 모용희는 후연에서 영향력이 높고 차기 왕위를 내다볼 수 있는 인물이었다. 그래서 장협은 그를 찾아 활로를 모색해 보고자 한 것이다.

"그 고통을 어찌 이루 말로 다 형언할 수 있겠습니까? 내 그런 걸 생각만 하면……."

자신의 비참한 신세가 담덕 때문이라는 듯 장협이 담덕을 탓했다.

"국상으로서 그런 일을 당하셨으니……."

모용희가 심정을 이해한다는 투로 고개를 끄덕였다.

"내 이 복수를 꼭 하고야 말 것입니다."

"그래야지요. 그런데 찾아오신 연유가……."

장협의 의도를 뻔히 알면서도 모용희가 모른 척 물었다. 장협은 심사가 뒤틀렸다. 고구려의 군사력이라면 한주먹거리도 안 되는 것이 은근히 자신 앞에 머리 숙일 것을 종용한 말이었기 때문이다. 하지만 아쉬운 쪽은 자기였다.

"내게는 복수이고, 아니 당연히 내 자리를 찾는 것이고, 후연은 패자가 되는 것이니 서로 협력하자는 것이지요."

"그야 그렇기는 하지만……."

결탁하자는 제안에 모용희가 뜨뜻미지근하게 대답했다. 고구려를 제압하려는 속셈을 품고 있었지만, 쉬이 이길 자신이 서지 않았다. 고구려 태왕이 등극한 이래, 고구려는 그 어떤 때와 비교

할 바 없이 강력해진 상태였다. 이에 장협이 적극적으로 나섰다.

"고구려 태왕을 잘 몰라서 그러시는 모양인데 그 사람은 야심가입니다. 그 어떤 나라도 자기 앞에 굴복하지 않는 것을 눈 뜨고 보지 못할 인물입니다. 후연이 고구려를 치지 않더라도 고구려 태왕은 언젠가 공격할 것입니다. 자! 보십시오. 고구려 주위에 있는 나라 중에 고구려 태왕이 가만 놔둔 나라가 어디 있습니까? 아마 다음 차례는 후연이 분명하지요."

"그래도 감히 고구려가 대국인 후연을 넘볼 수 있겠습니까? 아직도 고구려를 반대하는 세력이 주위에 많이 있는데……. 백제가 고구려에 패했다고는 하지만 아직도 대항하고 있지 않습니까? 그러니 그건 가능성이 희박한 일이겠지요."

"정말 상황을 잘 모르고 계시군요. 고구려 태왕이 어떤 인물이냐면, 지난날 385년 후연을 공략할 때 12살의 나이로 전장에 나서서 병사들을 독려했던 사람입니다. 후연과 한 하늘을 이고 살 수 없다고 생각하는 사람이란 말입니다. 그런데 지금 대부분의 나라가 그의 발아래 복종하고 있는 형편이 아닙니까? 더욱이 그가 얼마나 치밀하기 그지없는 사람인가를 안다면 결코 그렇게 태평스레 계실 수는 없지요."

"치밀하다니……. 뭐가 그리 치밀하다는 것입니까?"

장협의 말을 듣다 보니 모용희는 결코 그냥 넘길 문제가 아니라는 생각이 들었다.

"다른 것은 제쳐두고라도 고구려 태왕이 백제를 공략하는 것만 보더라도 단번에 알 수 있을 겁니다."

"그토록 강력했던 백제가 어찌 굴복했을까 그게 궁금했는데 한 번 얘기해 보십시오."

"백제가 얼마나 막강한 나라였는지는 잘 아시겠지요? 어느 정도냐면 고구려의 고국원왕이 백제 공격을 막기 위해 나섰다가 전사했을 정도였으니…… 그런데 이런 나라를 상대로 그는 식은 죽 먹듯 불시에 들이닥쳐 전략적인 요충지인 관미성을 장악해 버리더니, 몇 해 동안 공격하지 않는 척 방어전만 펴면서 백제의 역량을 소진시켰지요. 그러다가 서북부의 거란을 먼저 공격해 그쪽으로 군사를 돌리는 듯하더니, 때가 무르익었다고 판단되자 곧바로 대군을 동원해 백제의 수도성을 함락시켜 버렸습니다."

"으-으-음!"

신음을 내뱉는 모용희의 얼굴에는 그림자가 드리워졌다. 첩자들을 통해서도 고구려 태왕 담덕이 보통 인물이 아니라는 것을 파악하고 있었지만, 막상 해상 대제국을 자랑하는 막강한 백제의 군사력을, 그것도 단번에 제압해 버리는 얘기를 직접 들으니 간담이 서늘해지기까지 했다.

모용희의 마음이 흔들리고 있다는 것을 눈치챈 장협은 이 대목에서 아예 쐐기를 박고자 했다.

"내가 오죽했으면 그를 제거하려고 했겠습니까?"

"글쎄요. 나로서는……. 그리 대단한 인물이라 한다면 고구려에는 좋은 것이 아니요? 그런 인물과 왜 척지고 제거하려고 했는지 궁금하군요.”

모용희가 도리어 이해할 수 없다는 태도를 보였다. 그렇게 한 나라를 위대한 나라로 변모시킨 고구려 태왕을 배신한다는 게 선뜻 납득되지 않았다.

“아직도 제 말을 못 알아들으시는군요. 그렇게 세상을 독불장군식으로 지배하려는 사람이라면 나라 꼴이 어찌 되겠습니까? …… 오로지 그의 말만이 통용되고 복종하지 않는 자는 살아남을 수 없게 되어버린 게 고구려의 현실이라는 겁니다. 원래 고구려는 5부족의 나라로서 서로 연합하여 다스려 왔는데, 완전히 그의 나라로 바뀌어 버렸단 말입니다. 그가 백성들 앞에서 천손의 나라니 뭐니 하지만, 사실은 다른 나라를 침략하는 데로 사람을 내몰기 위한 술수에 지나지 않는 것이지요. 허구한 날 백성들을 전쟁으로 내모는데 누가 좋아하겠습니까?”

“하긴, 그렇겠지요.”

“단언하건대 지금은 남방이 안전하지 않기에 이쪽으로 눈을 돌리지 못하고 있지만, 그것만 처리하면 금방 손을 보려고 할 것입니다. 그렇다면 먼저 선수를 치는 것이 현명한 일일 겝니다.”

“그러나 아직 북위에 침략당한 후과가 있어 놔서 그럴 형편이…….”

모용희가 동의하면서도 여전히 망설였다.

“그렇다고 하더라도 지금부터 준비해야 할 것입니다. 지금 고구려 태왕은 남방에 전력을 기울이고 있습니다. 이때를 이용해야 합니다. 시간을 주면 줄수록 기회가 없어진다는 것을 알아야 합니다."

"그런데 대인을 따르는 사람이 고구려에 얼마나 있습니까?"

"그건 걱정하지 않아도 됩니다. 고구려 귀족들은 겉으로야 힘에 눌려 복종하는 체하지만, 내심으로는 반대하고 있으니까요. 그들은 시기만 보고 있습니다. 그러니 응징을 지체하면 아니 됩니다."

모용희의 결단을 재차 촉구하는 장협의 말이었다. 이에 모용희가 아쉬움을 토로했다.

"그 암살 계획이 성사만 되었어도……. 우리 후연과 고구려는 가까운 사이가 되었을 것인데, 참……."

꿩 먹고 알 먹고 할 수 있는 절호의 기회였는데, 그것을 놓쳤다고 생각하니 괜히 아쉬운 생각이 들었다.

"서른도 안 된 젖비린내 나는 애송이에게 당할 것이라고 꿈엔들 생각이나 했겠습니까? 그것만 성공했다면 이리되지 않았을 것인데……. 죽지 못해 여기까지 온 걸 생각하면……."

암살 계획이 실패한 이래로 겪게 된 온갖 고통이 모두 담덕의 탓인 양, 그의 눈은 분노로 이글거렸다. 그런 만큼 그는 후연이 고구려를 침략하도록 부추겨 예전의 자기 자리를 다시 찾는 것에만 혈안이 되어 있었다.

"만인지상인 국상까지 지내신 분이 그런 고역을 겪었으니 그 심정 이해할 만하오. 허나 우리 후연 대제국이 있으니 안심하시지요. 이제 우리는 한식구나 다름없지 않소이까? 불편함이 있으면 언제든지 얘기하십시오. 여기 있는 동안은 내 편히 지내시도록 조처를 해주겠소이다."

고구려 태왕에 적개심을 가지고 있는 장협은 후연에 요긴한 인물일 수 있었다. 그러니 그에 상응한 대접을 해줄 필요가 있었다.

"이리 도와주시다니 뭐라 감사해야 할지……."

모용희는 장협을 곁에 두고 고구려에 대한 사정을 파악해 갔다. 일전을 피할 수 없다는 것을 확인한 이상 대비할 수밖에 없었다. 그는 왕에게 이 사실을 아뢰면서 고구려에 대한 원정을 다그칠 것을 주청하였다.

모용성은 모용희의 말에 공감하며 그에게 고구려 원정 준비를 책임지고 수행하라고 지시하였다.

모용희가 후연왕의 명을 받들어 원정 준비를 거의 끝내갈 무렵인 400년 1월, 고구려에서 사신을 보내왔다. 한마디로 우호적이고 평화적인 관계를 맺으려고 하니 후연도 이에 응해 주었으면 한다는 내용이었다.

이에 대해 후연에서는 의견이 분분했다. 이런 가운데 모용희의 주선으로 장협이 조정에 나갔다.

"대인은 이번 국서에 대해 어떻게 생각하시오?"

모용성이 장협을 보고 묻는 말이었다. 다른 관료들은 장협을 반신반의하는 눈으로 바라보았다.

"제 소견으로는 연막전술이라고 사료되옵니다."

"연막전술이라니……."

"이 서신으로 판단하건대 고구려 태왕은 지금 남방으로 군사를 빼돌리려고 하는 것이 틀림없습니다. 이쪽 방면의 안전이 염려되니 그리 나온 것이지요. 이곳에 관심을 기울이고 있는 것처럼 처세하며 함부로 움직일 수 없게 하려는 속셈인 것입니다."

"듣고 보니 과연……."

모용성이 고개를 끄덕였다. 고구려 사람이다 보니, 고구려 태왕의 속내를 손금 보듯 훤히 꿰뚫어 보고 있음을 느낄 수 있었다. 이에 모용희가 다시 나서서 물었다.

"그럼 어떻게 대처하는 것이 좋겠는지 그것마저 말씀해 보시지요?"

"고구려 태왕의 의도를 역으로 취하면 될 것입니다."

장협은 어떻게든 원정의 강행을 유도하고자 했다. 그것만이 살길이라고 타산한 것이다.

"역으로 취하다니요?"

"움직이지 않았으면 좋겠다는 뜻은 역으로 이에 대한 대처가 미흡하다는 처지를 보여주는 것이지요. 지금 당장 공격한다면 아마 속수무책일 것이옵니다."

장협의 말이 떨어지기가 무섭게 고구려 사정을 파악하고 있던 대신이 반박하고 나섰다.

"고구려는 대국이오. 그런데다 이미 별성체계를 세워 방비를 튼튼히 다져 놓았다고 들었습니다. 이곳 서부에도 그런 대비가 갇혀졌다고 하는데, 공격한다고 해서 그렇게 속수무책 당하겠습니까?"

"별성체계가 세워진 것은 사실입니다. 그러나 그 때문에 고구려 귀족들은 내심 불만이 많습니다. 사병은 물론이고 지난날 가졌던 특권을 고스란히 빼앗겼기 때문이지요. 그런 그들이 얼마나 몸 바쳐 싸우겠소이까? 더욱이 전력을 기울여서 싸우는 쪽과 일개 변방의 세력으로 대항하는 쪽을 놓고 보면 그 싸움의 결과는 명약관화한 일이지요."

이번에는 다른 대신이 나섰다.

"지금 당장 고구려를 공략하면 승리할 수는 있겠지요. 허나 지금 우리는 남쪽의 북위와도 싸우고 있습니다. 이런 상황에서 고구려를 침공한다면 양면의 적을 상대하는 격이 되어 장래에는 득이 되지 못할 것입니다."

"그것은 하나는 알고 둘은 모르는 소리입니다. 지금 고구려 태왕은 남방을 상대로 하기에 후연을 침공하지 않는 것뿐입니다. 남방의 문제가 해결되면 이곳 후연을 공략할 것이 불을 보듯 뻔합니다. 기회가 생길 때 먼저 선수를 쳐야지요. 북위를 제압하려면 배후가 위협받아서는 아니 되지 않겠습니까?"

"아-아, 그만 됐소."

논쟁을 듣고 있던 모용성이 그들을 제지했다.

광활한 내륙으로 세력을 확장하는 것은 그의 오랜 소망이었다. 그것을 실현하자면 배후가 안전해야 했다. 고구려는 후연이 군사를 내륙으로 이동시킨다면 결코 그대로 보고 있지 않을 나라였다. 먼저 기선을 제압해야만 했다.

"고구려에서 보내온 국서를 보면 오만방자하기 짝이 없소. 이를 그대로 두고 볼 수는 없소. 더구나 백성을 전쟁으로 혹사시키고 있다고 하니 대국으로서 이를 바로잡아 주어야 하겠소. 내 친히 고구려를 응징할 것인바 모두들 준비하도록 하오."

"알겠사옵니다. 폐하!"

모용성은 단안을 내린 후 400년 2월, 표기 장군 모용희를 선봉으로 하여 군사 3만으로 신성과 남소성을 공격했다.

장협의 예측은 정확히 맞아떨어졌다. 후연이 그들을 공격할 것이라고 여기지 않아서인지 그 성을 쉽게 공취할 수 있었다. 그러나 고구려의 반격은 만만치 않았다. 결국 뺏은 성도 고수하지 못하고 수천 호의 포로만을 데리고 쫓겨 왔다. 전쟁은 승리로 귀결되는 듯했으나 잃은 것 또한 컸다. 고구려의 반격으로 상처를 입은 후연왕 모용성이 그 이듬해에 죽은 것이다.

모용희는 모용성의 뒤를 이어 401년 왕위에 올랐으나, 그다음 해에 숙군성이 고구려군에 의해 짓밟혔고 404년에는 고구려 수군에 의해 연군(광계)까지 습격당했다. 그 뒷수습을 마친 모용희는 마침내 405년 1월 칼날을 빼 들고 고구려 요동성을 공략했다. 그러나 고구려군이 거란지역을 통해 수도를 압박하여 온 관계로 별반 소득도 없이 급히 군사를 되돌릴 수밖에 없었다.

그 이후 모용희는 다시 고구려에 대한 복수를 다짐하며 이를 갈았다. 대국으로서의 위세를 회복하고자 함이었다. 그러나 무작정 공격할 수는 없었다. 그러다간 지난번처럼 거란지역으로 공격해 들어온다면 고구려군을 막아 낼 수가 없었다. 한 번 당한 일을 되풀이할 수는 없었다.

그는 장협을 불러들여 어떻게 고구려를 공략하는 것이 좋을 것인지 그 의견을 물었다.

"거란을 먼저 치는 것이 좋을 듯합니다."

장협이 지극히 사무적인 어조로 대답했다. 예전처럼 적극적인 기색이 아니었다. 고령인지라 그럴 수 있었다. 하지만 그 때문이 아니었다.

그는 이미 후연의 공격 이래 두 차례에 걸친 담덕의 역공을 보고 일이 틀어졌다는 것을 예감했다. 아니나 다를까 405년 후연의 고구려 공략은 처참한 패배로 끝났다. 이제 고구려의 대반격이 남아 있을 뿐이었다. 그것도 담덕의 기질로 보아 아예 결판을 보고 말 것이었다.

이런 그의 마음을 아는지 모르는지 모용희가 열의를 보이며 물어왔다. 모용희는 이번에야말로 고구려에 당한 패배를 설욕하려는 마음으로 가득 차 있었다.

"왜 그리 생각하시오?"

"고구려는 거란 쪽의 지역과 고구려 국경 부근의 양 방면에 군사를 주둔시킨 데다 서로 연계하여 방어망을 형성하고 있습니다."

"그래서 난감하단 말이오. 지난번도 그 때문에 당한 것 아니오?"

"그러니 그 연결고리를 끊어야 할 겁니다. 그러자면 우선 약한 곳인 거란 지역을 먼저 공략한 다음 곧바로 고구려 영내로 진격해 가야지요."

장협은 이런 말을 하면서도 자신이 한심스러웠다. 이런 초보적인 전법도 모르는 자에게 의탁해 담덕을 상대하려는 그 자신의 모습이 초라하게 느껴졌다. 그럴수록 후회와 회한이 밀려왔다. 담덕에게 대항하지 않았던들 이런 고생을 사서 할 필요가 없었다. 그러나 이미 엎질러진 물, 할 수 있는 데까진 원정을 부추겨야만 했다.

"듣고 보니 과연……. 그들은 서로 다른 한편을 믿고 있을 것이니, 바로 그런 허점을 비집고 들어가자는……."

그제야 모용희가 환하게 웃으며 장협을 치켜세웠다.

"고구려 원정을 성공적으로 마치게 된다면 이는 대인의 공일 것이오. 내 이를 잊지 않겠소."

모용희의 치하에도 장협은 대답하지 않았다. 이미 승산 없는 싸움이라는 것을 그 자신이 잘 알고 있었다. 하지만 모용희는 더욱 복수의 칼날을 갈았다. 마침내 406년 1월을 맞이해 출정을 단행했다. 이제 두 나라 간의 싸움은 종지부를 찍어야 하는 상황으로 치닫게 되었다.

모용희는 장협의 말에 따라 대군으로 하여금 거란을 향하도록 명령했다. 쉬지 않고 달리는 강행군이었다. 순식간에 거란 주둔 고구려 군사를 격파하려는 의도였으며, 약한 고리를 공략한 다음 다시 군사를 돌려 고구려를 치려는 속셈이었다. 일거에 우위를 점하려는 조급한 마음이 군사들을 더욱 내달리게 만들었다.

모용희의 결연한 결심을 확인한 후연 군사는 그 의지를 받들어 기세 높이며 전진했다. 며칠 동안의 강행군 끝에 후연군은 거란의 영역으로 들어섰다. 고구려도 후연의 침공을 포착하고 그들의 길목을 가로막았다.

"고구려와 거란의 군사들이 보이옵니다."

"그래! 누가 저들을 격파하겠소?"

모용희가 장군들을 바라보며 주문했다.

"소장이 나서겠사옵니다."

한 장수가 나서자 다른 장수도 연달아 주청했다.

"소장에게 맡겨 주십시오. 저들을 단칼에 베어 버리겠사옵니다."

"아니옵니다. 소장이 하겠사옵니다."

모용희가 흐뭇한 표정을 지었다. 이번 원정에 첫 전투가 얼마나 중요한지를 그는 잘 알고 있었다. 그래서 승패를 점쳐보기 위해 장수들의 사기를 확인하고 싶었다.

"좋소이다. 훌륭하오. 듬직한 장수들의 모습을 보아하니 이번 전쟁은 벌써 승리한 거나 진배없소. 내 다들 믿지만, 이번 전쟁의 선봉은 살부 장군이 맡아 주시오. 다른 장군들은 다음에 기회가 있을 것이오."

"소장에게 기회를 주시니 망극하옵니다. 폐하의 신임에 보답하여 기필코 적을 무찌르고 오겠사옵니다."

살부는 곧장 고구려와 거란의 연합군이 주둔하고 있는 진지를 향해 군사를 몰았다. 그는 고구려 진영을 향해 소리쳤다.

"고구려는 어서 대후연제국 황제 폐하의 명을 받들라!"

"잠꼬대 같은 소리 집어치워라!"

"건방진 놈! 내 너를 사로잡아 다시는 그런 소리 못 하도록 입을 찢어 놓고야 말겠다."

"말이 많구나! 잠자는 호랑이의 코털을 건드린 주제에……. 나중에 후회해도 소용없는 일, 지금이라도 너희들의 처지를 깨달았다면 썩 물러가지 못할까."

"아니 이놈들이……. 자, 공격하라!"

살부는 명을 내리며 앞으로 달려 나갔다.

"자, 내 칼을 받아라."

"오냐. 기꺼이 상대해 주마."

후연군이 공격해 들어오자 수많은 화살이 비 오듯 쏟아졌다. 그러자 후연군이 잠시 주춤했다.

"계속 진격하라!"

살부의 명령에 후연군은 쓰러지는 동료를 넘어 계속 전진해 갔다. 적아가 한데 어울려 접전이 이뤄지는가 싶더니 어느새 고구려군이 물러나고 있었다.

"추격하라! 한 놈도 남김없이 추살하라!"

살부의 호령에 후연군은 계속 추격했다. 그러나 그 거리는 좀

처럼 좁혀지지 않았다.

고구려군은 거란과 고구려의 연합 기병으로 구성된 부대로써 기병전에 강한 군사들이었다. 이미 고구려는 거란을 손아래 두고 다스리고 있었다.

후연 군사가 이들을 따라잡는 것은 뱁새가 황새를 추월하는 격이었다. 그런데도 고구려군은 멀리 도주하지 않고 일정한 거리를 유지하며 달렸다.

"장군! 적들이 유인책을 쓰고 있는 듯하옵니다."

살부를 따르는 부장이 소리쳤다.

"그런 것 같군. 진격을 멈추어라!"

살부는 추격을 멈추고 전열을 다시 정비하였다. 그리고 승전보를 모용희에게 띄웠다.

"하하하! 역시 살부 장군이오. 내 그럴 줄 알았소."

모용희가 기쁨을 감추지 못했다. 그가 다시 말을 이었다.

"이런 기세로 계속 몰아친다면 승리는 바로 우리 것임이 틀림없소. 안 그렇소이까?"

"그러하옵니다. 황제 폐하!"

"살부 장군께 전하라! 계속해서 밀어붙이라고 하라."

살부는 모용희의 지시에 따라 고구려군을 계속 추격했다. 그러나 후연이 진격하면 그 거리만큼 달아났고, 멈추면 고구려군도 멈췄다. 제대로 싸움 한번 하지 못한 채 질질 끌려다니는 꼴이었다.

그러는 사이 어느덧 경북에 이르렀다. 후연군이 거란 영역을 유린하며 진격했으나 실상 얻은 소득은 없었다. 대신에 후연 군사는 점차 사상자와 부상자가 늘고 있었다. 엎친 데 덮친 격으로 혹한이 몰아치면서 동사자가 속출하고 있었다. 이런 상황에서 더 이상은 무리였다.

"황제 폐하!"

모용희의 책사인 갈마가 입을 열었다.

"왜 그러시오."

"거란 진영의 공략은 이만하고 여기에서 공격 방향을 고구려 영지로 돌리는 것이 옳은 줄로 사료되옵니다."

"여기는 이만 됐으니 이제 고구려군을 공략하자는 말이오?"

"그러하옵니다. 아무래도 고구려군이 거란 영내로 깊숙이 유인하고 있는 듯하옵니다."

"나도 그리 보고 있었소."

"지금 병사들이 계속되는 추격전 속에 지치고 피로해 있사옵니다. 그런데다 동사자가 속출하고 있는지라…… 만약……."

차마 말을 잇지 못하는 갈마를 보고 모용희가 채근했다.

"계속 말해 보시구려."

"고구려군이 후미를 강타하고 앞서 도주하던 군사가 되돌아 공격해 온다면……."

모용희가 눈을 감았다. 거란 영역의 유린에 잠시 도취해 있는 사이, 벌써 이 지경에 이르렀다니, 갑자기 현실을 직시하자 눈앞이 깜깜해져 왔다. 그러나 이미 내친걸음이었다.

“옳은 말이오. 그러나 여기서 그대로 물러설 수는 없소.”

“그러하옵니다. 거란 진영 쪽의 고구려 군사를 멀리 쫓아버렸으니 이제 고구려 진지를 공격해야 하옵니다. …… 그렇게 하기 위해서는 빠른 기동력이 요구되옵니다. 빠른 기동력의 도움 없이는 지금의 난항을 타개하기가 어려운지라…… 치중輜重(짐수레) 부대 등은 과감하게 버리고 빠른 속도로 강행군을 해야 할 줄 아옵니다.”

부상자와 동사자가 줄을 잇고 있는 상황에서 무거운 짐을 수반하고 이동할 수 없는 후연군의 처지를 반영한 말이었다.

모용희는 갈마의 의견을 좇아 거란 영역의 진격을 멈추고, 빠른 기동력으로 고구려의 영지를 향해 진군하도록 명했다. 그러자 거란 진영의 고구려군은 그들의 후미를 공격해 왔다. 그러다가 되돌아서면 다시 물러나고, 앞으로 나가면 후미를 강타했다.

후연군은 큰 피해를 입으면서 3천 리를 강행군한 끝에 마침내 고구려의 목저성木底城(신빈현 목기 수수보 부근) 부근에 이르렀다. 직선거리로 오면 그 거리의 몇분의 일도 안 되는 길을 계속 공격에 시달리면서 에돌아 온 것이다.

모용희는 장수들을 불러모아 놓고 일어섰다.

“우리는 거란 영역을 유린하면서 진격해 왔소이다.”

모용희 말에 장수들은 답답하지 않을 수 없었다. 그들은 3천 리나 되는 강행군 속에서 병사들이 얼마나 죽어 나갔으며 피로에 지쳐있는가를 잘 알고 있었다.

"이제 우리는 마침내 목저성을 눈앞에 두고 있소. 이번 전쟁을 승리로 결속 지어야 할 때가 드디어 왔소이다."

"……."

"목저성을 기필코 함락시켜야 하오. 대제국 후연의 위세를 떨쳐 보여야 하오. 제장들이 직접 앞에 나서서 공략하도록 하시오."

어떻게든지 성을 공취해야 한다는 절박성이 모용희의 표정에 짙게 묻어나온 것을 본 장수들이 힘차게 외쳤다.

"황제 폐하의 명을 받들겠사옵니다."

마지막 발악으로 후연은 젖 먹던 힘까지 다해 목저성을 함락시키기 위해 군사를 내몰았다. 드디어 후연군이 함성을 지르며 공격해 나섰다. 그러나 피로에 지친 몸들은 느리기만 했다. 반면 고구려군은 작년 요동성 공격 때와는 다른 전술로 나왔다. 도리어 성문을 열고 맞받아치고 나왔다.

"황제 폐하!"

공격에 나선 지 얼마 되지도 않아 다급한 파발이 올라왔다.

"무슨 일이냐?"

"목저성을 공격했던 군사들이 그만……."

"뭐라고? 소상히 얘기하라."

"고구려군의 반격에 목저성에 이르지도 못하고 우리 군사들이 크게 패했……."

목저성의 공격 실패를 보고받고 있는 사이 또다시 급보가 올라왔다.

"황제 폐하! 고구려군이 사방에서 몰려오고 있사옵니다."

"뭐-어?"

모용희의 얼굴이 파랗게 질렸다.

"황제 폐하! 어서 이 자리를 피하시옵소서. 여봐라! 어서 황제 폐하를 모시어라!"

갈마가 외쳤다.

"알겠사옵니다. 이쪽으로……."

모용희는 자기 직속의 군사를 거느리고 즉각 후연을 향해 내달렸다.

삼국사기에는 광개토왕 15년(406년) 겨울 12월, 연나라 임금 희熙가 거란契丹을 공격하기 위해 경북에 도착 …… 수레의 무거운 군수품을 버리고 경병輕兵으로 우리나라를 공격했는데 3천여 리를 행군해 왔기 때문에 군사와 말이 피곤했다. 동사자가 길을 이었다. 그들은 우리의 목저성木底城을 공격하다가 승리하지 못하고 돌아갔다고 했다.

모용희는 침통하기 짝이 없었다. 연거푸 두 번이나 맛보는 처절한 패배였다. 그러나 그는 이를 용납할 수가 없었다.

"내 이 치욕을 반드시 갚고야 말겠다. 오늘은 이렇게 가지만 반드시……."

그러나 그의 말은 입속에서만 맴돌 뿐 밖으로 새어 나오지는 못했다.

52

후연의 잇따른 공격을 격파한 고구려는 마침내 칼을 빼 들었다. 담덕이 서른넷에 이른 나이였다. 무려 7년여의 준비에 걸친 대장정의 깃발을 올린 것이다.

담덕이 후연과 일전불사를 결심한 것은 400년도에 있었던 침공 때부터였다.

형제 나라들 간의 단합을 한 차원 더 끌어올리고자 신라에 구원군을 보내면서 후연에 화친하자는 제의를 국서를 통해 보냈다. 그러나 그들은 그 뜻을 액면 그대로 받아들이지 않고, 서부에 약점이 있는 것으로 오인하고는 도리어 침공해 왔다. 즉각 반격하여 신성과 남소성을 되찾기는 하였으나, 수천 호의 백성이 포로가 되어 끌려간 것을 생각하면 가슴이 찢어지는 듯 아팠다. 더욱 화나고 분개하게 만든 것은 장협의 행적이었다. 그가 침공을 부추겼다는 소식이 들려온 것이다.

담덕은 장협이 암살 음모를 꾸민 이래, 그의 행방이 묘연하다는 보고를 받고 찾을 필요도 없다고 생각했다. 분노가 치밀었으나 그의 인생이 가련할 뿐이었다. 그래도 한때 국상의 자리에 있던 자였다. 적극적으로 찾아내려고 하지 않았는데 뜻밖에 그에 관한 소식이 후연 쪽으로부터 들려왔다. 야심가의 말로가 결국 어디까지 이르는지를 극명하게 보여주는 행위였다.

담덕은 불편한 심기를 애써 누르며 후연에 대한 공략을 별렀다. 그것은 나라의 안위가 걱정되어서라기보다는, 후연을 완전히 제압하지 않으면 형제 나라들 간의 단합은 물론이고, 천손의 나라를 세울 수 없다는 점 때문이었다. 이미 고구려의 방위 능력은 후연의 침공에 휘둘러지는 상황을 넘어서고 있었다.

담덕은 후연을 완전히 제압할 목표를 염두에 두고 먼저 내륙과 해안 방면으로 공략하며 그들의 역량을 시험했다. 그런 다음 그들의 공세에 방어전을 펴면서 거국적 일전을 꾸준히 준비해 왔다.

물론 여기에는 군사적 측면에서의 강국만을 염두에 두지 않았다. 경제와 문화 등의 여러 방면에서도 부강하고 부유한 나라를 꿈꾸고 있었다. 그래서 이미 405년에 후연의 침략을 받으면서도 교역을 담당해 온 다무기를 국제교역의 책임자로 임명하여 나라의 살림을 부유하게 하고자 시도했다. 하지만 이 모든 것을 명실상부하게 해결하기 위해서는 대륙의 강국으로 우뚝 서야만 했다.

마침내 담덕은 407년 들어 조정 백관을 모두 한자리에 부른 다음, 후연에 대한 대책을 물었다. 먼저 모두루가 나섰다.

"후연은 우리 고구려가 천손의 나라임을 몰라보고 감히 까불고 있사옵니다. 단호히 응징해 대고구려의 위력을 보여주어야 하옵니다."

"그렇사옵니다. 그들은 원수 국가로써 대왕 폐하의 호의를 받아들이기는커녕 틈만 나면 침략을 일삼고 있습니다. 결단코 용납해서는 아니 될 자들이옵니다."

"맞사옵니다. 더구나 그들은 예전에 폐하를 음해하려던 역적 장협을 비호하고 있사옵니다. 당장에 그 역적놈을 잡아들여 참수해도 모자랄 것이옵니다."

모두가 한결같이 후연의 징벌을 요청하고 나섰다. 대제국 고구려의 존엄이 손상당하고 있는 것에 그 어떤 신료들도 묵과하지 않으려 했다. 그만큼 힘에 있어 자신감을 얻은 나라로서의 자부심이 대단했다.

"좋습니다. 여러분의 의견이 한결같으니 후연을 원정할 것입니다. 그런데 그 이유 때문에만 단순히 징벌하자는 것입니까? 징벌이야 이미 수행하지 않았습니까?"

원정의 정당성과 목표를 분명하게 얘기해 보라는 담덕의 질문이었다. 모두들 눈만 껌뻑거리는 중에 혜성이 입을 열었다.

"신의 소견으로는 천손의 나라를 세우자면 이번 원정을 계기로 단군조선의 영토 문제를 속 시원히 매듭지어야 할 것으로 사료되옵니다."

천손의 문제를 꺼내자 모두들 조용하였다. 담덕은 다름 아닌 천손의 신표인 용광검을 지니신 분으로서 천손의 나라를 세울 지도자였던 것이다. 혜성이 계속 말을 이었다.

"천손의 나라는 모든 단군족을 하나로 모아내야 할 뿐만이 아니라 단군조선의 영토도 회복했을 때 가능하옵니다. 단군조선은 본디 패수浿水(지금의 난하)를 넘어 그 서부 지역에까지 이르렀습니다. 그런데 위만조선이 망한 이래 그곳을 아직껏 단군족의 영토로 공고하게 확보하지 못하고 있사옵니다. 이제 그 지역을 회복할 때가 되었사옵니다."

응징 차원을 넘어 단군조선의 옛땅을 되찾자는 혜성의 주장에 모두들 고개를 끄덕였다.

본디 고대 중국과 단군족의 국경선은 패수浿水를 경계로 하였다. 그런데 단군조선 시기의 패수는 난하였으며, 그 너머의 서부 영역에까지 미치고 있었다. 이것은 중국을 최초로 통일시킨 진시황제가 만리장성을 쌓은 위치를 파악해 볼 때 확인할 수 있다.
만리장성의 위치는 갈석산을 기점으로 하여 난하 서쪽에 있다. 하지만 중국은 끝없는 영토 팽창욕으로 그 패수浿水를 대릉하로 옮기더니 그 후엔 요하, 압록강, 청천강이라고 우겼고, 심지어는 대동강이라고까지 주장하기에 이르렀다. 원래 한사군은 한 무제가 위만조선을 멸하고 난하와 요하 사이에 설치하고자 계획한 것이나, 단군조선의 유민들과 고구려인들의 투쟁에 의해 그 의도대로 되지 못하고 붕괴되거나 계속 서쪽으로 쫓겨 갔던 것인데, 이것을 평양 주변에 설치했다고 하는 것이 바로 그런 예라 할 수 있다.

"역시 혜성 국상입니다. 맞습니다. 그러나……."

담덕이 혜성의 말에 동의를 표하고 나서 다시 역으로 말을 돌리니 조정 신료들의 눈동자가 담덕에게 쏠렸다.

"우리가 후연을 원정하고자 하는 것은 그 지역이 옛 단군족의 영토이기 때문만은 아닙니다. 우리는 후연에게 같이 평화롭게 살아가자고 제안했습니다. 그들이 지금 그곳에서 살고 있기에 그 점 또한 인정하고 서로 더불어 평화롭게 살아가는 방법을 찾고자 했던 것입니다. 그러나……."

담덕이 자신의 뜻을 분명하게 밝히기 위함인 듯 잠시 말을 멈추고 신료들을 둘러보았다. 다시 그가 말을 이었다.

"후연은 우리의 진심 어린 성의를 짓밟았습니다. 더욱이 우리가 형제 나라들과 단합하기 위해 남방에 힘을 쏟고 있는 때를 이용해 침략해 왔습니다. 이들을 그대로 놔두고서는 단군족의 단합을 이뤄나갈 수가 없습니다. 이에 앞으로 그 누구도 단군족의 단합을 위한 우리의 노력을 막거나 훼방하지 못하게 해야 합니다. 또한 서쪽 방면에서 일어날 수 있는 전쟁의 화근을 아예 뿌리를 뽑아버려야 합니다. 내 그래서 이번에야말로 대고구려를 어느 누구도 감히 넘보지 못하도록 대륙의 강국으로 우뚝 세우고자 할 뿐만 아니라, 우리 단군조선의 영지를 확고히 되찾고자 하는 것입니다."

왜 후연을 고구려 영토로 편입시키고자 하는지에 대한 이유를 명백히 밝히는 말에 신료들은 너나없이 동시에 외쳤다.

"옳사옵니다. 신들은 대왕 폐하의 분부를 절대 따를 것이옵니다.”

“좋습니다. 그럼 나는 대소 신료들을 믿고 그 지역을 다스리는 사람으로 진 장군을 유주자사에 임명하고자 합니다.”

유주자사는 요서 지역은 물론 북경 근처의 그 위쪽에 이르는 모든 지역을 다스리는 지위였다. 그 지역은 13개 군으로 나뉘어 있었는데, 유주자사는 바로 13군의 태수를 직접 통치하는 자리였다.

덕흥리벽화무덤에는 주인공 진이 건위장군建威將軍, 국소대형國小大兄 …… 유주자사幽州刺史 등의 역대 고구려 관직을 지냈고, 서쪽 벽에는 주인공이 유주자사幽州刺史로 있을 당시 13군 태수太守들이 와서 인사하고 사업을 토의하던 장면을 묘사한 인물상들과 그에 대한 간단한 해설이 적혀 있다.

“대왕 폐하! 황은이 망극하오나 신은 이미 노쇠하오니 다른 이를 임명하심이 옳은 줄로 아옵니다.”

“아닙니다. 진 장군께서 맡아 주시구려.”

담덕이 재차 임용을 고집하자 진이 결심한 듯 화답했다.

“그러시다면……. 신 비록 노쇠하고 능력은 모자라오나 대왕 폐하의 하해와 같은 은혜에 충심으로 보답하겠사옵니다.”

“고맙습니다. 그럼 진 장군은 유주자사로서 앞으로 그곳을 직접 다스려 나갈 준비에 만전을 기해 주시구려.”

“신명을 다 바쳐 대왕 폐하의 명을 받들겠사옵니다.”

머리가 희끗희끗해진 나이였지만 여전히 진은 예전의 호기를 잃지 않고 있었다.

"모든 장수들에게 이르노니, 후연 원정을 단행하기 위한 모든 준비를 차질 없이 진행하도록 하시오. 기병과 보병은 물론이고 수군까지 가세해 합동작전을 전개할 수 있도록 하시오."

"대왕 폐하의 명을 즉각 이행하겠사옵니다."

그 이래로 고구려는 후연을 공략하기 위한 준비를 차질 없이 착착 마무리 지어 나갔다. 질질 끄는 싸움이 아니라 단 일격으로 끝장내 버리려는 대담한 원정 준비였다.

마침내 원정 준비를 끝마친 영락 17년(407년) 7월, 담덕은 후연을 향해 대대적인 진격 명령을 내렸다.

먼저 서부전선에 자리 잡은 군대가 일제히 움직이기 시작했다. 대왕이 직접 진두지휘하고 있다는 사실을 안 군사들의 사기는 충천했다.

대왕은 지금껏 전투에서 한 번도 패한 적이 없는 백전백승의 용장인 데다 그 명 또한 도리에 어긋난 적이 없었기에 군사들은 승리를 의심치 않았다. 승리를 확신한 기세는 그 어떤 장애물도 걸림돌이 될 수 없었다. 마치 거센 파도처럼 밀고 나갔다.

"대왕 폐하! 서부전선의 군사들이 일제히 출병했사옵니다."

서부전선에 진격 명령을 전하고 요동성으로 돌아온 전령병이 담덕에게 보고했다.

담덕은 이번 전쟁을 위해 직접 요동성으로 내려와 모든 상황을 보고받으며 전투지휘를 하고 있었다. 출병 보고를 들은 담덕이 다시 명을 내렸다.

"수군 또한 연군(광계)으로 출전하라 전하라!"

연군은 이미 404년에 고구려가 수군을 동원해 공격한 적이 있는 곳이었다. 그때 담덕은 후연을 전면 제압할 때를 대비해 미리 그곳을 기습하게 했다. 그럼으로써 그곳의 지형을 파악해 둘 수 있었다.

"즉시 명을 전하겠사옵니다."

전령병이 나가려 하자 다시 담덕이 불러 세워 명했다.

"거란 진영의 군사들도 즉시 출동하라고 이르라."

"알겠사옵니다. 대왕 폐하!"

전령이 떠난 다음 담덕은 일어서서 멀리 후연 국경을 바라보았다. 단군조선의 숨소리가 귀에 뚜렷이 들려오는 듯했다. 그럴수록 그의 눈은 단군조선의 영지를 기필코 되찾고야 말겠다는 의지로 불타올랐다. 가슴 또한 뜨겁게 달아올랐다.

"대왕 폐하!"

오골승이 부르는 소리였다.

"무슨 일이오?"

"후연 쪽에 보낸 밀사가 도착했사옵니다."

담덕은 그동안 군사적 준비를 다그치면서도 후연 내부의 분열을 유도하기 위한 공작을 따로 은밀히 진행해오고 있었다.

후연은 본디 단군조선의 영토였기에 그 유민들이 많았다. 물론 고구려 유민 또한 많이 살고 있었다. 그들을 움직이기 위한 작전을 세워놓고 안팎에서 협공하려고 의도한 것이었다.

고구려 측에서 물색한 대상자는 풍발이었다. 그는 고구려 유민으로 중위장군의 직위에 있는 사람이었다.

"들라 하시오."

"신, 미간이옵니다."

"수고가 많았소. 편히 앉으시구려."

"황공하옵니다."

자리에 앉자마자 미간이 기쁜 표정으로 입을 열었다.

"대왕 폐하! 기뻐하시옵소서."

"일이 잘되었나 보구려."

"그러하옵니다. 후연에 들어간 후 내부 사정을 파악했사온데, 우리 고구려군에 연패당한 이후 모용희의 위엄은 꺾이고, 신하들은 그의 명을 따르는 척하나 내심 동조는 하지 않아 보였사옵니다. 이에 소신은 내부 분열을 획책한다면 성공할 것이라 믿고 풍발을 직접 찾아갔습니다."

담덕이 고개를 끄덕인 가운데 미간이 후연에 다녀왔던 그간의 일을 보고하기 시작했다.

"나를 보자고요? 무슨 일로 그러시는지……."

풍발이 고구려 유민답게 예의를 지키며 물었다.

“나는 고구려에서 온 사람입니다.”

“고구려 사람이라니?”

풍발은 깜짝 놀라며 자기도 모르게 고개를 두리번거렸다.

그즈음 후연왕 모용희는 고구려 침략에 더욱 열을 올리며 백성들을 혹독하게 채찍질하고 있었다. 담덕에게 연거푸 당한 패배를 설욕하는 데만 정신이 나가 이미 이성을 잃고 있었다. 이런 때에 고구려 사람을 만났다는 것이 알려지면 어떤 화가 미칠지 알 수 없었다.

“나는 고구려 대왕 폐하께서 보낸 사람입니다.”

“대왕 폐하라니? 어인 일로…….”

아직도 상황 파악이 안 된 듯 풍발은 놀란 토끼 눈을 뜨고서 되물었다.

“대왕 폐하께서는 장군이 비록 후연의 중위장군 직위에 있지만 고구려 유민이라는 것을 알고 나를 보내셨습니다.”

풍발은 미간의 얼굴을 조용히 응시했다. 제일의 적으로 삼고 있는 고구려 사람이 그를 찾을 것이라고는 상상도 못 했기에 당황스러웠지만, 풍파를 겪으며 지금의 지위에 오른 만큼 금세 안정을 되찾고 있었다. 그런 모습을 본 미간이 단도직입적으로 말을 꺼냈다.

“이미 고구려는 후연을 제압할 만반의 준비를 다 끝내놓고 있습니다. 그러니 이에 호응하기를…….”

“나보고 역적이 되라는 말씀입니까?”

“역적이 되는지, 영웅이 되는지 그건 나중에 알게 되겠지요. 허나 단언하건대 결코 역적은 되지 않을 것입니다. 고구려의 대대적인 공격 앞에 후연은 견딜 수 없을 것이니까요."

고구려의 공격이 멀지 않았다는 암시에 풍발은 잠자코 있었다.

후연은 지난 고구려와의 전쟁에서 연패를 거듭해 쇠락의 길로 빠지고 있었다. 군사적 타격도 컸지만, 그것보다는 대국으로서 위용이 꺾여버린 것이 더욱 치명적이었다. 모용희의 영은 날이 서지 않았고, 도처에서 반대의 기운이 피어오르고 있었다. 이런 사실을 잘 알고 있었기에 그는 고구려 대왕의 명을 받고 왔다는 이 사람을 가벼이 대할 수 없었다.

"대왕 폐하께서는 장군이 고구려 유민으로서 제 역할을 해 주기를 바라고 계십니다."

미간이 결단을 촉구했으나 풍발은 한참 동안 대답하지 않았다. 그러더니 우선 확인부터 해야겠다는 듯 조심스럽게 입을 열었다.

"내 너무도 갑작스러운 일이라 어찌해야 할지 모르겠소이다. 허나 내가 당신의 말을 믿을 수 있는지 그것부터 확인해야 가타부타 얘기할 수 있지 않겠소이까?"

고구려 대왕이 보냈다는 확증을 보여 달라는 요구였다.

"그거라면……. 자! 여기 있소이다."

미간은 담덕이 써준 밀서를 신표로 내밀었다. 거기에는 고구려 태왕 담덕이 미간을 밀사로 보냈음을 밝히면서, 그것을 확인하는 대왕의 옥새가 선명하게 찍혀 있었다.

고구려 태왕이 보낸 것만은 분명했으나 풍발은 쉬이 결정을 내릴 수 없었다.

'역적모의를 한다? 고구려가 도와준다면 승산이 있을 것도 같고…… 후연이 고구려를 막아낼 역량도 되지 않는데…… 만약 거절해 일이 벌어진다면 그때 가서는…….'

풍발이 여러모로 상황을 재는 중에 미간의 말이 이어졌다.

"차후 일은 걱정하지 않아도 될 것입니다. 거사 날이야 고구려 공격에 맞추면 될 것이고, 설사 실패해도 우리 고구려군이 진격해 올 테니까요. 어떤 경우라도 대왕 폐하께서는 모든 것을 보장해 드리겠다고 약조하셨습니다."

미간의 말에 풍발의 눈이 번쩍 띄었다. 그로서는 손해 볼 것이 없었다. 성공하면 그것으로 족하고, 만약 실패해도 쇠락해가는 후연의 군사로는 고구려군을 대적할 수 없을 것이니, 그것 또한 그가 권력을 장악할 수 있는 길이었다.

"좋소이다. 대왕 폐하께서 소장을 그리 생각해 주시니 그 뜻에 따르겠소이다."

"잘 결정하셨습니다. 역시 장군은 고구려 유민 출신입니다. 고구려 사람은 역시 고구려 사람과 손을 잡아야지요. 내 그리 결심하실 줄 알았소이다."

미간이 풍발의 두 손을 꽉 잡았다. 두 사람의 손이 굳세게 쥐어졌다. 그런 가운데 미간이 다시 입을 열었다.

"그런데 거사를 성공시키자면 사람들을 더 끌어들여야 할 것인데……. 혹시 주위에 같이할 사람이 있느냐는 것이지요?"

정말로 거사를 강행하고자 하는지 확인해보려는 물음이었다.

"글쎄요……. 풍홍하고…… 또 모용운과 만나 의논하면 될 것 같습니다."

"풍홍은 동생이니 물어보지 않겠지만 모용운은 믿을 수 있는 사람입니까?"

"그 사람은 무예가 뛰어나 모용보(후연의 2대왕)의 눈에 들어 양자가 되기는 했으나, 소장과 뜻을 같이하는 사람이지요. 그 또한 고화의 손자로 고구려의 유민 출신이기도 하니……."

"그럼 모용운을 왕으로 내세우겠다는……."

"모용보의 양자이고 하니 그리하는 게 거사에 도움이 될 것 같은데, 무슨 문제가……."

"장군을 믿겠습니다만, 이번 거사는 단군조선의 영화를 되찾기 위한 것이라는 것을 잊지 않았으면 합니다."

또 다른 후연 권력의 창출을 허용하지 않겠다는 말이었다.

"그걸 어찌 모르겠소이까? 하지만 일단 성공해야 하지 않겠습니까? 그런데 고구려에서는 언제쯤 움직일 계획입니까?"

"그건 염려하지 마시고 지금부터 서둘러 거사를 준비하면 될 것입니다. 아마도 만반의 준비가 다 되어 있으니 머잖아 소식을 듣게 될 것입니다."

"그렇게나 빨리……."

풍발은 거사와 관계없이 고구려가 대공세를 준비하고 있다는 것을 눈치챘다. 이런 상황이라면 서둘러 거사를 수행해야 했고,

고구려 태왕에게 분명한 의사를 밝히는 것이 신상에 좋을 듯했다. 그래서 그는 단호한 어조로 다시 말을 이었다.

"소장, 고구려 유민으로서 대왕 폐하의 신임에 목숨을 다 바쳐 충성하겠다는 맹세를 꼭 전달해 주기 바랍니다. 기필코 고구려군의 진격에 맞춰 거사를 일으키겠다고 말입니다."

"꼭 그리 전하겠습니다. 그럼 장군의 무운을 빌겠습니다."

미간은 풍발과 헤어진 후, 며칠 동안 그곳에 머무르며 상황을 주시했다. 풍발이 약속한 대로 움직이고 있는가를 눈으로 확인하기 위함이었다. 그러나 여러 정황으로 보아 밀약대로 움직인 것이 분명한지라, 그 길로 요동성을 향해 내달려 담덕을 찾아뵌 것이다.

"우리 고구려군이 삼면으로 압박하며 진격했으니 아마 조만간 그들의 움직임이 있을 것이옵니다."

미간이 보고를 마치고 결론을 내린 말이었다. 이에 담덕이 미간을 치하했다.

"참으로 큰일을 하셨습니다. 공의 노고가 많았습니다. 어서 가서 좀 쉬시구려."

이미 전쟁은 끝난 것이나 다름없었다. 7년여의 준비 끝에 3개 방면으로, 즉 거란 진영의 북부와 고구려 국경 지역의 서쪽, 그리고 바다를 통한 남부 방면에 걸친 공격이 동시에 진행되고 있는데다 후연 내부에 분열마저 일어나게 되었으니 그들을 공략하는 것은 식은 죽 먹기였다.

예측대로 고구려군은 진격 명령이 내려진 이래 후연군을 계속 격파하고 전진해 나갔다. 서부 전선만이 아니라 거란 진영에서도 후연의 방어망을 뚫고 진격했다. 그런데다 수로를 통해 연군에 도착한 부대도 후연 군대를 제압해 들어갔다.

3개 방면에서 동시에 포위 공격해 오는 고구려군을 후연은 당해 내지 못했다. 시간이 흐를수록 고구려군은 파죽지세로 헤치고 나아갔다. 고구려군이 공취한 성은 이미 수십 개를 넘어서고 있었다.

광개토호태왕릉비문에 의하면 17년 정미丁未년에 보병步兵, 기병騎兵 5만 명을 보내어 …… 맞서 싸우다 베어 죽였다. 노획한 투구와 갑옷이 1만여 벌이나 되고, 군수물자와 기계도 이루 헤아릴 수 없이 많았다. 그 밖에도 사구성沙溝城, 루성婁城, …… 성城을 깨뜨렸다고 했다. 비문의 글자가 많이 보이지 않는 관계로 이때의 전투 대상이 과연 어느 나라인지 분명하지 못하다. 그러나 여러 정황을 보았을 때 후연과의 전투라고 보는 것이 타당하다고 여겨진다. 왜냐하면 비문처럼 사해四海에 위세를 떨치려면 후연을 제압하지 않고서는 불가능하기 때문이다. 또 후연이 망하고 북연을 세운 해가 바로 이때인데, 북연을 세운 모용운이 비록 고구려 유민이라고 하더라도 고구려의 강력한 군사적 역량의 뒷받침 없이는 결코 고高씨 성을 쓰지 않았을 것이기 때문이다.

사구성 등이 백제와의 전투에서 공파한 성에 나온다고 해서 꼭 백제와의 전투라고 볼 근거는 되지 못한다. 얼마든지 같은 성의 이름이 다른 곳에서도 있을 수 있기 때문이다. 그리고 이미 백제는 중국의 사서에 기록된 바와 같이 요서와 진평 2군의 땅을 차지하여 백제군을 두고 있었기 때문에 얼마든지 그곳에 같은 이름을 붙였을 수 있다.

고구려군이 후연 영토를 장악해 가자 그 수도에서는 모반이 일어났다. 풍발과 모용운 등이 반란을 일으켜 모용희를 처단하고 모용운을 왕으로 하는 북연 왕조를 세운 것이다.

모용운은 등극하자마자 즉시 고구려에 특사를 보내왔다.

"북연에서 특사가 도착했사옵니다."

"들여보내시오."

"신, 마사부 북연왕의 명을 받고 대왕 폐하를 찾아뵈옵니다."

"북연왕이 거사에 성공했다지요. 축하합니다."

"망극하옵니다. 우리 왕께서는 이 모든 것이 대왕 폐하의 도움으로 되었다는 것을 아시고 그 은혜에 감사하고 있사옵니다. 그래서 앞으로 대왕 폐하의 뜻에 따라 고구려와 적대하지 않고 화친하겠다는 뜻을 밝히셨사옵니다."

"화친이라? 싸우는 것보다 서로 평화롭게 사는 것이 좋겠지요."

"우리 왕께서는 이를 분명히 할 생각으로 국호를 아예 북연으로 바꿨사옵니다."

모용운이 북연의 이름으로 그 지역을 다스리겠다는 뜻을 밝히는 것이었다. 이건 담덕이 애초에 구상한 것과는 다른 것이었다.

이런 그의 마음을 알았는지 마사부가 다시 한번 간곡히 청했다.

"대왕 폐하! 화친하고자 하는 우리 왕의 뜻을 받아 주시옵소서."

"화친은 좋습니다. 그러나 그곳의 영토는 본디 단군조선의 영토였소. 우리는 그곳을 잃어버린 관계로 수많은 침략을 당해 왔소. 다시는 이런 일이 일어나지 않도록 그곳을 되찾아야 하겠소."

"알고 있사옵니다. 그래서 우리 왕께서는 대왕 폐하께 주청하였사옵니다."

"내 뜻을 알고 있다?"

"우리 왕은 고화의 손자로 본디 고구려의 유민이었사옵니다. 그래서 우리 왕은 대왕 폐하께서 고씨 성을 하사해 주시기를 소망하고 있사옵니다."

마사부의 말은 매우 조리 있었다. 북연왕은 단군족의 성원이자 고구려왕의 성씨를 갖고 살아가겠으니, 그 땅을 다스리도록 허용해 달라는 주장이었다.

담덕은 이번 기회에 옛 단군조선의 영지를 확고하게 회복하려는 마음을 굳히고 있었다. 진을 유주자사로 임명한 것도 그 때문이었다. 그러나 북연왕이 고구려 왕씨를 갖고 단군족으로 살아가겠다고 스스로 요청하고 있으니 난감하기 짝이 없었다.

그러나 다시 생각해 보니 북연왕의 말이 더 타당한 듯 보였다. 북연왕이 고高씨 성으로 살아간다면 사실상 영토를 장악하여 통치하는 것과 같았다. 그런데다 지금 그쪽에 살고 있는 사람을 모두 배척할 수는 없는 상황이었다. 현재로선 서로 공유하는 편이

나왔다. 마침내 담덕이 결심을 내리며 하명했다.

"내 단군족의 성원으로 살아가려는 북연왕의 요청을 받아들여 황실의 성씨인 고高씨 성을 인정하며 하사하노라."

삼국사기에 광개토왕 17년(408년) 봄 3월에 같은 종족으로서의 정의를 보이자, 북연北燕의 임금 운雲이 시어사侍御史 이발李拔을 보내와 답례하였다. 운雲의 조부 고화高和는 고구려의 방계인데 고양高陽씨의 후손이라 고高를 성으로 삼았다고 하였다.

이로 볼 때 북연의 운이 고구려의 군사적 영향 속에서 미리 고씨의 후손이라고 인정해 줄 것을 먼저 요청하고, 이에 광개토호태왕이 같은 종족으로서 대하겠다고 인정해 주자, 북연의 임금 운이 이에 답례하는 것으로 보는 것이 이치에 맞을 것이다.

"황은이 망극하옵니다. 우리 왕을 대신해 감사의 예를 올리겠사옵니다."

마사부가 부복하며 고구려 대황실에 대한 예를 갖췄다. 이에 담덕이 명을 내렸다.

"이제 북연왕은 모용운이 아니라 고운이 되었다. 이에 고운은 고구려 대황실의 후예이자 단군조선의 유민임을 항상 명심하며 살아가도록 명 하노라. 이를 전하도록 하라!"

"대왕 폐하의 명을 받들겠사옵니다. 그리고……."

마사부가 명을 받고도 일어나지 않고 미적거리자 담덕이 다시 물었다.

"무슨 할 말이 남아 있소?"

"다름이 아니오라, 우리 왕께서는 대왕 폐하를 배신하고 후연에 투항하여, 고구려 침략에 앞장섰던 역적 장협을 고구려 군사를 통해 압송토록 하겠다고 하였사옵니다."

고구려 대왕에게 충성심을 보이려는 북연왕의 호의였다. 그러나 담덕은 기분이 언짢아졌다. 단군조선의 영지를 되찾는 이 기쁜 날에 역적의 말로를 떠올리게 되니 기분이 좋을 리 없었다. 그러나 북연왕의 충심을 그대로 받아들이고자 했다.

"북연왕의 충의를 높이 치하하며 이를 후히 사례하겠다고 전해주시오."

"망극하옵니다. 그럼 신은 이만 물러가겠사옵니다."

담덕은 멀리 후연 쪽을 다시 바라보았다. 눈에는 물기가 어리었다. 단군족을 배신한 장협의 압송 장면이 선연히 떠올랐다. 기회를 주었건만, 야심을 버리지 못하고 배신의 길로 굴러떨어져, 끝내는 역적으로 압송되는 운명을 겪다니 측은하기 짝이 없었다.

그러나 담덕의 눈은 어느새 광채로 빛났다. 장협이 압송되고 있는 그 장면 앞에는 옛 단군조선의 영화를 알려주는 깃발이 힘차게 휘날리고 있었다. 삼족오기의 모습을 한 자랑스러운 고구려 대제국의 깃발이었다. 그 밑에는 수많은 수레가 짐을 가득 싣고 사방으로 힘차게 뻗어 달리고 있었다. 대륙을 호령하는 강국으로 우뚝 선 대제국의 형상이었다.

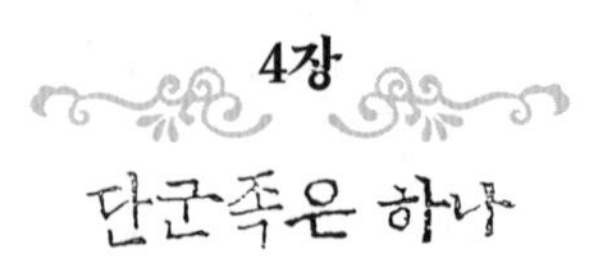

4장 단군족은 하나

53

영락 19년(409년) 8월 초, 귀한 손님의 내왕을 미리 알기라도 하듯 맑은 하늘에 새소리가 요란하였다. 숨 가쁜 움직임 속에 백민은 나갈 채비를 서두르며 자개를 기다렸다. 대왕 폐하를 맞이하기 위해서였다.

서른여섯에 이른 담덕은 더욱 원숙함과 활력을 내보이며 움직였고 그해 8월 들어서 다시 남방 순시 길에 나서고 있었다.

삼국사기에는 광개토왕 18년(409년) 8월에 왕이 남쪽 지방을 순례

했다고 전한다.

담덕이 남방을 찾는 이유는 천손의 나라를 세우기 위한 사전 단계로 단군족의 단합을 새로운 차원으로 끌어올리기 위해서였다.

대륙의 강자로 우뚝 선 고구려는 이제 안위를 걱정하지 않아도 되었다. 서부 방면의 안전 또한 확고하게 다져진 상태였다.

407년 후연을 멸망시키고 북연을 세운 고운은, 담덕이 고구려 황실의 성씨를 인정해 주자, 그 이듬해 봄에 시어사 리발을 보내어 답례했다. 그러나 409년 북연 내부에 권력투쟁이 일어나 풍발이 고운을 살해하고 왕을 자처하는 사태가 발생했다. 하지만 그 또한 고구려 유민임을 스스로 내세우고, 고구려와의 관계를 예전처럼 유지한 관계로, 북연왕은 대왕의 뜻에 따라 그 지역을 다스리는 사람이 되었다.

북연과 이런 관계를 맺고 있는 사이, 유주자사로 임명된 진이 408년 일흔일곱 살의 나이로 세상을 떠났다. 고구려 백성들은 크게 슬퍼했고, 담덕은 장례를 후하게 치러주며 그 업적을 기리도록 조치했다. 그리고 봉황성鳳凰城(북평양성, 제2환도성)을 맡은 책임자로 부살바를 새로 임명했다.

후연을 제압하고 명실상부하게 대륙의 강자로 등장한 상황에서, 단군족을 하나로 모으는 과제는 이제 더 이상 미룰 수 없는 당면 현안으로 떠올랐다.

백민이 채비를 끝냈는데도 자개는 도착하지 않았다. 백민은 집무실 안을 서성거렸다. 벌써 흥분되고 있었다. 대왕을 직접 뵙는다는 생각에 긴장이 되었다.

백민은 백제의 유민이었고, 그 백제인들로부터 꽤 신뢰를 받고 있던 인물이었다. 그러나 아쉽게도 그들 지역은 전쟁 중에 고구려 땅으로 편입되었다.

고구려로 편입된 백제의 서부지역은 396년 이래, 황족 출신이 직접 내려와 다스리다가 백제 유민을 차별했다는 이유로, 398년 관직을 박탈당하고 유민들의 자치지역으로 변경되었다. 하지만 고구려로 편입된 동쪽 지역은 아직도 고구려인이 다스리고 있었다. 그만큼 동부지역은 체계적으로 통치되지 못하고 있었다. 그런 가운데 402년 대왕의 지시가 내려왔다.

"백민은 대왕 폐하의 명을 받아라!"

백민은 무릎을 꿇었다. 백제의 패장으로서 어떤 굴욕을 준다고 해도 백제인답게 의연하게 대처하고자 했다. 비록 일부 지역을 고구려에 빼겼다고는 하나 백제는 단군조선의 정통 계승국임을 자처한 나라였다.

"고구려와 백제는 형제국이며 같은 단군족의 나라이다. 그러나 아쉽게도 골육상잔을 벌이고 …… 앞으로 단군족의 나라로 함께 복되고 행복하게 살아가기를 바란다. 내 뜻을 받들어 백제 유민들을 다스려 나가는 재宰(현령급 성주)로 임명하노라."

고구려 조정에서는 인질로 와 있던 실성을 401년 신라로 돌려 보냈고, 그다음 해 내물이사금이 죽고 실성이 왕위를 계승하자, 고구려는 단군족에 대한 정책을 자치를 철저히 보장해 주는 방향으로 전환하고자 했다. 백민은 이를 모르고 여전히 고구려를 적대국으로 여기고 있었다.

"……."

"무얼 하느냐? 대왕 폐하의 명을 받들지 않고……."

"지금 무어라고 하셨는지……."

그로서는 생각지도 못한 황은이었다.

"황명 그대로다."

"그럼 소신을……."

"그렇다."

"대왕 폐하의 명을 받들겠사옵니다."

명을 받고서도 백민은 어찌 된 영문인지 몰랐다. 또 그 명을 따르는 것이 옳은지 그른지 판단도 서지 않았다. 그래서 주위 사람들과 상의했다.

"내가 고구려 태왕의 명을 받고 따른다고는 했으나 어찌해야 할지 모르겠네."

"대백제국의 신하로서 있을 수 없는 일이옵니다."

"맞사옵니다. 고구려 태왕이 이러는 것은 우리를 달래기 위한 술수에 지나지 않을 것이옵니다."

병기와 수길의 얘기에 백민이 고개를 끄덕였다. 그러나 자개는 반대 의견을 밝혔다.

"저는 꼭 그렇게만 볼 필요는 없다고 생각되옵니다."

"그렇게만 보지 않다니?"

"어차피 이 땅은 누군가 통치해야 할 것이옵니다. 그렇다면 고구려인보다는 백제인이 다스리는 것이 더 나을 것이옵니다. 이미 서부 지역도 그리되고 있지 않사옵니까?"

"그렇다고 고구려의 주구가 되자는 말이오?"

병기가 말도 안 되는 소리 그만하라는 표정을 지었다.

"지금 우리 처지에선 그리만 생각할 수 없지요. 백제 유민들을 먼저 생각해야지요. 듣기 송구하시겠지만, 지금의 형편으로선 백제가 다시 이곳을 찾는다는 것은 거의 불가능에 가깝사옵니다. 그만큼 고구려는 강대하고 백제는……."

"그만하시게."

아직도 백제의 신하라고 여기고 있는 그에게 백제를 욕하는 소리는 듣기가 거북스러웠다.

"언짢으시더라도 들으셔야 하옵니다. 고구려 태왕은 백제로부터 뺏은 땅을 직접 다스리고도 남을 힘을 가지고 있사옵니다. 그런데도 굳이 그렇게 하지 않으려 하옵니다."

"아까도 얘기했지만 그게 술책이란 말이오. 그런데 거기에 넘어가잔 말이오?"

이번에는 수길이 나서서 반박했다. 수길 또한 병기와 마찬가지로 최소한 백제인으로서의 자존심을 지키려고 하는 사람이었다.

"누가 그러잖습니까? 그것을 이용하자는 게지요."

"이용하다니요?"

"고구려 태왕은 단군족끼리 서로 단합하자고 주창하지 않습니까?"

"그야 명분에 지나지 않는 말이 아니오?"

"명분이라 해도 고구려 태왕은 그 명분 때문에 서부 쪽에서는 황족 출신의 사람도 파직시켰고, 또 이곳 통치를 우리에게 맡기려 하고 있어요."

"그래서 어찌하자는 겐가? 결론부터 말해 보시게."

이들의 논쟁을 지켜보던 백민이 답답하다는 듯 자개에게 속 시원히 얘기하라고 주문했다.

"그야 고구려 태왕의 명을 따르시라는 것이옵니다. 백제 유민들의 고통을 더 줄일 수도 있고 백제와의 전쟁도 줄일 수 있으니……. 또 압니까? 이리하다 보면 언젠가 백제를 위해 충성할 길도 열릴지 말입니다."

"명을 따르라……. 다른 분들의 생각은 어떠한가?"

"솔직히 내키지는 않으나 지금 당장 뾰족한 방법이 없으니……. 허나 과연 고구려 태왕이 그만큼의 권한을 주겠습니까? 그게 의심스럽사옵니다."

수길의 말에 병기가 고개를 끄덕였고, 이에 백민이 자연스럽게 입장을 정리했다.

"그럼 일단은 자개의 의견대로 하고, 다음 문제는 그때 가서 생각하도록 하세."

마땅한 실마리가 보이지 않자 백민은 당분간 담덕의 지시에 따라 백제 유민을 다스려갔다. 그러나 배신행위만큼은 할 수 없다고 다짐했다.

이런 마음으로 백민이 백제 유민을 다스리고 있던 어느 날, 남평양성의 성주 수라바가 그를 찾았다. 남평양성의 성주는 남방의 여러 성들을 실질적으로 거느리고 있는 자리였다.

"백민이라 하옵니다."

"수고가 많으십니다. 백제 유민들 속에서 그대에 대한 칭송이 대단하더이다."

"소인은 그저 대왕 폐하의 명대로 다스렸을 뿐이옵니다."

수라바의 치하에도 백민이 담담한 목소리로 화답했다. 지금의 자리에 연연하지 않겠다는 태도였다.

"명대로 다스렸다? 그렇다면 대왕 폐하의 뜻이 무엇인지는 알고 있소?"

"그거야 모든 단군족이 영화롭게 살자는 것으로 알고 있사옵니다만……."

"그런 듣기 좋은 말 말고 진심으로 대왕 폐하의 뜻을 믿고 있느냐 하는 겝니다."

"무슨 말씀인지 모르겠사오나 지금까지는 아무 불만 없이……."

백민이 말을 얼버무렸다.

"지금까지라……. 그럼 앞으로는 어찌 될지 모르겠다? 솔직해서 좋소이다."

화통하게 얘기하는 말에 백민이 한발 더 나아가 자기 생각을 밝혔다.

"저는 그저 백제를 배신하고 싶지 않고, 또……."

"또 무엇입니까?"

"백제 유민들이 패잔병으로 고통스럽게 살지 않았으면……."

속내가 이러하니 알아서 처리하라는 백민의 태도였다. 그런 모습을 찬찬히 바라보던 수라바가 공감을 표시했다.

"하기사 그대 처지에서 그리 생각하는 것도 무리가 아니겠지요."

"예-에? 백제를 배신하지 않겠다고 하는데 이런 말에 아무렇지가 않습니까? 이런 생각이 진정 대왕 폐하의 뜻에 어긋나지 않는다는 말씀이옵니까?"

"그게 당연한 이치이고, 또 억지로 강요한다 해서 될 일도 아니거늘 어째서 염려하는 것이오? 그리고 언제 대왕 폐하께서 백제를 배신하라 강요한 적이 있었소? 단지 단군족을 위해서 힘써 달라고 주문한 것인데……."

"결국 그것이 고구려를 위해 일해 달라는 것인데, 이는 백제를 배신하게 되는 것이니……."

"허허! 어찌 그리……. 내 믿어달라고 굳이 강요하지는 않겠소. 사실 지금도 그대는 내가 무엇을 요구하러 온 줄 알고 경계하는 것이 아니요?"

백민의 얼굴이 빨개졌다. 속마음을 들켜버린 데서 오는 순간적 반응이었다.

"걱정하지 말구려. 그럴 생각은 추호도 없으니……. 도리어 나는 그대에게 백제 유민들의 통치를 일임하겠다는 명을 알리러 왔소이다. 그대도 소문을 들어서 알겠지만, 서쪽 지역은 이미 그렇게 되어 가고 있지 않소이까?"

"네-에?"

"그대에게 하고 싶은 말이 있다면 지금까지 해왔던 것처럼 잘 다스려 나가기를 바라오. 그것이 곧 단군족의 단합을 위해서 애쓰는 것이지요. 물론 솔직히 더 말한다면 나야 고구려 장수이니, 그대가 백제를 배신하려고 하지 않듯이 고구려 또한 배신하지 않기를 바라지요. 이거야 내 처지에서 보면 당연히 이해할 수 있을 것으로 생각하오."

수라바의 두둑한 배짱과 솔직함 앞에서 백민은 혼란스럽기만 했다. 이런 사람이 고구려 태왕을 믿고 따른다고 하니, 도대체 어느 정도의 인물인지 경악스러울 정도였다. 어쨌든 그는 수라바의 말을 다 믿을 수는 없다고 해도, 약속만은 저버리지 않을 사람이라 여기고 묵묵히 지시를 따랐다.

그가 백제 유민들을 다스린 지도 어언 3년여의 세월이 지났다. 백제 유민의 삶은 새롭게 안착되어 갔다. 그런데 백제에서는 아신왕이 405년에 죽자 권력투쟁이 벌어졌다.

아신왕의 죽음에 그 둘째 아들인 훈해訓解가 섭정이 되어 397년 왜국에 가 있던 태자 여영餘暎의 귀국을 기다렸는데, 막내아들 설례渫禮가 훈해를 죽이고 왕을 자처한 것이다. 결국 서로 간의 알력 다툼 끝에 설례마저 다시 살해되고 태자가 귀국해 왕위에 올랐다. 그가 바로 백제의 전지왕典支王이었다.

"성주님! 백제 본국의 소식은 들으셨사옵니까?"

"나도 들었네만……."

"아무래도 백제는……. 지금껏 소인은 백제의 신하임을 잊지 않으려 애써 왔사옵니다. 하지만 백제 황실의 모양새를 보아하니 참으로……."

"백제의 신하로서 어찌 그런 말을 입에 담는단 말인가?"

백민의 질책에는 힘이 서려 있지 못했다. 그 또한 속이 답답하고 무력감을 느끼고 있었다.

"그렇기는 하오나 지금 현실을 보면 너무 비교되지 않사옵니까?"

병기와 수길, 자개, 백민 등은 백제의 신하임을 잊지 말자고 다짐한 사람들이었다. 그러나 그들의 마음은 서로 흔들리고 있었다.

"하긴……. 그런 점에서 보면 고구려 백성들은 참으로 복 받은 사람들일세. 우리처럼 이런 걱정을 안 해도 되니 말일세."

"소인, 많은 생각을 했사옵니다. 그런데 생각하면 생각할수록 백제의 신하로 사는 게 맞는 것인지 의문이 되고…… 작년 왜의 군사까지 동원해 공격하는 것만 봐도, 백제는 형제 나라 간의 싸움을 부채질하는 것 같고, 그것도 모자라 서로 권력 다툼이나 하고 있으니 도대체……."

실망 섞인 얘기를 계속 주절대자, 백민이 그래서는 안 된다는 듯 그만하라고 말을 막았다.

“어허! 우리는 단지 백제나 고구려를 다 배신하지 않으면 될 뿐이네. 지난날 남평양성 수라바 성주께서 약속한 바이니 그만하게.”

백민은 생각을 정리하지 못한 채 자기에게 맡겨진 역할을 수행해 나갔다.

백제는 내부 혼란을 정비하기 위해서인지 더는 고구려를 침공해 오지 않았다. 왜 또한 404년 고구려를 공격한 이래 신라는 공격하지만, 고구려는 직접 상대하려고 하지 않았다.

고구려의 남방은 평화로운 정세가 오랫동안 유지되었다. 물론 서부 방면에서 후연과의 싸움은 일진일퇴가 거듭되었지만, 그것도 마침내 407년에 들어서는 완전히 제압해 버렸다. 이로써 고구려는 명실상부한 대륙의 강자로 군림하게 되었다.

이런 가운데 409년 7월, 고구려 태왕으로부터 명이 다시 하달되었다.

“백민 성주는 명을 받들라.”

백민이 부복하며 하명을 기다렸다.

“백제와의 전쟁을 미연에 막아 단군족이 평화롭게 살기를 바라는 마음에서 국동6성國東六城(임진강 동쪽)을 쌓도록 명하니 백민 성주는 이를 수행하도록 하라…….”

“대왕 폐하의 분부를 받들겠사옵니다.”

백민은 명을 받고 나서 자개와 병기, 수길을 불렀다. 이들은 그의 최측근들이었다.

"백제의 공격에 대비해 성을 쌓으라는 지시가 내려왔네."

"알고 있사옵니다."

"그 의도를 어떻게 보아야 할지……."

이번 명은 그들이 마지막까지 지키려고 하는 백제인으로서의 자존심을 버려야 하는 문제가 도사리고 있었다.

"그러게 말이옵니다. 혹시 앞으로 백제를 공격하는데 우리를 활용하자는 것이 아닌지……."

수길이 걱정스럽다는 투로 입을 열었으나 자개가 고개를 저었다.

"그럴 리는 없을 것입니다. 그럴 의향이었다면 애초에 백제 유민을 직접 통치하지, 자치를 허용하지도 않았을 것이니까요."

"그럼 국성을 쌓는데 왜 우리보고 하라고 한단 말인가? 지금껏 백제와의 전쟁이나 그에 대한 방비는 다 고구려인이 하지 않았던가?"

"나도 그 점이 이상하기는 하네만……. 확실치는 않으나 북연의 일과 관계있는 게 아닌가 여겨지는구먼."

서부 정세를 감안한 자개의 말이었다. 이에 백민이 일리 있다는 듯 되물었다.

"북연과 관계되다니……."

"고구려 태왕은 후연을 공략할 때 진 장군을 유주 자사로 임명하셨사옵니다. 이것은 직접 통치하겠다는 의사를 내비치신 것이옵니다. 이로 보아 고구려 정책이 변해가고 있다는 조짐은 아닐는지…….”

모두의 표정이 심중하게 변했다. 고구려의 정책이 자치를 인정하는 쪽에서 직접적인 통치로 바뀌고 있다면 그들은 고구려나 백제 중에 하나를 선택해야만 하는 상황이었다. 이에 병기가 그게 아니기를 바란다는 듯 조심스럽게 다시 반문했다.

“그래도 북연왕 고운을 황실의 성씨로 인정하고 다스리게 했잖습니까? 그런데 그렇게까지 보아야 할까요?”

“아닐 수도 있겠지요. 허나 고운을 죽이고 북연왕에 오른 풍발도 고구려 유민임을 자처하며 고구려 태왕의 영향력 아래 있다는 것을 스스로 내세우고 있지 않습니까? 모든 게 다 직접 통치를 내다보는 방향으로 가고 있다는 것이지요.”

“그럼 여기도…….”

“아마 그럴 것이옵니다. 이미 신라 또한 인질로 와 있던 실성이 벌써 왕으로 등극한 상태입니다. 하물며 고구려 땅으로 편입된 이곳이야 더 말해서 뭘 하겠습니까?”

“둘 중의 하나를 선택할 때가 되었다는 말이구만. 의연하게 백제의 신하로 남든지, 아니면 고구려 백성임을 스스로 밝히든지…….”

명분인가, 실리인가? 알량한 자존심마저 버릴 것인지, 말 것인지 선택을 강요당한 상황 앞에 그들은 침묵을 지켰다. 그러나 그것은 오래가지 못했다. 그들은 편입되면서부터 사실상 고구려 백성이 되어가고 있었다. 먼저 병기가 입장을 밝혔다.

"내 생각엔 고구려 백성이라고 먼저 밝히는 것이…… 고구려 태왕은 결코 우리를 차별하지 않았소이다. 비록 자치를 통해서이기는 하지만……. 여기 유민들도 우리와 행동을 같이하면 같이했지 비난하지는 않을 겝니다."

차마 꺼내기 힘든 말이었지만 모두들 이에 쉽게 동의했다. 이미 그들의 선택은 명백했던 것이다. 그런 속에 수길이 현실을 직시해야 한다는 투로 입을 열었다.

"나도 그 점에는 공감하오. 허나 우리는 백제의 유민임에는 분명하지 않소? 우리야 고구려 백성으로서 받아달라고 말할 수 있지만 그것을 받아주지 않으면 어떡할 거요?"

"그럴 리가 있겠소? 고구려 태왕은 늘 같은 형제국의 나라이고 단군족의 백성이라고 강조했는데……."

"하지만 그래 놓고 백제 유민이라고 차별한다면 어찌하겠느냐는 것이지요."

그도 그럴 것이 지금 그들은 백제 유민의 지역에서는 자치를 인정받고 있었지만, 고구려 조정에는 출사하지 못하고 있는 처지였다.

"일리가 있는 얘기입니다. 그런 점을 생각한다면 고구려 백성과 똑같이 대우하겠다는 약조를 받아 내야 할 것입니다."

확실하게 그들의 살길을 마련하자는 자개의 의견에 모두들 동감을 표시했다.

"모두들 그리 생각하니 그럼 우선은 고구려 태왕의 명에 따라

성을 쌓도록 하지. 그런 연후 기회가 되면 고구려 태왕께 주청하여 약조를 받아내도록 하세.”

“만일 받아 내지 못한다면 어찌하실 작정이십니까?”

수길이 다시 의문을 제기하고 나섰다. 사실상 다른 길이 막혀 있는 조건에서 최후에 어찌할 것이냐를 묻는 말이었다.

“그거야……. 그렇다면 어쩔 수 없는 일이 아니겠는가? 백제 신하로서의 길을 가야지.”

백제 유민의 꼬리표를 달고 살 수밖에 없다면 어떻게든 항거할 수밖에 없는 처지였다. 그러나 그런 일은 절대 없을 것이라고 생각했다.

이런 결론 끝에 이들은 백제 유민을 적극 동원해 국동6성을 쌓았다. 그런 다음 어떻게 그들의 뜻을 전달할까 고민했다. 그런데 8월 들어 대왕이 친히 이곳을 순시하러 온다는 소식이 전달되었다. 그들에게 절호의 기회가 온 셈이었다.

백민은 순시를 맞아 그들의 뜻을 전하기로 합의했다. 대왕을 맞이할 준비를 성대하게 꾸렸다. 이제 부하들을 데리고 직접 맞으러 가면 되었다. 그러나 자개가 아직 오지 않고 있었다.

‘혹시 다른 생각을 품고 있다고 처벌한다……. 그렇다고 해도 백제 유민들의 행복을 위해서는 부딪쳐야 해. 내 한 몸 희생해서 백제 유민들의 삶이 나아진다면 그것도 보람이지.’

백민은 일이 잘 풀어지기를 기원했으나 다른 한편 두려움도 일었다. 묘한 흥분과 긴장이 교차되는 속에 자개가 도착했다.

"왜 이리 늦었는가? 지금 어디에 오고 계시나?"

"죄송하옵니다. 성대하게 맞이할 준비를 마저 끝내느라고……. 지금 나서시면 될 것이옵니다."

주청을 하자면 기분을 상하지 않게 하는 것이 우선이었기에 그것을 처리하느라고 늦었다는 말이었다.

"어서 가세나."

백민은 서두르고 있었다. 그런 모습을 보고 자개가 위안해 주고자 한마디 거들었다.

"성주님! 모든 일이 다 잘 될 것이옵니다. 마음을 편히 가지시옵소서."

"알겠네."

두 사람은 곧장 밖으로 나왔다. 자개의 말처럼 백제 유민들은 벌써 거리에 나와 고구려 태왕을 맞이할 준비를 끝낸 채 대기하고 있었다. 그의 수하들도 정렬해 있었다.

"자, 가자!"

백민이 선발대를 대동하고 나섰다. 한참을 달리자 삼족오기를 앞세운 부대가 다가오고 있었다. 멀리서 보더라도 대륙의 패자다운 굉장한 위용이었다. 부대 앞에 이르러 백민은 수하들과 함께 부복했다.

"신 백민, 대왕 폐하를 뵙사옵니다."

"백민 성주시구려. 그대의 성명은 익히 들었소이다."

"망극하옵니다."

"어서 일어나시구려."

담덕이 스스럼없이 얘기하며 그들을 이끌었다. 이에 백민과 그의 수하들이 자연스레 그 뒤를 따랐다. 이들 일행이 백제 유민들의 구역에 들어섰을 때 갑자기 함성이 쏟아졌다. 길가에 늘어선 유민들이 '대왕 폐하'를 연호한 것이다.

담덕은 이들의 환영에 기꺼이 손을 흔들었다. 그러자 '대왕 폐하! 만세!'라는 함성이 더 크게 울렸다.

백민은 이런 상황이 놀랍기만 했다. 그들이 동원하기는 했으나 저렇게까지 열정적으로 환영할 줄은 미처 몰랐다.

'백제 유민들의 뜻이 저러하고 고구려 태왕의 뜻도 저러한데, 나는 그것도 모르고 전전긍긍하고 있었다니.'

백민의 마음은 흐뭇해졌다. 주청하고자 하는 일이 쉽게 풀릴 것 같은 예감이었다. 그의 손이 가볍게 쥐어졌고, 그의 입속에서는 고구려 태왕이 아니라 대왕 폐하라는 말이 자연스레 맴돌았다.

담덕이 백성들의 연호에 성의껏 답례하며 안으로 들어갔다. 그리고 백민을 불러들였다.

"국동6성을 쌓은 대공사를 성공적으로 마무리 지었다니 성주의 노고가 많았습니다."

"황공하옵니다. 소신은 그저 할 일을 했을 뿐이옵니다."

"그리고 백제 유민들이 이리 환대하는 것을 보니 내 무엇보다 큰 선물을 받은 기분입니다. 고맙소이다."

"아니옵니다. 소신이 마땅히 해야 할 일이옵니다. 아니 백제 유민들이 진심으로 대왕 폐하를 따르고 있음이옵니다. 그래서 소신, 감히 청하고자…… 그런데……."

담덕의 밝은 표정을 보고 주청하려다가 백민이 재빨리 말을 돌렸다. 지금껏 고구려 백성으로 여기지 않고 있는 거로 받아들일 수도 있다는 생각이 일순 스친 것이다.

"소신의 청을 달리 생각하지 않으셨으면……."

"허허! 내게 모반이라도 꾸미겠다고 말씀하시려는 겁니까?"

담덕이 껄껄 웃으며 농조로 하는 말에 백민이 화들짝 놀랐다.

"망극하옵니다. 어찌 소신이 언감생심 그런 생각을 품을 수 있겠사옵니까?"

"허허! 한번 해본 말을 가지고 뭐 그렇게까지 얘기하시는지……. 그냥 편히 얘기하세요."

"그러시다면……. 다름이 아니오라 백제 유민들을 모두 고구려 백성으로 받아들여 주셨으면 하옵니다."

"고구려 백성으로 받아 달라? 이미 고구려 백성이 되었거늘, 새삼스레 왜 그런 말씀을 하시는 것입니까?"

"아뢰옵기 송구하오나 소신의 말은 진심으로 고구려 백성으로 귀화하겠다는 말씀이옵니다."

"백제 유민들이 차별받고 있어서 그런 것입니까?"

"그건 아니옵니다. 폐하께서도 조금 전 백성들의 모습을 직접 보시지 않으셨사옵니까? 백제 유민들의 한결같은 뜻이옵니다."

백민이 강력히 부인했지만 그게 더 어색해 보였다.

"그렇다면 좋습니다. 내 약조하겠습니다. 고구려 백성과 똑같이 대우하겠다고 말입니다."

담덕이 흔쾌하게 대답하더니 긴 한숨을 내쉬었다. 고구려 백성으로 귀화하겠다는 말은 그가 듣고자 한 바였다. 그러나 그 말속에는 십여 년 이상의 고구려 통치를 받고서도 백제 유민으로서의 자의식을 잃지 않고 있다는 것을 알려주는 것이기도 했다.

"내 성주의 심정은 이해합니다. 이 나라에서 그런 말을 거론하는 것 자체가 얼마나 거북스럽고 두려웠겠습니까? 그런데 약조를 받고 나니 홀가분합니까?"

"무슨 말씀이오신지……."

"약조란 것도 따지고 보면 신뢰가 있어야 하는 것 아닙니까? 신뢰가 없는데 백 가지 천 가지 약조를 한들, 그게 무슨 소용이 있겠으며 무슨 담보가 되겠습니까?"

역시 그가 우려했던 말이 담덕의 입에서 나오고 있었다. 백민이 머리를 조아렸다.

"신이 그만 어리석어 쓸데없는 주청을 하는 바람에……."

"내 성주를 탓하고자 그런 것이 아닙니다. 차라리 잘못이 있다면 신뢰를 안겨주지 못한 내 부덕함이 크겠지요."

"대왕 폐하! 신의 뜻은 정말 그게 아니었사옵니다."

"내 그 마음 압니다. 그런데 백민 성주, 우리는 언제까지 이렇게 고구려니, 백제니 하며 서로 티격태격 싸워야 합니까? 언제까지 이렇게 백제 유민들이 차별받을까 봐 두려움에 떨며 걱정하고 살아야 하겠습니까? 이제 끝낼 때도 되지 않았습니까?"

백제 유민들을 끌어안지 못하고서는 부여나 백제, 신라와의 통합은 꿈도 꾸지 못할 일이라는 것을 담덕은 잘 알고 있었다. 단군족을 하나로 모으는 길로 나가기 위해서는 이 문제부터 해결해야 했다. 실상 이곳으로 순행을 나온 목적은 바로 여기에 있었다.

"대왕 폐하의 뜻을 몰라보고 신이 어리석게……."

백민이 죄인인 것마냥 고개를 숙였고, 담덕이 차분하게 다시 입을 열었다.

"백민 성주도 알다시피 번영을 구가했던 그 위대한 단군조선도 거수국들이 난립하면서 붕괴되었습니다. 수많은 거수국들이 서로 단군조선의 정통 계승자라고 주장했지요. 부여도 그러했고, 백제도 그러했지요. 그야 그 당시로서는 당연히 그럴 수 있는 일이고, 당연한 처사였지요. 허나 그 싸움은 이제 우리 고구려의 승리로 끝나지 않았습니까?"

거수국들이 난립한 이래 제일 먼저 단군조선의 정통 계승자라고 주장한 나라는 부여였다. 거기서 고구려가 갈라져 나오면서 두 나라는 서로 우열을 가렸으나, 그것은 고구려의 승리로 귀결되었다. 그러나 백제가 또 고구려에서 분리되면서 두 나라는 오랫동안 승부를 겨뤘다. 그러나 이 또한 아신왕의 항복으로 끝을 보게 되었다. 그러니 담덕은 이제 고구려를 중심으로 뭉쳐야 한다는 뜻을 밝히고 있었다.

"물론 우리 고구려는 승리했다고 해서 다른 형제국보고 무조건 복종하라고 하지 않았습니다. 자치를 철저히 보장하려고 노력했습니다. 더욱이 후연을 제압해 대륙의 강국으로 거듭났고, 모든 단군족이 복되게 살아가자고 홍익인간의 기치를 높이 치켜들었습니다. 그런데도 다른 형제국들은 이런 우리의 요구에 호응하기는커녕, 자기 나라의 좁은 울타리를 벗어나지 못하고 서로 싸우려 들고 있습니다. 그럼 도대체 어찌해야 합니까? 아귀다툼을 벌이며 계속 싸워야 하겠습니까? 아니면 이를 끝낼 결정적 조치를 취해야 하겠습니까? 정말 이런 싸움을 끝내려면 어찌해야 하겠습니까? 한번 허심하게 얘기해 보시구려."

담덕의 고민이 어디에 있는가를 스스로 밝히는 말이었다. 그것은 자개가 얘기했던 것처럼, 왜 고구려를 중심으로 직접적 통치를 해야 하는지에 대한 이유를 설명하는 말이기도 했다.

"그것을 소신이 어찌……."

"백민 성주, 나는 이제 형제 나라들 간의 싸움에 종지부를 찍고 싶습니다. 내가 용광검을 받아 쥐면서 무엇을 맹세한 줄 아십니까? 천손의 나라는 내 한평생의 소원이자 화두입니다. 그런데 천손의 나라를 세우자면 모든 단군족을 하나로 모아야 하고, 또 모든 단군족을 하나로 모으려면 홍익인간의 이념이 그 바탕에 자리잡고 있어야 하지요. 내 그래서 지금껏 형제국들 간의 단합을 위해 뛰면서도 홍익인간의 정신으로 다스려지기를 바랐고 또 노력했습니다. 그런 의미에서 백제 유민들에게는 자치를 철저히 보장했던 것이 아닙니까? 여기에 내 다른 뜻은 없습니다. 지난날 황족 출신인 만고 성주를 내친 것도 바로 그 때문임을 백민 성주도 잘 알고 있을 것입니다. 자, 보십시오. 지금 우리 고구려는 대륙의 강국으로 거듭나 어느 누구도 형제국 간의 단합에 시비를 걸 자가 없게 되었습니다. 만약 지금에 와서도 이 과제를 수행하지 못한다면 어떻게 되겠습니까? 천손의 나라는 고사하고 바로 우리 단군족의 몰락일 것입니다. 그토록 강했던 단군조선이 거수국들의 난립으로 쇠락했듯이 말입니다. 그러면 백제 유민들은 물론이고, 우리 단군족의 백성은 어찌 되겠습니까? 내 말뜻을 진정 이해할 수 있겠습니까?"

열정과 확신에 찬 담덕의 말에 백민은 그동안 그 자신을 괴롭혀 온 온갖 고민이 시원스레 뚫리는 기분이었다.

"대왕 폐하! 어찌 소신이 대왕 폐하의 그 깊은 뜻을 다 헤아릴 수 있겠사옵니까? 하오나 지금껏 백제 유민, 아니 백제만을 생각하며 살아왔던 신의 생각이 얼마나 옹졸했는지 알겠사옵니다. 신, 이제부터 백제라는 좁은 울타리에서 벗어나 저 웅장한 단군족을 위해서 살겠사옵니다. 대왕 폐하의 뜻을 받들 것이오니, 신이 어찌해야 하는지 하명해 주시옵소서."

"성주께서 그리 허심탄회하게 결심해 주시니 고맙기 그지없구려. 그럼 내 성주께 솔직하게 부탁하겠소."

"부탁이라니요? 천부당만부당하옵니다. 어떤 명이든 내려만 주시옵소서."

백민의 목소리가 크게 울려 나왔다. 질책이 아니라 자신에게 일을 맡기시겠다는 말을 들으니 더욱 충심이 끓어올랐다.

"성주께서 모든 단군족이 하나로 뭉치도록 불을 지펴달라는 것입니다."

백민은 어리둥절했다. 도무지 자신이 감당할 수 있는 일이라고 판단되지 않았던 것이다.

"네-에? 그런 엄청난 일을 소신이 어찌할 수 있다고……."

"성주라면 할 수 있소이다. 아니 성주만이 할 수 있습니다."

"이리 믿어 주시니 황은이 망극하옵니다. 하오나 소신 미련하여 어찌해야 하는지 눈앞이 깜깜하기만 하옵니다. 어떻게 하면 그리할 수 있는지 알려 주시옵소서."

"그건 이미 성주께서 다 얘기했소이다."

"백제 유민의 귀화를 말씀하시는 것이온지…… 그런데 그것이 어찌 불을 지피는 것이 되는지……."

백민이 잘 이해가 안 된다는 소리로 고개를 갸웃거렸다.

"이제 단군족의 단합을 실질적으로 이룩해야 합니다. 그러자면 우선 가장 공통점이 높은 곳에서부터 통합을 시작해야 할 것입니다. 그런데 그곳은 바로 여깁니다. 이곳은 지난 십여 년 이상을 우리 고구려와 함께했던 곳이 아닙니까? 성주께서 다스린 곳이기도 하고요. 내 그래서 이곳에서부터 모든 단군족을 통합하기 위한 봉화를 올리고자 합니다."

백민이 눈빛을 빛내며 주시하는 속에 담덕의 말이 다시 이어졌다.

"이를 위해 내 마니산의 참성단塹城壇에서 백제 유민과 고구려 백성이 함께 모인 자리를 마련하고자 합니다. 바로 그 제천단 앞에서 우리 모두는 다 같은 단군족으로 모두 차별 없이 복을 누리고 살아가자는 맹세를 거행하겠다는 것이지요. 내 그리할 것이니 성주께서 이에 호응해 달라는 것입니다."

고구려 백성으로 차별 없이 대하겠다고 맹세할 것이니, 백제 출신이 나서서 모든 단군족이 고구려로 통합되어야 한다는 것을 유민들에게 설득해 달라는 요구였다.

고려사 지리지에는 마니산 정상에 참성단塹城壇이 있어 단군의 제천단이라고 하였으며, 삼국사기를 비롯한 옛 문헌을 보면 고구려, 백제, 신라의 왕들도 하늘에 제사를 올린 곳으로 기록되어 있다.

"알겠사옵니다. 신, 대왕 폐하의 뜻에 신명을 다 바치겠사옵니다. 심려 놓으시옵소서. 이것은 오히려 백제 유민 모두가 바라는 바이옵니다."

그제야 말귀를 알아들은 백민이 힘차게 대답했다. 그건 어려운 일이 아니었다. 그 작은 일이 단군족의 단합에 지대한 의미가 있다는 말에 자긍심이 느껴지기까지 했다.

"고맙소이다. 이제 우리 동족 간의 싸움에 종지부를 찍고, 다 같은 단군족의 단합에 새로운 지평을 기필코 열어 봅시다."

담덕이 백민에게 다가가 두 손을 굳게 잡았다. 백민 또한 손에 힘을 주었다. 허심탄회하게 믿어 주며 부탁하는 진심이 고스란히 전해져 왔다.

백민이 대왕을 만나고 나오자 수하들이 그를 찾았다.

"어찌 되었사옵니까?"

"그렇지 않아도 부를 생각이었는데, 잘 왔네. 대왕 폐하께서는 백제 유민과 고구려 백성이 함께 참여한 가운데 마니산의 참성단에서 제례를 올리겠다고 약조하셨네."

"그럼 모든 일이 다 해결된 것이옵니까?"

"물론이네. 아니 그 정도가 아니지. 우리보고 단군족을 하나로 뭉치게 하는 데 앞장서 달라고 분부까지 하셨으니 말이네."

"그런 분부까지요?"

모두들 깜짝 놀랐다. 그들을 믿고 앞장세워 줄 것이라고는 상상하지 못한 것이었다. 그만큼 기뻤고 힘을 얻었다.

"그렇다네. 참으로 우리가 대왕 폐하를 몰라봬도 너무 몰랐던 것이네. 내 이제야 무엇을 해야 하는지 알겠네. 나는 대왕 폐하의 뜻에 따라 단군족을 하나로 합치기 위한 거대한 불을 지피도록 노력할 작정이네. 나를 도와주겠는가?"

"물론이옵니다. 대왕 폐하께서 우리를 믿어 주시고 성주님께서 결심하셨는데 여부가 있겠사옵니까?"

그들은 망설일 이유가 없었다. 이들은 이날부터 바삐 움직였다. 백제 유민들을 고구려 백성이자 단군족 사람으로 귀화시키면서 마니산의 참성단에 참배하는 데에 나서도록 하기 위해서였다. 이들은 우선 선무대를 모집했다.

선무대는 북과 징을 울리며 먼저 분위기를 돋웠다. 그런 다음 마니산의 참성단에 모두 참여하자는 소리를 힘차게 외쳤다. 유민들은 처음엔 그 외침이 무슨 뜻인지 잘 몰랐다. 그러나 대왕께서 고구려 백성으로 차별 없이 살아가게 하겠다고 호소하신다는 소리를 듣고 적극 동참했다. 그 호응은 열렬했다. 이미 그들은 다른 것은 몰라도 자신들의 삶을 윤택하게 해 준 대왕을 따르고 있었다. 그런 점에서 보면 차라리 백제 유민들을 이끄는 그들이 민심을 더 모르는 격이었다.

고구려 사람이 아니라 백제 유민들이 자발적으로 나서는 모습은 하나 된 흐름을 만들어 냈다. 백제로부터 뺏은 동쪽 지역에서 연일 거대한 함성이 일어나면서 그것은 점차 서쪽으로 물결쳐 갔다. 그러자 서쪽에서 이에 호응하며 그 물결이 더욱 거세게 일렁거리며 동쪽으로 넘어왔다. 서쪽 지역은 이미 동쪽 지역보다 더 체계적으로 정비가 되어 있었던 것이다.

하나둘 뒤따르는 백제 유민들의 수는 순식간에 엄청나게 불어났다. 다 같은 단군족으로 살아가자는 외침은 그들에게 새로운 삶을 의미했던 것이다.

이윽고 참배의 날을 맞아 담덕을 위시한 고구려 백성과 백제 유민들이 마니산의 참성단에 한데 모였다.

담덕이 앞으로 나서자 '와-와!' 함성이 끊일 줄 모르고 이어졌다. 그가 손으로 제지하며 외쳤다.

“오늘은 우리 단군족의 역사에 새로운 지평을 여는 날입니다. 한인(환인), 한웅(환웅)을 이은 단군께서 단군조선을 건국한 이래 우리는 오랫동안 하나의 겨레로서 살아왔습니다. 우리는 핏줄도, 말도, 뿌리도 모두 단군족으로 다 같습니다. 그러나 안타깝게도 형제의 나라로서 서로 단합하지 못하고, 반목하며 대결해 왔습니다. 이제 우리는 서로 단합해야 합니다. 모두 같은 단군족으로 뭉쳐야 합니다.”

그 자리에서 백제 유민과 고구려 백성이라는 차이는 없었다. 모두가 담덕의 백성이고 단군족의 백성이었다. 담덕의 우렁찬 목소리가 다시 대지 위에 퍼졌다.

“나는 이제 선언합니다. 단군족의 단합에 일대 전환을 이룩한 것임을. 형제의 나라로 각기 따로 존재할 것이 아니라, 뿌리가 다 같은 단군족의 나라로 단합한 것임을. 나는 다시 한번 명백히 선언합니다. 모든 단군족의 백성은 모두 고구려 백성으로서 누구나 다 복을 누리고 살게 될 것이라는 것을. 하나로 통합된 단군족의 희망찬 미래는 바로 이 자리에서부터 열리게 될 것입니다.”

선포가 끝나자 나팔소리가 울려 나왔고, 그와 동시에 화려한 차림으로 복색을 갖춘 사람들이 북과 징을 들고 무더기로 쏟아져 나왔다.

“대왕 폐하! 저희들의 충심을 받아 주시옵소서.”

그들은 지휘자의 지시에 일제히 징과 북을 들고 움직이기 시작했다. 처음에는 느리게 시작되었으나 점차 장단의 흐름이 빨라졌다. 그 흥에 고무된 듯 주위 사람들도 이에 맞춰 몸을 들썩거렸다. 모두가 하나로 어울리는 흥겨움이었다. 마침내 노랫소리가 합창이 되어 흘러나왔다.

"복이로다! 복이로다! 하늘의 복이로다. 천손의 나라 백성들의 큰 복이로다. 하해와 같은 은혜, 충성으로 보답하리!"

고구려 백성들이 담덕을 칭송하며 부른 노래를 백제 유민들이 따라 부른 것은 고구려인으로서 살아가겠다는 그들의 분명한 의사 표명이었다.

담덕의 가슴은 끓어올랐다. 백제 유민들에게 자치를 허용한 이래, 13여 년의 통치 여정을 거쳐 고구려 중심으로 뭉쳐야 한다는 것이 확인되는 순간이었다. 실질적인 통합이 시작되어 간다는 신호탄이었다.

담덕은 자리에 앉아 있지 못하고 일어서서 두 주먹을 불끈 쥐어 보였다. 그러자 앞에 나와 있던 사람들이 먼저 와-와 함성을 질렀고, 뒤이어 늘어서 있던 백성들의 입에서도 우렁찬 함성이 터져 나왔다. 뜨거운 열기가 마니산의 참성단에 하나로 모이면서 하늘로 솟구쳤다. 그와 동시에 단군족의 기운이 엄청난 기세로 천지를 뒤흔들며 사방팔방으로 펴져나갔다.

54

영락 연호 19년(409년) 8월 중순, 남평양성의 바람은 시원하게 불었다. 대지는 천하를 평정하는 기세로 끓어올랐다. 삶의 풍요를 누리는 사람들의 얼굴은 고구려 백성으로서의 자부심이 넘쳐흘렀다.

사부루는 남평양성의 성문을 향해 걸어 나갔다. 남평양성의 성주 수라바 장군을 찾아뵙기 위해서였다. 그의 발걸음은 여유 넘치는 세상과 달리 무척 바빠 보였다.

사부루가 수라바를 찾고자 한 것은 남평양성 부근에서 겪은 기연 때문이었다.

그는 일찍이 경당에서 학문과 무예를 닦았다. 경당은 지방 곳곳의 젊은 자제들을 교육시키고 무예를 수련시키는 곳이었다.

그는 남달리 총명하여 어린 나이에 학문에 통달했으며 천문에도 조예가 깊었다. 그러나 이에 만족하지 않고 직접 강산을 떠돌며 세상의 이치를 깨우치고자 했다.

"산천을 벗 삼으니 산천도 나를 반기는구나!"

사부루는 시원한 바람에 몸을 맡겼다.

"복이로다! 복이로다! 하늘의 복이로다. 천손의 나라 백성들의 복이로다."

백성들이 대왕 폐하를 칭송하는 노래도 자연 흥얼거렸다. 그 또한 대국으로 자리 잡은 시대의 조류에 민감하게 반응하는 젊은이였다. 그러면서도 세상의 풍요로움과 금수강산의 아름다움에 흠뻑 취했다.

그는 대륙을 오랫동안 돌아다니다가 방향을 남쪽으로 틀었다.

8월의 따가운 햇살이 내리쬐는 속에 어느덧 남평양성이 눈앞에 내다보였다. 가쁜 숨도 돌리고 다리쉼도 할 겸해서 쉴만한 곳을 찾아 앉았다.

어딜 가나 이 나라의 자연은 그에게 편안한 휴식처를 제공하고 맑은 공기를 안겨주었다. 그는 고개를 돌려 상쾌한 기분으로 풍경을 감상했다. 그런데 갑자기 언덕 너머 멀찍이서 반짝거리는 게 보였다. 백주 대낮에 이런 일이 생기는 게 이상해 눈을 껌뻑거리며 다시 살펴보았으나, 그것은 온데간데없이 사라져 버렸다. 꼭 뭔가에 홀린 기분이었다. 그쪽이라면 선대 대왕인 고국원왕의 묘가 있을 곳이었다.

'내가 잘못 본 건가?'

사부루는 이상하게 여기며 그곳에 꼭 가 봐야겠다고 작정하고, 다시 자리를 털고 일어났다. 그가 야트막한 들녘의 나무 그늘을 지나칠 때 젊은 사람 둘이 술잔을 기울이고 있었다. 그보다 연배가 조금 더 들어 보였다.

"내 술 한잔 받게나."

"그러세."

시원한 나무 그늘에 솔솔 부는 바람을 맞으며 술잔을 주고받는 정경은 세상만사 온갖 시름을 떨쳐 버리고 여유를 만끽하는 모습이었다. 이런 모습들은 낯설지가 않았다. 이미 여러 곳에서 보아 온 터였다.

"두 분의 풍류가 참 멋져 보이십니다. 말씀 좀 물으려고 하는데, 혹시 저 너머가 선대 대왕 고국원왕 능이 맞습니까?"

사부루의 물음에 그들이 선선히 화답하며 되물었다.

"그렇소만……. 이곳 분은 아닌 것 같고…… 어디서 오시는 길입니까?"

"좀 멀리서 왔지요."

"그러시면 목마르고 그러실 텐데, 바쁘지 않으시면 이리 와서 한잔하고 가시구려."

풍족한 삶에서 나오는 후한 인심이었다. 벌써 걸쭉한 한 사발의 술이 목에서 당기고 나왔다. 그는 뿌리치기 힘들었으나 예의상 한마디 했다.

"내가 괜히 끼어들어 두 분의 흥을 깨는 것은 아닌지……."

"그런 말 마시고 어서 와서 한잔 받으시구려."

"그럼."

사부루는 따라주는 술을 단숨에 마셨다. 마침 목이 말랐던 참인지라 꿀맛 같았다.

"허-허! 꽤 목이 탔던 모양이구려. 보아하니 연배도 비슷한 것 같고, 서로 통성명이나 합시다. 나는 청석이라고 하오."

"나는 두만이라고 하오. 우리 둘은 서로 동갑내기이지요. 그저 기분 좋아 한잔하고 있었지요."

"사부루라고 합니다. 반갑습니다. 술맛이 아주 좋군요."

"그럼 한잔 더 받으시죠."

서로를 소개한 후 갑자기 친한 벗이 되기나 한 양 그들은 잔을 맞대며 술을 들었다. 이윽고 청석이 멀리서 왔다는 말에 호기심을 보였다.

"그런데 여기는 무슨 일로 오셨소이까?"

"세상의 이치를 깨우칠까 싶어 이곳저곳 좀 돌아다니고 있지요."

"참 멋지십니다. 우리보고 풍류를 안다고 하더니만 진짜 풍류객은 따로 있었구만……. 그런데 여기 말고 다른 지역의 삶은 어떠하던가요?"

청석이 부러운 눈길을 보내며 물었다. 그들은 아직껏 이 지역을 크게 벗어나 보지는 못했던 것이다.

"대왕 폐하께서 제위에 오르신 이래, 지역 곳곳의 생활이 몰라보게 달라졌지요. 물자도 풍부하고 생활도 활기차고……. 그러나 무엇보다 좋아진 것은 사람의 넉넉한 인심이더이다. 그 때문에 여기서도 술 한잔 맛있게 얻어먹지 않습니까?"

"말씀 한번 재밌게 하시는구려. 이곳저곳 돌아다니시다 보니 터득한 게 많으신 모양입니다."

"터득하기는요? 내 저 드넓은 대륙도 밟아보고 수많은 산하도 돌아봤지만, 뭐 깨달은 게 있어야지요. 차라리 나보다 두 분이 더 도를 터득하신 것 같소이다."

"아니, 우리가 무슨 도를 터득했다고 하시는 겁니까? 우리는 도라는 말 자체를 모르는데……. 세상 살다 보니 별소릴 다 듣습니다."

"그리 말씀하시니 더더욱 지금 두 분의 태도가 도통하신 모습 같소이다. 도가 뭔지 생각할 필요도 없이, 이렇게 살아생전에 넉넉한 마음의 여유를 만끽하고 사는 게 득도하는 것이 아니고 뭐겠습니까?"

"이런 게 득도라면 아마 세상 사람 모두가 도인이겠습니다그려. 이런 삶이야 우리만 특별할 게 없으니 말입니다."

"허-허. 그러면 우리가 모두 득도한 거네요."

세 사람이 껄껄 웃었다. 거기에는 담덕이 대왕에 오른 이래 풍족한 삶을 마련해 준 것에 대한 고마움이 담겨 있었다. 그런 속에 사부루가 조금 전의 기이한 일을 떠올리며 실마리를 찾고자 조심스럽게 물었다.

"그런데 혹시 두 분께서는 저기 선대 대왕의 능묘에는 가 보셨습니까?"

"그렇소만, 그건 왜 물어보십니까?"

사부루는 조금 전의 기이한 일을 얘기하려다가 잘못 본 것일 수도 있어 일상적인 일처럼 물었다.

"기왕 여기까지 왔으니 한번 가보려고 하는데, 그에 대해 아는 바가 있으면 들어보고자 해서요."

"글쎄요. 우리야 관직에 있는 사람도 아니고……. 그거라면 차라리 능을 보살피는 수묘인들에게 물어보는 것이 더 낫겠네요."

"아마 그들도 잘 모를 겁니다. 신래한예新來韓穢(새로 고구려로 편입한 한, 예 백성)인들이 대부분인데 그들이 어찌 알겠소?"

두만의 말에 청석이 거들었다. 이에 사부루가 다시 여정을 시작하겠다는 듯 몸을 일으켰다.

"말씀 잘 들었습니다. 목도 축였겠다, 이제 일어나 봐야겠습니다. 두 분 술 고맙게 마셨소이다."

"벌써 가시게요? 말도 좀 통하는 것 같은데……. 어쨌든 좋은 여정이 되시구려."

사부루는 서운하다는 듯 전송하는 두 사람을 뒤로하고 선대 대왕의 묘지를 향했다. 바쁜 여정도 아니어서 흥겨운 노래를 부르며 걸었다.

무덤 앞에 이르렀는데도 사람들은 보이지 않았다. 대왕의 할아버지가 되는 분이기에 이곳을 지키는 수묘인守墓人들은 있을 것이건만 그들도 눈에 띄지 않았다.

그는 우선 무덤 주위를 돌아보았다. 잘 관리하지 않는 듯 잡초들이 듬성듬성 자라나 있었고, 돌쩌귀는 기울어져 있었다. 그냥 지나칠 수가 없어 크게 자란 풀들만이라도 뽑으려 했다. 따가운 태양 아래 한참을 그리하다 보니 몸이 나른해지고 눈이 스르르 잠겼다. 그런 중에 갑자기 좀 전에 보았던 빛이 번쩍이는가 싶더니 백발의 노인이 그 앞에 형체를 드러냈다.

"사부루야!"

"노인장은 누구시온데……."

자기 이름을 부르는 소리에 깜짝 놀라 물었으나 아무런 대답도 없이 노인장은 대뜸 물어 왔다.

"그동안 세상을 돌아다니면서 무엇을 배웠느냐?"

"모든 사람들이 복을 누리면서 근심 없이 살고 있는데 거기서 무슨 도가 더 필요하겠사옵니까?"

"무슨 도가 필요하겠느냐고? 그 근원을 모르고 있는데 그런 생활이 언제까지 지속될 것 같으냐?"

"네-에? 그럼 노인장께서는 이 나라의 번영이 오래가지 못할 거라는 말씀이십니까? 그건 말도 안 되는 소리입니다. 지금 대왕 폐하께서 이 나라를 대국으로 우뚝 일으켜 세우셨고, 이제 머잖아 모든 단군족을 하나로 모으시고 끝내는 천손의 나라를 세우실 것인데, 그 무슨 얼토당토않은 말씀이시옵니까?"

"과연 그러겠느냐? 이 나라가 이리 발전한 것은 지금의 대왕께서 일찍이 어린 시절 그 뜻을 세워 온갖 간난고초를 겪으면서 이룩하신 것이다. 이 나라의 모든 복은 바로 여기에서 기인하지. 그런데 젊은 사람들은 이런 대왕의 모습을 따를 생각은 아니 하고, 그저 그 열매만 따 먹으려고 하니……. 그런데도 계속 유지될 수 있다고 생각하느냐?"

사부루는 쉬이 대답하지 못했다. 사실 그는 산천을 돌며 깨달음을 얻고자 했으나, 행복해하는 사람들을 보면서 이게 바로 세상의 도라고 생각하게 되었다. 그래서 구태여 더 찾으려 하지 않았다. 이미 누리고 있는데 뭘 더 찾겠느냐는 생각이었다. 그런데 갑자기 지금의 이 복을 얼마나 누릴 수 있겠느냐는 질문을 받고 나니, 자신이 잘못된 답을 찾은 것이 아닌가 하는 생각이 불현듯 들었다. 다시 노인장의 말이 이어졌다.

"사부루야! 세상에 싹이 없이 꽃이 피고 열매를 맺은 적이 있더냐?"

"그건……."

사부루는 대답하지 못했다. 그런 것을 본 적도 없고, 이치에도 맞지 않았다.

"그렇다. 그런 일은 절대 없느니라. 네가 누리는 꽃향기와 열매는 누군가 노력해서 종자를 심었기 때문인 게야. 꽃과 나무를 심으려고 하지 않는데, 장차 어찌 꽃향기를 맡을 수 있겠으며 맛있는 열매를 맛볼 수 있겠느냐?"

"그건 지금의 복을 계속 누리려면 대왕 폐하의 뜻을 받들어 나가야 한다는……. 그럼 어찌하면 그리할 수 있겠사옵니까?"

"그거야 간단한 이치가 아니더냐? 이미 말한 대로 뿌리를 세우면 줄기가 성장하고 열매가 맺혀지지 않겠느냐? 그러니 뿌리를 튼튼히 세우면 되지 않겠느냐?"

"뿌리를 세운다……. 그런데 뿌리라 함은 무엇을 의미하는 것이옵니까?"

사부루는 노인장의 말이 알쏭달쏭해 다시 물었다. 이해할 것 같으면서도 명료하게 다가오지 않았다. 그러자 노인장의 목소리가 갑자기 커졌다.

"뿌리가 무엇이냐고? 그럼 너는 대왕의 뿌리가 무엇인지도 모르고 있었더란 말이냐? 그러니 지금껏 어찌 깨달음을 얻을 수 있겠으며, 이 나라의 번영을 구가할 방안을 찾으려고 생각이나 했겠느냐? 어림도 없는 일이지. 자, 그럼 물어보자꾸나. 너의 뿌리는 무엇이냐?"

"소인의 뿌리라니요……. 저의 아버지를 말씀하시는 것이온지……."

"그 아버지의 아버지는? 그리고 그 아버지의 아버지는 어찌 되겠느냐?"

사부루는 충격에 휩싸였다. 그런 식으로 계속 올라가게 되면 천손으로 연결될 것이었다. 사부루는 새로운 이치 앞에 세상이 환하게 밝아오는 것을 느꼈다. 오랜 세월을 떠돌아다녔음에도 깨치지 못한 깨달음에 대한 희열이었다.

사부루가 다음 말을 기다리는데, 노인장은 그에 대해 말해주지는 않고 따라오라는 듯 성큼성큼 앞장서 나갔다.

사부루가 놓치지 않으려고 곧장 뒤따라갔으나, 노인장은 어디론가 들어가더니 사라져 버렸다. 그 대신 하늘에 별이 하나둘씩 나타나기 시작했다. 북극성과 북두칠성을 중심으로 남두육성이 빛을 발하면서 28수의 별이 하늘을 화려하게 수놓았다.

조화를 이룬 성수星宿에 감탄하며 넋을 놓고 바라보고 있는데 뭔가 하늘을 날아다니는 것 같았다. 처음엔 청룡 같기도 하고, 백호가 포효하는 것 같기도 하고, 주작과 현무가 춤을 추는 것 같기도 했다.

점차 흐릿하던 실체가 뚜렷해지면서 청룡과 백호, 주작과 현무 등 4방위신이 사방을 맴돌며 중심을 에워싸고 있었다. 그런 속에 조금 전에 보았던 백발의 노인장이 광채를 발하며 하늘에서 하강했다.

단군조선 시기 고인돌 위에는 조그만 구멍이 파여 있는데, 그것은 하늘의 별자리를 의미한다고 한다. 이것은 고구려 시기 무덤의 천장 위에 별자리가 그려져 있는 것으로 계승되었다.

고구려의 천상열차분야지도는 서기 3~5세기경 북위 38도와 40도 사이에서 본 별자리를 기록한 것인데, 이것은 석판으로 된 세계 최초의 별자리 기록이며, 고구려가 세계의 중심임을 드러내는 독자적인 천하관을 가지고 있었다는 것을 증명해주고 있다.

최근 일본의 나라현 아스카촌에서 서기 7~8세기경으로 추정되는 기토라고분의 천장에서 발견된 천체도는 고구려 시기의 평양 부근에서 관측한 별자리임이 확인되고 있다.

"아니, 노인장께서는? 천손……."

사부루가 놀라 중얼거렸다. 노인장의 모습은 다름 아닌 천손을 상징하고 있었다. 천손은 대국의 왕 이상의 의미를 지녔다. 한인과 한웅, 단군을 이은 정통 계승자로 하늘을 상징했다. 그는 천손을 맞이하기 위해 재빨리 부복했다.

"천손을 몰라본 이 불충한 소인을 용서하시옵소서."

사부루가 사죄를 청하는 말에 그제야 노인장이 환하게 웃으며 화답했다.

"이제 알겠느냐? 하늘과 땅과 사람의 도는 사람 속에 통해 있고, 사람의 도는 바로 천손으로 이어져 왔느니라. 홍익인간의 이치도 모든 단군족의 단합도 천손에 통해 있느니라. 그러니 천손의 뿌리를 세워야 한다. 그게 바로 영원토록 복을 누리게 할 방안이니라. 이걸 알았다면 이제 남평양성의 성주를 찾아가 보거라."

"네-에? 소인, 천손의 뿌리를 세우라는 말은 알겠사옵니다. 그런데 왜 남평양성의 성주를 찾아가라고 하시는 것인지, 소인 우둔해서 잘 모르겠사옵니다. 가르쳐 주시옵소서."

"뭐? 이유를 모르겠다고? 천손의 뿌리를 세우겠다고 하는 놈이 이곳을 둘러보고도 그런 말을 해? 이런 한심한 놈 같으니라고……."

그토록 온화하게 보였던 노인장이 안색을 바꾸며 어찌나 크게 호통을 치는지 정신이 번쩍 들었다. 그러나 노인장은 보이지 않고 전혀 이상한 곳에 와 있다는 것을 깨달았다. 희미한 어둠 속에서 드러난 정경은 사방이 돌로 쌓인 연도였다. 천정 위에는 28수의 별이 그려져 있고, 사방에는 청룡과 백호, 주작과 현무가 살아 꿈틀거리는 듯 채색되어 있었다. 그곳은 바로 무덤 안이었다.

'꿈을 꾼 것은 아닌데, 도대체 어떻게 된 거지? 내가 왜 여기에

있지? 허깨비에 끌려왔단 말인가?'

분명 노인을 따라 들어 왔는데, 그 노인은 보이지 않고 자기 혼자 무덤 속에 있다는 게 이해되지 않았다. 헛것을 보았다고 하기에는 너무도 그 모습이 선명했다. 하지만 무덤 속으로 들어왔다는 것은 있을 수 없는 일이었다. 그는 당황해하며 곧장 연도 밖으로 빠져나왔다. 능의 주위는 아무 일도 없다는 듯 고요했다.

'선대 대왕께서 현신한 것인가?'

그는 무덤을 정면으로 바라보며 선대 대왕을 추모했다. 천손에 대한 예의를 갖춘 것이었다. 천손의 혈통은 한인, 한웅, 단군으로부터 지금의 대왕 폐하에 이르기까지 면면히 이어져 오고 있던 터라, 선대 대왕 또한 천손이라 할 수 있었다.

그의 뇌리에는 천손의 뿌리를 세우라는 말이 살아 있는 생명처럼 거세게 꿈틀거렸다. 그와 동시에 복을 누리면서도 그 근원이 어디에 있는지도 모르고 방황하는 현실을 바로잡아야 한다는 생각이 들었다. 그러나 그의 사고는 거기서 더 나아가지 못했다. 어디서부터 어떻게 풀어야 할지 막막하기만 했다. 왜 남평양성의 성주를 찾아가야 하는지 그 이유도 분명하지 못했다. 이때 한 사내가 다가와 물었다.

"여기서 뭘 하고 계십니까?"

"선대 대왕께 예를 올리고 있었소만……. 이곳을 모시는 분이십니까?"

"그렇기는 하나……."

묘지기는 말끝을 흐렸다. 뭔가 켕기는 게 있는 듯한 모습이었다. 이를 보면서 사부루는 갑자기 이곳을 둘러보고도 그 이유를 모르냐고 노인장의 호통 치는 소리가 떠올라 단도직입적으로 물었다.

"고생이 많으실 텐데, 내 이런 말을 해서 언짢을지 모르겠지만, 이곳은 대왕 폐하의 할아버지가 되시는 고국원왕의 능입니다. 그런데 연호도 없고 깨끗하게 정비되어 있지도 않으니, 이게 어찌 된 영문인지 모르겠소이다."

"그것은……. 저 또한 어쩔 수 없으니…… 더욱이 내가 뭘 알아야지요."

묘지기가 긴 한숨을 쉬었다. 거기에는 힘들게 살아가고 있다는 냄새가 짙게 묻어나왔다.

"어쩔 수 없다니……. 그게 무슨 말씀입니까?"

"저야 백제에서 이곳으로 끌려왔는데, 여기 모셔진 사람이 어떤 분인지 어찌 잘 알겠습니까? 그저 형식껏 하는 게지요."

"그래도 그중에는 고구려인이 있지 않겠습니까?"

"그건 잘못 아신 겁니다. 이 일을 도맡은 사람들은 거의가 다 신래한예新來韓穢(새로 고구려로 편입한 한, 예 백성)인들로서 모두 다른 나라에서 끌려온 사람들이지요. 그런데다 이들마저 살기 힘들어 팔려 가고 있으니 이 일을 누가 다 감당하겠습니까? 나도 먹고살자니 남의 손에 얽매여 있는 형편인데……."

사부루는 더 묻지 않았다. 이 사람을 탓할 문제가 아니었다. 왜 선대 대왕께서 현신해 천손의 뿌리를 거론하며 남평양성의 성주를 찾아가 보라고 하는지 그 이유가 명확해지고 있었다.

'바로 이거였어. 수묘인守墓人제도부터 바로잡아 천손의 뿌리를 세우라고 말씀하신 게야.'

선대 대왕은 바로 천손이 이어져 온 뿌리이자 탯줄이었다. 이런 곳을 제대로 섬기지 못하고 있는 것은 우선 후손으로서 씻을 수 없는 죄악이었다. 그런데다 뿌리를 잃어버리는 격이니 천손의 근원을 던져버린 격이었다. 결국 천손의 나라를 세우느냐 마느냐와 직결된 문제였다.

사부루는 찌든 삶의 풍상을 하소연하는 묘지기를 뒤로하며 그곳을 나왔다. 왜 노인장이 자기를 선택해 이런 중대한 일을 맡기고자 하는지 그 이유는 몰랐다. 하지만 자신의 어깨에 걸려 있는 무게를 직감했다. 자신이 해야 할 일을 찾은 사부루는 곧장 한걸음에 내달려 남평양성의 성주 수라바에게 향했다.

사부루는 남평양성에 도착해 즉시 성주를 만나겠다고 청을 넣었다. 그러자 수하가 물었다.

"용건이 뭐요?"

"수묘인守墓人제도에 대해 긴히 청할 바가 있어서입니다."

"수묘인제도요? 그거라면 글로 적어 주시구려. 그러면 내 전해드리겠소이다."

수라바의 수하는 대국으로 웅장하게 뻗어 나가고 있는 이 시점에서 고작 무덤 관리 같은 일을 가지고 설친다는 태도를 보였다.

그런데도 사부루는 아랑곳하지 않고 다시 정중하게 요구했다.

"직접 찾아뵙고 말씀 올렸으면 합니다. 그러니 전해주셨으면 합니다."

"성주님께서 그리 한가한 사람인 줄 아시오? 일일이 어떻게 사람을 다 만나 줄 수가 있겠소? 그러니 내 말대로 해 주구려."

수하의 말이 크게 사리에 어긋나지 않았지만 이 일의 중대성을 떠올리며 다시 한번 간청했다.

"나라의 미래와 관련된 중대한 문제인지라……. 기다려야 된다면 얼마든지 기다리도록 하겠습니다."

"허-허! 이 사람, 무덤 관리가 그 무슨 중대한 일이라고? 그리고 여기 오는 사람치고 자기 일이 안 중요하다고 여기는 사람이 누가 있겠소? 내 말대로 글로 써 주시오. 그러면 내 그대의 정성을 감안해 곧장 보고하도록 하겠소."

그들이 옥신각신하며 서로 실랑이를 벌이고 있을 때 갑자기 호통치는 소리가 들려왔다.

"무슨 일이기에 그리 소란스러운 게냐?"

"주청할 바를 글로 적어 오라는데도 성주님을 직접 뵙고 말씀 드리겠다고 한사코 우기는지라……."

수라바가 사부루를 바라보았다. 아직 앳된 얼굴이었지만 맑은 눈동자에서는 총기가 흐르고 있었다.

"내가 성주인데, 직접 얘기하고자 하는 바가 무엇인가?"

"소인 사부루라고 하온데 수묘인제도에 관해 몇 가지 청할 것이 있사옵니다."

"수묘인제도라면 능을 관리하는 문제가 아닌가?"

"맞사옵니다. 소인이 이곳으로 오기 전 선대 대왕인 고국원왕의 무덤에 다녀왔사온데 그곳의 상황이 차마 입에 담지 못할 형편이었사옵니다."

"입에 담을 수 없다니? 그곳의 형편이 어떠하기에 그리 말하는 것인가? 사실대로 말해 보게."

"소인 입에 담기 송구스럽사오나 말씀 올리겠사옵니다. 보살피는 사람이 없어 무덤은 황량하게 버려진 듯했고, 심지어는 연호가 없어 어떤 분이신지 알 수도 없었으며, 묘지기 역들 중에 고구려인은 찾아 볼 수가 없고, 먼 곳에서 끌려온 신래한예인들만 부담하고 있었사옵니다. 더욱이 한심한 것은 이들 묘지기들마저 매매되고 있어 이 일을 담당할 자가 거의 없는 실정이었사옵니다."

"뭐라고? 고국원왕이시라면 대왕 폐하의 할아버지가 되시는 분인데, 어찌 무덤 관리가 그리 소홀히 다뤄지고 있다는 말인가? 이 무슨 불충인고……."

수바라가 황망스러워하며 입을 다물지 못했다.

"확인해 보시옵소서. 이것은 소인이 직접 목도한 것이옵니다. 그래서 소인 이번 일을 계기로 감히 주청하옵건대 각 능에는 비석을 세워 연호를 새기고, 수묘인의 매매를 금지하며, 꼭 그중에 고구려인들을 할당하도록 수묘인제도를 바로잡아 주시기를 청하옵니다."

실상 수묘인제도는 그 중대성에 비해 아직껏 제도화되지 못하고 있었다. 그러다 보니 이런 어이없는 일이 일어나는 것이었다. 이를 바로잡자면 제도를 마련해야 했다.

수라바는 사부루가 제시하는 방안이 합당하다고 여기며 고개를 끄덕였다. 그러면서 덧붙여 물었다.

"수묘인제도를 바로 세우자는 자네의 말은 일리가 있네. 그런데 내 다른 것은 그렇다 치고 왜 묘지기 역의 일정 비율을 고구려 출신으로 할당해야 하는지 그 이유를 들어보고 싶네."

"모든 단군족을 하나로 모으자면 그 뿌리를 바로 세워야 한다고 생각하옵니다. 그러자면 무엇보다 이를 잘 알고 있는 고구려 출신이 필요할 것이라 사료되옵니다. 더욱이 대왕 폐하께서는 모든 단군족 간의 차별을 없애고 하나로 모으겠다고 하셨는데, 신래한예인들에게만 그 역을 부담하게 한다면 어느 누가 대왕 폐하의 말씀을 진심으로 믿겠사옵니까?"

남방 지역의 백제 유민들은 자치에 의해 해결되고 있으나, 고구려 영내 깊숙이 끌려온 다른 형제국의 개별적인 유민들은 여전히 차별받는 삶이 고쳐지지 않고 있음을 지적한 것이었다.

"으-음. 옳은 말이야. 그런데 다른 사람들은 그런 상황을 보고도 무심히 지나치는데, 자네는 어찌해서 그런 생각을 다 하게 되었는가?"

"그건……."

사부루는 그가 겪은 경험을 얘기하려다가 무덤 안에 들어갔다는 것을 밝힐 수 없다는 것을 생각하고는 재빨리 말을 돌렸다.

"소인의 좁은 소견으로 보건대, 수묘인제도는 단순히 무덤을 관리하는 차원이 아니라 그 정신과 혈통을 지켜가느냐, 그렇지 못하느냐의 문제라고 생각하옵니다. 그래서 나라에서도 이를 중히 여기고 그에 대한 조치를 취해 왔사옵니다만 아직 미비한지라……. 하오나 이런 것을 오랫동안 방치한다면 결국 천손의 나라를 세우려는 대왕 폐하의 뜻이 실현될 수 없다는 생각이 들어서……."

"뭐? 천손의 나라를 세우지 못한다고?"

"그러하옵니다. 대왕 폐하께서는 분명 용광검의 주인으로서 천손의 나라를 세우시고 이끌어 가실 분이시옵니다. 천손의 나라는 우리 단군족이 하늘의 백성이기 때문이 아니옵니까? 그런데 자신의 뿌리가 되는 부분을 그리 홀대한다면 어찌 되겠사옵니까? 그것은 결국 대왕 폐하의 뜻을 따르지 말자는 것이 될 것이옵니다. 지금 모든 백성들이 대왕 폐하를 칭송하고 있지만, 이렇게 선대를 홀시하는 관행이 계속 고쳐지지 않는다면 어찌 훗날 사람들이 대왕 폐하의 위대한 업적을 칭송할 것이라고 장담할 수 있겠사옵니까? 아니 천손의 나라마저 세워지지 못하고 말 것이옵니다. 그래서 소인은 대왕 폐하의 참뜻이 실현되기 위해서는 수묘인제도를 바로 세우는 것에서 시작해야 한다고 생각하게 되었사옵니다."

총기가 흐르는 눈동자에서 맑은 샘물이 뚝뚝 떨어지듯, 거침없이 소신을 밝히는 사부루의 모습을 수라바는 신기하다는 듯 가만히 지켜보았다. 꼭 지난날 젊은 시기의 혜성을 보는 것 같은 착각에 빠져들었다. 지난날 혜성은 청년장수들 앞에서 가슴에 뜨거운 열정을 담아 새로운 시대의 흐름을 개척해 보자고 열변을 토하곤 했던 것이다.

문득 수라바는 대왕의 업적을 기리고 계승하려면 이런 젊은 세대들이 이제 대왕의 뜻을 받들도록 해야 한다는 생각이 들었다. 자신들 또한 세월의 흐름 앞에서 이제 장년의 나이를 넘어가고 있었다.

"그대의 나이가 아직 젊다 하나 참으로 그 뜻이 가상하다. 내 확인해 보고 조치를 취할 것인바 이곳에서 잠시 머물며 기다리고 있게."

"그리 과찬해 주시니 소인 몸 둘 바를 모르겠사옵니다. 하오나 이미 제 할 일은 여기서 끝난 듯싶습니다. 가야 할 길도 멀고 또 미력한 몸인지라, 더 실력을 쌓아야 하니 바로 떠날까 하옵니다."

사부루가 그냥 떠나겠다는 의사를 표명하자, 수라바가 안 된다는 투로 엄명했다.

"그대가 지금껏 그 일이 얼마나 막중한가를 얘기하지 않았는가? 그런데 인제 와서 책임도 지지 않고 그냥 떠나겠다고……. 그대가 제기했으니 마무리될 때까지 지켜봐 주기 바라네."

사부루는 머물 생각은 없었으나 간청을 한 당사자로 그 처리를 보아야 했기에 흔쾌하게 받아들였다.

"그럼 성주님의 부르심을 받을 때까지 기다리고 있겠사옵니다.

사부루는 수라바가 마련해 준 거처에 머물렀다. 그런데 며칠이 지났는데도 그를 부르지 않았다. 분명 곧바로 처리할 것처럼 보였는데 다른 업무가 바쁜 모양이었다. 대신에 남평양성이 들썩거렸다. 담덕이 남평양성에 들렀기 때문이었다.

담덕은 백제 유민과 고구려 백성을 함께 대동하고 마니산 참성단에 모여 참배를 올렸다. 마니산 참성단은 단군조선 시기부터 하늘에 제사 지내던 곳이었다. 그곳에서 담덕은 단군족은 고구려 백성이며, 고구려 백성은 단군족이라고 선언했다. 이제 형제 나라들 간의 협력 관계를 넘어 직접 하나로 통합하는 단계로 나아가겠다는 뜻을 하늘과 백성 앞에 밝힌 것이다. 단군족의 단합을 새로운 차원에서 진전시키려는 그의 의지였다.

그 후 담덕은 국성으로 향하는 길에 남평양성에 들렀다. 담덕이 오자 남평양성은 모든 단군족이 고구려 백성이라는 구호가 입에서 입으로 전해졌다.

사부루는 대왕이 남평양성에 오면서 달라지는 분위기를 감지했다. 백성에 복된 삶을 마련해 준 영웅의 힘이 얼마나 큰 것인가를 실감할 수 있었다. 그럴수록 대왕의 참뜻이 실현되고 그 업적이 길이 계승되도록 해야겠다는 의지를 다졌다. 이런 속에 그를 찾는다는 전갈이 날아왔다.

"대왕 폐하께서 찾으시오."

"예-에? 수라바 성주님이 아니라 대왕 폐하께서요?"

그제서야 사부루는 수라바가 왜 여기에 머무르게 했는지 이해할 수 있었다.

놀람을 뒤로하고 사부루가 서둘러 찾아가니 그곳에는 이미 수라바도 함께 있었다. 그가 예를 갖추었다.

"소인, 사부루이옵니다. 대왕 폐하의 명을 받잡고 왔사옵니다."

"편히 앉으시오."

사부루가 자리에 앉자 담덕이 시원스럽게 입을 열었다.

"내 그대에 대한 얘기는 수라바 장군으로부터 이미 들었소. 그대가 제기한 문제는 수라바 장군께서 확인해 보고 즉시 조치했다고 하오."

"황은이 망극하옵니다."

"그런데 그냥 떠나려고 했다고 들었는데……. 급한 일이 있는 게요?"

"지금 소인은 수련을 하고 있사옵니다. 그래서 한곳에 오래 머무르지 않으려고……."

"허허! 그대 같은 젊은이가 수련만 해서야 되겠소? 그리고 이왕 문제를 제기했으면 끝장을 보아야 할 것 아니오?"

"예? 무슨 말씀이온지……."

"수묘인 문제는 이곳 남평양성에만 국한된 게 아닐 터, 전국적으로 시행해 나가도록 다그쳐 나가야 할 게 아니오?"

"황공하옵니다만 그 일은 제 능력 밖의 일이라 사료되옵니다. 대왕 폐하께서 이리 관심을 두고 계시는데 무슨 제 힘이 필요하겠사옵니까?"

"으-음, 과연……. 내 그대의 제안이 옳기에 이를 전국적으로 시행하도록 조치할 것이오."

광개토호태왕릉비문에는 태왕太王이 생존 시에 가르치시기를 조상왕들은 다만 원근遠近의 옛 백성들을 데려다가 무덤을 지키고 청소하도록 하였다. 나는 옛 백성들이 점차 쇠락해질까 걱정된다. 내가 죽은 후에 무덤을 지키는 자는 다만 내가 직접 돌아다니며 붙잡아 온 한韓, 예穢들만을 데려다가 청소를 시키도록 준비하게 하라고 하였다.

가르치심이 이러하였으므로 한韓, 예穢로 220집을 취하게끔 지시하고 그들이 법을 모를 것을 우려하여 다시 옛 백성 110집을 취하였으니 새롭고 오랜 백성의 묘지기 호수를 합하여 국연이 30, 간연이 300, 도합 330이다.

선조왕 이래로 무덤가에 비석을 세우지 않아 묘지기 연호烟戶가 잘못되는 일이 발생하였는데, 오직 국강상광개토경호태왕이 선조왕 모두를 위하여 무덤가에 비석을 세우고 그 연호를 새김으로써 착오가 없도록 하였다.

또 법으로 명령하기를 묘지기는 지금부터는 서로 팔아넘길 수 없으며 비록 부유한 자가 있다고 하더라도 마음대로 매매할 수 없다. 법령을 어기는 경우에는 판 자는 형벌을 주고 산 자는 묘지기를 하도록 명한다고 했다.

"소인의 좁은 소견을 그토록 진심으로 받아들여 주시니 황공하옵니다."

황송해하는 사부루의 모습을 본 담덕이 떠보려고 작정이나 한 듯 넌지시 말을 꼬았다.

"그런데 말이요. 다 좋은데 그대가 수묘인제도를 거론하면서 전통과 뿌리를 세우지 못한다면 지금의 위용도 사라지고 말 것이라고 거침없이 얘기했다면서요."

"소인의 무례를 용서하시옵소서. 하오나 뿌리가 단단하지 못하면 쉽게 뽑혀 버릴 것이오며, 장차 줄기가 튼튼하게 자랄 수 없다는 생각에는 변함이 없사옵니다."

"뿌리를 세우지 않으면 줄기가 자랄 수 없다고? 허-허! 지금 모든 단군족을 직접 하나로 통합하기 위한 여정을 힘차게 내디디고 있는데 미래가 불투명하다고? 내 듣자 하니 참으로 당돌하기 그지없구나."

담덕이 평소의 그답지 않게 위압감을 풍겼다.

"대왕 폐하! 뿌리의 계승 없이는 미래의 전망을 세울 수 없을 것이옵니다. 지금 비록 강국의 위용을 누리고 있다 해도, 뿌리가 썩어 가는데 어찌 꽃이 피고 열매가 맺히기를 바랄 수 있겠사옵니까? 소신 외람되게 한 말씀 드리자면, 대왕 폐하께서 이룩하신 모든 업적은 천손의 뿌리에서 비롯된 것이라 여기고 있사옵니다. 그러하오니 그 뿌리를 분명히 세워 바로 잡는다면 대왕 폐하의 뜻은 더욱 빛날 것이고, 그 업적도 대대손손 계승될 것이옵니다."

"그러니까 결국 뿌리를 세워 바로잡지 못한다면 내가 이룩한 모든 위업도 한순간의 영화로 끝나고 말 것이라는 게 아닌가?"

담덕이 다시 한번 강박하듯 따졌다.

"대왕 폐하! 폐하께서는 천손이시옵니다. 그것도 보통 천손이 아니라 용광검을 이어받은 천손으로서 천손의 나라를 세우고 이끌어 가셔야 하옵니다. 그런 폐하께서 천손의 뿌리를 세우려고 하지 않으신다면 어느 누가 대왕 폐하의 뜻을 따르겠으며, 그 업적을 전통으로 삼고 지키고자 하겠사옵니까? "

대왕 앞에서도 주눅 들지 않고 소신을 피력하는 사부루의 모습은 지난날 혈맹동지들의 모습을 떠올리게 했다.

'혈맹의식을 맺은 지가 엊그제 같은데…… 벌써 세월이 이리 흘렀단 말인가? 새로운 세대들이 이리 자라나고 있으니…….'

담덕이 지난날의 세월을 회상하며 사부루를 감회 어린 눈으로 바라보았다.

"대왕 폐하! 천손의 뿌리를 세우시옵소서. 이 일은 대왕 폐하만이 하실 수 있는 일이옵니다. 통촉하시옵소서."

"천손의 뿌리를 세워라? 참으로 그 뜻이 갸륵하구먼. 천손의 뿌리를 세워야 모든 단군족을 통합할 밑바탕이 마련되는 것이고, 그것을 밑천으로 삼아 천손의 나라를 세울 수 있겠지. 그런데 벌써 내가 후대를 생각해야만 하는 나이에 접어들었다고 말하는 것 같아 가히 좋은 얘기는 아니구만."

담덕의 말에는 씁쓸함이 묻어 나왔다. 대왕에 오른 이래 20여

년 동안 오직 천손의 나라를 세우려는 일념으로 살아왔건만, 아직도 그 대업을 완수하지 못하고 있었다. 물론 그 종착 지점을 향해 내달리고 있으나 그 길은 아직도 험난하기만 한 것이었다. 그렇다고 그것을 다른 사람에게 맡길 생각은 추호도 없었다. 이제 모든 단군족을 통합할 일정을 내디뎠으니, 그것을 성공시키고 자신의 궁극적 목표를 실현해 나가야 했다.

"소신은 그런 뜻으로 말씀 올린 것은 아니었사온데……."

"내 한번 해본 소리요. 설사 그렇더라도 이리 듬직한 청년이 있으니 내 뭘 걱정하겠으며 기분이 나쁘겠소? 윗세대가 새로운 시대를 열면 그다음 세대가 그 꽃을 활짝 피워 나가는 것은 당연한 일이거늘……. 아니 그렇소?"

담덕이 호탕하게 웃으며 수라바를 바라보았다. 이에 수라바가 의미 있는 웃음을 지었다. 자기 수하로 두지 않고 왜 천거하는지 담덕이 이해했음을 확인한 것이었다. 담덕이 다시 말을 이었다.

"이제 이 나라는 그대와 같은 젊은이들에게 달려 있소이다. 내 이제 모든 단군족의 통합을 이뤄내기 위해 적극 밀고 나갈 것이오. 그러니 그대는 그 밑바탕을 튼튼히 다져주구려. 내 그 일을 수행하도록 적극 보장해 줄 터이니 그 일을 한번 해보겠소?"

담덕이 흔쾌히 요구하는 말에 사부루는 순간 어쩔 줄 몰라 했다. 이런 황은을 받을 것이라고 미처 생각지 못했다. 그런데 문득 남평양성의 성주를 찾아가 보라는 노인장의 말이 떠올랐다. 바로 대왕 곁에서 그 뜻을 받들어 나가라는 깊은 안배가 있었다는 생각이 들었다. 그럴수록 자기에게 맡겨진 책무를 다하겠다는 결의가 솟아났다.

"황은이 망극하옵니다. 소신의 미천한 몸이 무슨 힘이 되겠사옵니까만은, 이 몸 다 바쳐 대왕 폐하의 신임에 꼭 보답하겠사옵니다."

"내 믿고말고요. 이리 가까이 오오."

사부루가 다가가자 담덕이 그의 손을 꼬옥 잡았다. 패기 넘친 새 세대 열혈 청년에 대한 믿음의 표시였다. 백제 유민들의 통합을 시작으로 막이 오른 단군족의 통합을 기필코 이뤄내고, 마침내 영원토록 번영을 구가하는 천손의 나라를 건설해 보자는 다짐이 심장을 타고 사부루의 손에 찌르르 전달되었다.

55

영락 20년(410년) 4월. 동부여에 남풍이 살랑살랑 불어왔다. 남풍에는 고구려의 새 기운이 실려 왔다. 거기에는 단군족의 통합이라는 엄청난 기운이 실려 있었다.

고구려는 영락 20년 새해를 맞이하면서 동부여에 특사 파견을 요청했다. 이에 동부여는 고구려를 상국으로 모시고 있는 터라 그 요구에 따랐다. 고구려는 이들을 환영하고 나라의 면모를 세심하게 보여주며, 앞으로 동부여가 같은 형제국으로서 서로 힘을 합치자는 요구에 적극 호응해 주기를 바란다는 뜻을 은근히 내비쳤다.

이에 사신들은 동부여에 돌아와 고구려의 의도를 소상하게 아뢰었다. 이미 지난날의 고구려가 아니라, 명실상부한 대륙의 강자로서 그 기세가 꺾일 줄 모르고 욱일승천하고 있으며, 천손의 계승자로서 그 계통을 세우고 형제 나라들 간의 통합을 실제로 밀고 나가려 한다는 것이었다.

이 소식을 접한 동부여 조정은 들썩거렸다. 존망과 관련된 문제였으나, 고구려에 대적해 싸울 수 없는 처지였기에 어찌 대처할지 갈피를 잡지 못했다.

이런 속에 미구루 압로鴨盧의 집에는 먼 길을 다녀온 듯한 사람이 그를 찾고 있었다. 고구려의 상황을 파악해 오라는 미구루 압로의 명을 수행하고 돌아온 사람이었다. 미구루 압로는 나라의 운명을 앞에 두고 사신의 말이 사실인지, 아니면 고구려가 정략적으로 이용하고 있는지를 확인해보고자 했다.

"방금 도착했사옵니다."

"그래 수고했다. 그래 고구려의 움직임은 어떠하더냐? 정말 사신의 말이 사실이더냐?"

"모두 다 사실이었사옵니다. 차라리 더하면 더했지 못하지는 않을 듯했사옵니다."

"더하면 더하다니 그게 무슨 말이냐? 소상히 말해 보거라!"

"고구려 백성 모두가 풍족한 삶을 누리고 있었사오며, 그런 복을 가져다준 고구려 태왕에 대한 칭송이 대단하였사옵니다. 그리고 무엇보다 중요한 것은 단군족을 하나로 모으자면서 자치에 입각해 백제 유민들을 다스려 온 것을 직접적 통치로 바꾼 점이었사옵니다."

"직접적 통치로 바꿨다고?"

드디어 올 것이 왔다는 생각에 미구루 압로가 두려움에 떨었다.

"그런데 참으로 놀라운 것은 고구려가 강요해서 그리된 게 아니라는 사실이옵니다. 백제 유민들이 자청해 단군족의 백성이자 고구려 백성이 되겠다며 스스로 귀화했으니 말이옵니다."

"자청했다고? 정말 강요하지 않고 그런 일이 일어났다는 말이더냐? 그들의 삶이 어떠하기에 그랬다는 것이냐?"

미구루 압로가 믿을 수 없다는 투로 되물었다.

"소인도 처음엔 잘못 본 줄 알고 유심히 살펴보았사온데 그건 사실이었사옵니다. 고구려 백성과 별반 다를 바 없이 풍족한 삶을 사는 것을 보면 충분히 이해할 수 있는 일이었사옵니다."

"고구려 백성과 다를 바 없다고? 그럼 차별당하고 있지 않다는 말이냐?"

"그러하옵니다. 처음엔 자치지역을 제외하곤 그런 부분이 없지 않았사오나, 수묘인제도를 바로 세운 다음부터는 그것마저 잡힌 듯 보였사옵니다."

"수묘인제도를 바로 세우다니? 그건 또 무슨 말이냐?"

"처음엔 무덤 관리를 신래한예인들만 부담하게 하며 차별하는 일이 알게 모르게 횡행하고 있었사옵니다. 하오나 수묘인제도를 천손의 뿌리를 세우는 차원으로 새롭게 정비하면서부터는 그것 또한 시정되었고, 더욱이 능의 관리를 체계적으로 개선 관리함으로써 백성들 속에서 뿌리에 대한 자긍심만이 아니라, 자신의 대왕이 용광검의 주인이라는 자부심 또한 거세게 자라나고 있었사옵니다.”

미구루 압로는 들으면 들을수록 담덕이 비록 고구려 태왕이라고 할지라도 대단한 영걸이라는 것을 느끼지 않을 수 없었다. 하지만 이건 동부여의 처지에서는 커다란 위협이 아닐 수 없었다. 더욱이 고구려 태왕이 형제 나라들의 통합을 염두에 두고 있다면 자치지역을 직할 통치체계로 바꾼 조건에서, 그다음은 동부여가 될 공산이 컸다. 백제나 신라, 가야 등 형제 나라들 중에서 동부여는 고구려와 가장 교감이 많은 나라였던 것이다.

고구려와 동부여는 매우 밀접한 관계에 있었다. 고구려 시조 추모대왕鄒牟大王(고주몽)이 북부여에서 살다가 남하하여, 고구려의 전신인 구려句麗(고리국)에서 기원전 277년에 고구려를 세웠던 것이다.

원래 부여나 구려는 다 단군조선의 거수국渠帥國(후국)이었다. 그러나 단군조선의 힘이 약화되면서 거수국들은 독립을 이뤄나갔다. 부여는 거수국 중 대국으로서 해모수처럼 단군의 칭호를 사용해 단군조선의 정통 계승자임을 자임했다. 그런데 해모수의 아들이자 하백의 손자인 추모(고주몽)가 이를 잇고 있다고 선언했던 것이다. 그러다 보니 고구려와 부여는 이를 놓고 서로 격돌하게 되었다.

부여는 대국으로서 먼저 고구려를 눌러 놓으려고 했다. 고구려도 부여와의 전쟁이 불가피하다고 보고 대주류왕 4년(기원전 220년)에 부여에 대한 원정을 시작했다. 전투에서 부여의 대소왕을 죽였으나 수도를 함락하지 못하고 철수했다.

그 후 부여는 왕위 계승권 문제로 서로 내부 분열을 겪다가 대소의 막냇동생은 갈사국을 세웠고, 부여왕의 사촌 아우는 고구려에 투항했다. 그리고 결국 갈사국 또한 고구려의 속국으로 되었다. 하지만 부여는 원래 대국이었던 만큼 기원 초엽에 다시 자기 역량을 수습해 고구려로부터 독립하여 나라를 세웠으며, 이것이 바로 후부여였다.

후부여는 농안 또는 회덕(농안 서남) 지방을 중심으로 고대 부여의 대부분 지역과 읍류(숙신) 지역을 영역으로 하는 나라였다. 그러나 후부여는 285년, 전연의 모용외가 수도로 침공해 오자 후부여왕 의려는 자살하고 주민 1만여 명이 납치되어 갔다. 이때 부여 왕실의 한 사람이 옥저(북옥저) 땅인 오늘의 목단강 중류 지역에 가서 나라를 세웠다. 이것이 바로 광개토호태왕비에 보이는 동부여로 추측된다. 동부여는 강대한 이웃 나라 고구려에 대하여 조공하는 관계에 있었다.

"그럼 침공할 기미는 보이더냐?"

"그런 기미는 보이지 않았사옵니다. 하지만 형제 나라들 간의 협력관계를 통합관계로 밀고 나가려는 입장이 분명한 거로 보아, 우리가 어찌 나오는가에 따라 즉각 조치가 취해질 수 있는 것으로 보였사옵니다."

미구루 압로는 신음 소리를 내뱉었다. 통합하려는 고구려의 요구가 명백한 이상 침공은 피할 길이 없었다. 하지만 그 반대의 생각도 동시에 들었다. 형제국 간의 싸움을 끝내자면 어차피 통합해야 했다. 더욱이 차별하지 않고 더 잘살게 해 준다고 하면 반대할 수만은 없었다.

미구루 압로는 처음과 달리 무조건 거부할 수만 없겠다는 생각이 들면서 갈등이 일었다. 그러나 나라의 운명이 걸린 문제였다. 혼자 결정하기보다는 여러 의견을 구해보아야 했기에 우선 단사루 압로鴨盧를 찾았다.

"머잖아 고구려의 움직임이 있을 것 같소이다. 이를 어찌하면 좋겠소?"

"글쎄요. 어찌해야 할지……."

미구루 압로의 단도직입적인 물음에 단사루 압로가 명확히 대답하지 못하고 우물거렸다.

"고구려가 전면적 공격을 해 온다면 우리가 막아낼 수가 있겠소?"

"……."

"그리 못 한다면 다른 방안을 생각해야 하지 않겠소?"

"다른 방안이라니…… 그러나 폐하께서는 어찌 되든 대적해 싸우려고 할 것인데……."

"그렇더라도 뻔한 결과를 놓고 몸부림친다는 것은……."

"그렇다고 신하의 도리를 저버릴 수도 없는 일 아닙니까? 아직 고구려의 구체적인 움직임이 보일 때까지는 시간적 여유가 있으니……."

"그렇게 한가하게 생각할 여유가 없을 겁니다. 고구려 태왕은 기습전과 속전속결을 주되게 사용했소이다. 오래 끌지 않을 것이란 말이지요. 아마 구체적인 조치가 가시화되면 이미 시기를 놓친 것일 수도 있습니다."

"그렇지만 현재로선 마땅히 다른 대책을 세울 수도 없고……. 우선 다른 분들의 의견도 들어보는 것이 어떨까요?"

"좋습니다. 그럼 단사루 압로께서 숙사사 압로를 만나보십시오. 나는 비사마 압로 등을 비롯한 다른 압로들을 만나보겠소이다."

"그렇게 하십시다."

이들이 이런 얘기를 나누고 있을 때 갑자기 밖에서 부르는 소리가 들렸다.

"단사루 압로님!"

"무슨 일이냐?"

"폐하께서 대신들을 모두 부르시옵니다."

"무엇 때문인지는 알고 있느냐?"

"고구려에서 특사를 파견해 왔다 하옵니다."

"뭐 특사를? 이렇게 일이 빨리 다가오다니……."

"그러게 말입니다. 일단 대전으로 가서 고구려 특사를 만나 봅시다."

두 사람은 자리에서 일어나 대전으로 향했다. 나라의 운명이 풍전등화에 처했다는 것을 직감하며, 그들의 몸짓은 초조함에 몸이 떨렸다.

그들이 대전 안으로 들어서자 다른 신료들도 이미 도착해 있었다. 동부여왕이 떨리는 음성으로 말했다.

"고구려의 특사가 도착했소. 내 특사를 불러들일 테니 신료들의 뜻을 밝혀주기 바라오."

"고구려의 특사가?"

이미 고구려의 의도를 짐작하고 있는지라 신료들은 웅성거렸다. 이런 속에 동부여왕의 영이 떨어졌다.

"고구려의 특사를 들라 하라."

동부여왕의 명을 받은 사람들이 부산하게 움직였다. 이윽고 고구려의 특사가 대전에 등장했다.

"고구려의 특사, 폐하를 뵙사옵니다."

"여기까지 오시느라 노고가 많았습니다. 지난번 우리 사신이 다녀왔는데 그때 말씀하시지 무슨 일로 여기까지 행차하였습니까?"

"그럼 우리의 뜻을 잘 아실 거로 생각하고, 우리 대왕 폐하의 명을 받들어 이 국서를 전하겠사옵니다."

고구려의 특사가 품에서 국서를 꺼내어 동부여왕에게 전달했다. 동부여왕은 떨리는 손으로 국서를 받아 읽어 내려갔다.

"천손의 아들이자 용광검의 주인인 고구려의 영락 태왕 담덕은 동부여왕에게 이르노니 …… 형제 나라들 간의 통합을 더 이상 미룰 수 없는바, 동부여의 입장이 아니라 단군족이라는 대의에 서서, 우리 모두가 복되고 평안한 삶을 누리기 위해 하나로 통합하려는 우리 고구려의 요구에 호응해 나서기를 바라노라."

국서를 전해 들은 대신들이 특사를 향하여 물었다.

"동부여는 고구려를 상국으로 모셔 오며 아무런 해를 끼치지 않았소이다. 그런데 단군족을 하나로 모은다는 명분 아래, 지금껏 전통을 자랑하며 존재해 온 나라를 없애겠다고 하니, 이것은 도리에 어긋나는 것이 아닙니까?"

"서로 뿌리가 같은 동족이 하나로 힘을 합쳐야 한다는 대의야 여러분 또한 잘 아실 거라 생각합니다. 그런데 그리하자면 결국 형제 나라들이 하나로 통합되어야 하지 않겠습니까? 이를 하고자 하는 것뿐입니다. 이런 참뜻을 이해해 주시기 바랍니다."

"통합을 위해 피치 못해 진행하겠다고 하지만, 그건 결국 우리 동부여를 침략해 백성들을 종으로 삼겠다는 것이 아닙니까?"

"그것은 오해이십니다. 우리 고구려는 그럴 의향이 추호도 없습니다. 대왕 폐하께서는 동부여왕을 비롯한 귀족들의 권리를 인정함과 함께 동부여 백성을 고구려 백성과 차별하지 않겠다고 약조하셨습니다."

"약조했으니 액면 그대로 믿으라는 겁니까?"

"여러분께서도 아마 소문을 들어서 아실 거라 생각하지만, 우리 대왕 폐하는 그 주인이 나타났을 때에만 세상에 모습을 드러낸다는 용광검의 주인이신입니다. 이 말의 뜻을 잘 아시겠지요. 대왕 폐하께서는 신의를 지키시는 분이시니 믿어도 될 것입니다. 또한 지난번 사신의 말을 들으셨다면 고구려의 기본 정책이 무엇인지 잘 아실 거라 생각합니다."

용광검의 주인인 데다가 이미 지난번 사신에게 고구려의 기본 정책과 실상을 보여주었는데, 못 믿겠다고 하니 말이 되느냐 하는 소리였다. 이에 좌중은 잠시 침묵했다. 그런 속에 특사가 다시 말을 이었다.

"만약 우리가 동부여를 침략해 종으로 삼으려고 했다면 은밀하게 진행할 것이지, 이렇게 좋은 방안을 찾아보자고 오지도 않았을 것입니다. 우리의 뜻은 명백합니다. 서로 상생할 수 있는 길을 찾자는 겁니다. 동부여 백성과 단군족의 이익을 위해 서로 불상사가 일어나지 않고, 백성이 고통을 받지 않을 방책을 내놓을 것으로 생각합니다. 그럼 저는 좋은 소식을 기대하며 이만 물러가도록 하겠습니다."

고구려 특사가 물러가자 동부여왕이 침통한 얼굴로 얘기했다.

"용광검이니 단군족의 단합이니 하지만 그것을 어찌 믿을 수 있겠소? 분명한 것은 우리 동부여를 인정하지 않고 침략할 명분을 찾고 있음이 아니요? 이를 어찌하면 좋겠소?"

대신들은 서로의 얼굴만 바라볼 뿐 아무도 나서지 않았다. 그런 가운데 한 대신이 흐느끼며 통곡했다.

"폐하! 소신을 죽여 주시옵소서. 신하로서 폐하를 위해 나서지 못하는 소신을 죽여 주시옵소서."

삽시에 대전은 울음바다가 되었다. 동부여왕의 눈에도 눈물이 글썽거렸다. 한 대신이 크게 외쳤다.

"나라를 멸망시키겠다고 하는데 순순히 당하고만 있을 수는 없사옵니다."

"그러하옵니다. 사직을 우리 대에 와서 끊을 수는 없사옵니다. 목숨을 걸고 싸워야 하옵니다."

대전의 분위기가 삽시에 고구려에 대항하자는 분위기로 일변되었다. 동부여왕이 떨리는 목소리로 말했다.

"나는 경들을 믿고 저들을 맞이해 결사 항전할 것이오. 경들은 이에 만반의 대비를 하도록 하라."

"폐하의 명을 받들겠사옵니다."

동부여왕이 자리를 뜨고 나서도 신료들은 움직이지 못했다. 항복하느니 결사 항전하자는 말이 도리로 볼 때 백번 타당했다. 하지만 그들 모두는 그것이 무모하다는 것을 잘 알았다. 한참 시간이 지난 후 신료들은 몇몇끼리 어울려 자리를 떴다.

동부여왕의 명에 따라 동부여는 군사를 모집하며 항전을 준비했다. 하지만 패배감을 지우지 못했다. 전쟁의 공포가 스며들었다. 그들은 용광검을 손에 넣은 고구려 태왕이 한 번도 전쟁에서 패한 적이 없는 용장이라는 소문을 익히 들어 알고 있었다. 한편 고구려 특사는 동부여의 입장을 확인하자마자 급히 고국으로 돌아갔다.

이런 상황 속에서 미구루 압로를 비롯한 다섯 압로는 동부여의 운명을 놓고 논의했다.

"지금 고구려군을 대적하고자 준비는 하고 있지만, 우리 군사로 그들을 상대할 수는 없을 것이오."

미구루 압로의 말에 비사마 압로가 이미 물은 엎질러졌다는 투로 화답했다.

"허나 이미 화살은 시위를 떠나버리지 않았습니까? 시위를 떠난 화살을 어찌 되돌릴 수 있겠소이까?"

"그럼 이대로 승산 없는 전쟁을 하자는 겁니까?"

"그렇다고 신하로서 주군에게 투항하라고 할 수는 없지 않습니까?"

"그럴 수야 없지요. 허나 나는 지금껏 어떻게 하는 것이 폐하를 위하고 백성을 위한 길인가를 생각해 왔소이다. 그리고 고구려의 실상도 엄중하게 파악해 왔소이다."

"그럼 고구려 사신의 말이 사실이라는 겁니까? 용광검의 주인이라는 것도, 동부여왕을 비롯한 귀족들의 권리도 인정해 주고 백성들을 차별하지 않겠다고 하는 것도 말이오?"

사실 그들은 이게 가장 궁금했다. 동부여에서 파견한 사신도 고구려에서 온 특사도 똑같은 얘기를 하고 있었지만, 그들로서는 액면 그대로 믿을 수 없었다.

"용광검이야 그건 전설로 내려온 것인 데다 내 눈으로 보지 못했으니 어찌 알겠소. 다만 나머지 것들은 모두 다 사실로 확인되었소. 이미 우리가 파견한 사신도 그러했고, 내가 은밀히 파견한 사람도, 고구려 특사도 모두 한결같이 일치했소이다. 더욱이 내가 확인한 바로는……."

모두들 미구루 압로의 얼굴을 주시했다.

"고구려 태왕은 형제 나라 백성들을 차별한 자는 지위 고하를 막론하고 처벌했소이다. 황족 출신까지도 말이요."

"황족 출신까지도 처벌했다는 말입니까? 설마……."

"정말입니다. 내 분명히 확인한 바입니다."

"그렇다면 우리가 무엇 때문에 이 난리를 피우며 전쟁을 해야 하는 겁니까?"

단사루 압로의 물음에 모두들 입을 다물었다. 신하의 도리를 다하고자 하기 때문이라는 것은 모두가 아는 바였다. 이런 속에 밖에서 미구루 압로를 부르는 소리가 들렸다.

"무슨 일이냐?"

"국경에서 파발이……. 고구려군이 이미 국경을 넘어서고 있다고 하옵니다."

"뭐라고? 어느 정도라고 하더냐?"

"대군이 노도와 같이 몰려오는지라……."

미구루 압로가 전갈을 받고 난 다음, 이제 더는 결정을 미룰 수 없다는 듯 다른 압로들을 보고 얘기했다.

"이제 시간이 없소. 싸워서 온갖 참화를 겪는 것보다는 모두가 상생할 수 있는 살길을 찾아야 한다고 보오."

"그럼 폐하께 투항을 권유하는 것이……."

"어찌 신하로서 그럴 수 있겠소?"

"주군에게 투항하라고 할 수도 없고, 또 주사위는 던져졌는데 그럼 어찌하자는 것이요? 그 방안을 말해 보시구려."

"폐하를 지켜 드리지 못한 것은 불충이나, 동부여 백성 모두가 고통받지 않고 살기 위해서는 당장 고구려 태왕에게 사신을 보내는 것이 좋을 듯하오."

"사신을 보내 항복하겠다는 뜻을 밝히자는 것이오?"

"항복이 아니라 협력하겠다는 의사를 밝히자는 것이지요."

"협력한다는 것은 폐하를 고구려에……."

"우리는 아직 폐하의 신하인데 우리 손으로 넘길 수는 없지요. 그대로 놔두어야지요."

"그럼 무엇을 협력하겠다는 것이요?"

"이곳을 공격해 올 때 성문을 열어 전쟁의 참화를 최소한으로 줄이자는 것이오."

"그런데 정말 고구려 태왕을 믿을 수 있을까요? 믿을 수만 있다면……."

"나도 그렇소만……."

여전히 고구려 태왕을 믿을 수 있는가가 관건이었다.

"그거야 어찌 알겠소? 허나 지금 형편에서 믿을 수밖에 없고, 또 이것이 최소한의 자구책이 아닙니까? 이미 싸움의 승패가 명약관화한데 쓸데없이 백성과 군사들을 죽음으로 내몰 수야 없는 일 아닙니까?"

"지금의 상황으로선 미구루 압로의 말이 맞소이다."

"나도 동감이오."

"그럼 지금 당장 우리의 뜻을 전달하도록 합시다."

"좋소이다."

미구루 압로를 비롯한 다섯 압로는 모두들 의견일치를 보았다. 그리고 고구려 태왕에게 즉각 사신을 보냈다.

다섯 압로는 동부여왕의 명령 때문에 고구려군을 상대하기 위해 자리는 지키고 있었으나 싸울 생각은 하지 않았다. 이들이 서로 힘을 합치니, 이미 부여 군사력의 대부분이 움직이지 않았다. 단지 동부여왕과 그를 따르는 몇몇 대신만이 결사 항전을 재촉했다.

고구려군은 동부여군의 저항을 거의 받지 않고 성을 함락시키면서 곧장 수도성으로 몰려왔다.

미구루 압로를 비롯한 다섯 압로들은 고구려 선봉부대가 수도성으로 몰려오자 성문을 열어주었다. 이들의 배신을 알아차린 동부여왕은 몇몇 대신들과 군사들을 데리고 수도성을 빠져 달아났다.

고구려 선봉부대는 수도성을 장악한 다음 곧바로 동부여왕을 추격해 나갔다. 미구루 압로를 비롯한 다섯 압로들은 주력군을 이끌고 수도성으로 입성하는 고구려 태왕을 맞이할 채비를 갖춰 나갔다.

마침내 담덕이 수도성의 입구에 이르렀다. 달아난 동부여왕과 몇몇 대신들을 제외한 대부분의 동부여 신료들은 담덕이 모습을 드러내자 부복했다.

"대왕 폐하를 받자옵니다."

"어서들 일어나시구려."

"황공하옵니다."

"이렇게 결심하기가 쉽지 않았을 터인데, 그대들의 용기 있는 결단에 진심으로 경의를 표하는 바이오."

"대왕 폐하의 황은에 망극하옵나이다."

"자! 안으로 듭시다."

담덕이 대전을 향해 앞장서자 고구려와 부여의 대신들이 뒤따랐다. 이윽고 이들이 함께 대전에 정렬했다. 담덕이 이들을 향해 입을 열었다.

"원래 고구려와 동부여는 다 같은 단군족의 형제국이었습니다. 그러나 따로따로 존재하면서 힘을 합치지 못했습니다."

동부여 대신들은 담덕의 처분을 기다렸다. 그들의 운명은 이제 담덕의 손에 달려 있게 되었다.

"뿌리가 같은 동족을 하나로 모으는 것은 우리의 오랜 꿈이었고 이상이었습니다. 오늘 우리는 단군족 역사에 또 하나의 큰 사건을 기록하게 되었습니다. 그것은 고구려와 동부여가 서로 힘을 합쳐 더 큰 나라가 되었기 때문입니다."

다섯 압로들은 동부여가 고구려로 더욱 커졌다는 말 한마디에 담덕의 뜻을 대략 헤아릴 수 있었다. 이것을 확인이라고 해 주듯 담덕이 뭔가를 들어 올려 보였다.

"이것이 무엇인지 알겠습니까?"

다섯 압로들을 눈을 둥그렇게 뜨며 입을 다물지 못했다. 담덕의 손에는 눈을 부실 정도로 광채가 감도는 용광검이 들려 있었다. 그것은 그들이 소문을 듣고도 믿지 못한, 바로 그 보검이었다.

"보시다시피 이 보검은 용광검입니다. 나는 용광검의 주인으로서 동부여는 없어진 것이 아니라 단군족의 나라로, 고구려의 나라로 더욱 커졌다는 것을 확언합니다. 이에 나는 모든 단군족을 하나로 모은다는 입장에 서서 동부여왕을 비롯한 귀족들의 권리를 보장해 줄 것이며, 동부여 백성 또한 고구려 백성으로 여기고 한 치도 차별하지 않을 것입니다. 이를 위해 나는 모두루 장군께 명합니다."

"하명하시옵소서."

"이제 전쟁은 끝났소이다. 내 모두루 장군을 수사로 임명하노니, 모두루 장군은 내 뜻을 받들어 마무리를 빨리 짓고, 동부여 백성이 단군족이자 고구려 백성으로서 지금보다 더 복된 삶을 누릴 수 있도록 노력해 주시구려."

"황은이 망극하옵니다. 대왕 폐하의 뜻을 받들어 한 치의 어긋남이 없도록 수행하겠사옵니다."

"내 다시 한번 천손의 아들이자 용광검의 계승자 영락 태왕으로서 선언합니다. 모든 형제 나라는 이제 하나입니다. 모든 단군족은 고구려 백성이고, 고구려 백성은 단군족이라고 말입니다. 이제 모든 단군족은 지금보다 더 풍요롭고 행복한 삶을 살게 될 것입니다."

담덕의 선언이 끝나자 미구루 압로가 큰 소리로 입을 열었다.

"대왕 폐하! 소신은 사실 대왕 폐하께서 엄명했던 바를 여러모로 확신하지 못했사옵니다."

"그렇겠지요."

"그런데 대왕 폐하께서 이렇게 용광검을 직접 보여주시고, 동부여가 고구려의 나라로 더욱 커졌다고 하시면서, 그 모든 권리를 인정해 주시겠다고 확언하시는 것을 보니 부끄럽기만 하옵니다. 이제 소신은 대왕 폐하의 참뜻을 조금이나마 이해할 수 있사오며, 그 말씀을 진심으로 믿을 수 있을 것 같사옵니다."

"소신도 마찬가지이옵니다. 모든 형제 나라들을 하나로 모으려는 대왕 폐하의 참뜻을 이제는 알 것 같사옵니다. 그래서 소신 감히 대왕 폐하께 주청하고 싶사옵니다."

단사루 압로의 말에 담덕이 화답했다.

"뭔데 그러십니까? 말씀하시지요?".

"소신, 지금껏 여러 왕을 모셔왔지만, 이렇게 백성들이 한결같이 칭송하고, 다른 나라 유민들이 스스로 자청해 귀화를 요구하며, 다른 나라의 권리를 기꺼이 인정하는 그런 분은 일찍이 보지 못했사옵니다. 그래서 소신, 대왕 폐하를 곁에서 모시고 싶사옵니다. 그리하여 용광검의 주인이신 대왕 폐하의 뜻을 받들어, 모든 단군족이 하나로 통합하는 길에 조금이나마 밑거름이 되고 싶사옵니다. 이런 소신의 뜻을 헤아려 윤허하여 주시옵소서."

"소신들의 뜻도 그러하옵니다. 윤허해 주시옵소서."

미구루 압로와 숙사사 압로, 비사마 압로 등 나머지 네 압로들이 동시에 간청했다. 이것이 바로 용광검의 위력이자 지금까지 천손의 나라를 세우기 위해 펼쳐왔던 노력의 결실이었다.

> 광개토호태왕릉비문 20년 경술庚戌년 조에 동부여東夫餘는 옛날에 추모왕鄒牟王의 속민屬民이었는데 …… 왕이 직접 군사를 거느리고 여성餘城(부여 수도성)에 이르렀는데 온 나라가 놀라서 복속하였다. 이에 개선하여 귀환하자 왕의 은덕을 사모하여 관군을 따라온 자들은 미구루 압로味仇婁鴨盧, 비사마 압로卑斯麻鴨盧, 숙사사 압로肅斯舍鴨盧, …… 이다. 무릇 공파攻破한 성城이 64개요, 촌村이 1,400개라고 했다.

"윤허라니요? 이렇게 훌륭한 분들을 얻게 되었으니 내가 더 감사해야지요. 고맙습니다. 우리 고구려만이 아니라, 동부여에서도 같은 동족의 단합을 이렇게 절절히 원하고 있다는 것을 확인하니, 내 정말 천군만마를 얻은 듯하오이다."

“황은이 망극하옵니다.”

네 압로가 화답함과 동시에 감정에 겨운 듯 ‘대왕 폐하 만세! 단군족 만세! 용광검 만세!’를 외쳤다. 그러자 그 자리에 있던 고구려와 동부여의 대신들이 함께 함성을 지르며 자연스레 하나가 되었다. 그 중심에는 담덕이 서 있었다.

동부여의 합병을 계기로 형제국들 간의 통합에 박차를 가해 나가려는 의지가 저 멀리 남쪽으로 향해 나아갔다. 그런 만큼 그 함성은 대전을 넘어 멀리까지 오래도록 여운을 남겼다.

5장

천손의 나라

56

동부여의 통합을 성공리에 마무리 지음으로써 북방에서의 과업은 모두 해결되었다. 고구려를 괴롭혀 왔던 후연, 거란, 숙신 등은 이미 복속되었고, 단군조선의 영지 또한 거의 회복되었다. 단 후연 지역은 북연을 건국한 고연에게 고구려의 왕씨 성인 고高씨를 하사하여 다스리게 하였고, 그 뒤를 이른 풍발 또한 고구려 유민임을 자처했기에 고구려의 영향력은 그대로 이어졌다. 사실상 대륙의 강국으로 우뚝 선 것이었다.

이제 남은 과제는 백제와 신라, 가야 등 남방의 형제국을 하나로 합치는 것이었다. 이 또한 종착 지점으로 치닫고 있었다. 이미 백제 아신왕이 고구려의 노객으로 살겠다고 항복한 상태였고, 신라 또한 인질로 와 있던 실성이 왕위에 오름으로써 고구려의 영향 하에 있었다. 가야는 백제의 영향 아래 있었기에 고구려의 힘을 거스를 수는 없었다.

대왕에 등극한 이래 20여 년간 온갖 풍상을 겪으면서 이룩한 눈부신 성과였다. 아직 미해결 상태인 남방의 통합을 달성하기 위해서는 마지막 의지를 세워야 했다. 그런데 이에 앞서 먼저 처리할 일이 남아 있었다. 천손의 나라로서의 면모를 확립하는 것이었다. 그것은 천손의 혈통을 명확히 세우고 단군조선의 성지인 평양성에 천하의 중심을 세우는 것이었다. 그래야 남방의 통합을 힘 있게 밀고 나갈 수 있었고, 그 성과에 기초해 마지막 목표 지점인 천손의 나라를 세울 수 있었다.

그런데 거기에는 수도성을 평양성으로 옮기는 대역사가 수반되었다. 이것은 담덕이 대왕에 오르면서 다기에게 책임지고 수행하도록 엄명한 것이었다. 그동안 다기는 평양성이 천손의 나라 수도성으로서 손색이 없도록 면밀히 준비해 왔으며, 이제 그 마지막 박차를 가하고 있었다.

이런 속에 담덕은 평양성에 천손의 혈통을 안치할 것을 지시하였다. 천손의 혈통을 세우는 문제는 수묘인제도를 정비하면서 본격적으로 진행되었다. 각 능과 무덤이 대대적으로 복구되고 정비되었다. 그러나 여기에서 무엇보다 중요한 것은 단군릉과 추모대왕릉(동명왕릉)을 평양성에 안장하는 것이었다.

단군왕검은 천손의 나라를 처음으로 연 원시조였으며, 추모대왕은 단군조선을 계승한 고구려의 개국 시조였다. 최소한 이 두 분의 능이 평양성에 복구되고 안장되었을 때 천손의 뿌리와 혈통이 세워지게 되는 것이었다.

단군릉은 평양성에 있었던 관계로 그것을 복구하고 재건하면 되었다. 하지만 추모대왕릉은 국내성에서 평양성으로 옮겨 안장해야 했다. 먼저 단군릉이 웅장하고 화려하게 재건되었다.

북 사회과학원은 1993년 단군릉을 발굴하였는데, 발굴 당시의 단군릉은 고구려식 돌칸흙무덤이었다고 하면서, 이것은 고구려에서 단군릉을 재건했다는 것을 의미한다고 지적하였다.

단군릉 재건이 이뤄진 다음에는 추모대왕릉의 안장이 더욱 숨가쁘게 진행되었다.

마침내 영락 22년(412년) 3월 2일, 추모대왕릉의 개건을 하루 앞두게 되었다. 담덕의 나이 서른아홉으로 불혹을 앞두고 있었다.

담덕을 비롯한 대신들이 대거 입성하면서 평양성은 축제 분위기로 들썩거렸다. 이번에 담덕과 함께 내려온 누리는 안악궁의 황후전에서 여장을 풀었다.

이리할 수 있었던 것은 평양성이 수도성으로서의 면모를 갖춰가고 있기 때문이었다. 아니 지금의 국성인 국내성보다 훨씬 더 웅장하고 화려하기까지 했다. 고구려의 수도성이 그렇듯, 평양성 또한 평지성인 안악궁성과 산지성인 대성산성이 짝을 이루고 있었다.

"태자는 아직 오지 않았느냐?"

누리가 밖으로 나갈 채비를 서두르며 시녀에게 묻는 말이었다.

"이미 전갈을 보냈사오니 곧……."

그녀의 마음은 들떠 있었다. 어언 22여 년의 세월을 떠나보낸 후 평양성을 다시 찾은 감회가 남다를 수밖에 없었다.

"황후 마마! 태자께서 방금 도착했사옵니다."

누리가 방문을 열고 나서자 거련(후의 장수왕)이 들어오고 있었다. 열아홉 살에 이른 거련은 아버지의 모습을 닮아 체구가 당당했고, 행동 또한 늠름했다. 거련은 이미 409년 열여섯에 태자로 책봉되어 담덕을 보필하고 있었다.

"어마마마! 부르셨사옵니까?"

"그래요. 함께 찾아가 볼 데가 있어요. 가 보면 아실 겁니다."

누리가 앞장서자 거련이 뒤를 이었고 시종들이 그 뒤를 따랐다. 문밖에는 황후를 보위할 호위 병사들이 대기하고 있었고, 그곳에는 벌써 말과 수레가 준비되어 있었다.

"자, 가자!"

누리가 수레에 오르며 지시하자 거련은 말에 올라 행렬을 이끌었다. 수레는 잘 닦여진 길을 달렸다. 이윽고 행렬을 이끌던 선두가 말을 멈췄다. 목표 지점에 도착한 모양이었다. 누리가 천천히 수레에서 내렸다.

"이곳은 단군사당이 아니옵니까?"

"맞습니다. 바로 여기가 단군사당이지요."

누리가 감회 어린 목소리로 대답하며 단군사당을 바라보았다. 이곳은 그녀가 담덕을 만나기 전까지 지켜 왔던 곳이었고, 담덕이 국성으로 올라가기 전엔 머무른 곳이기도 했다. 단군사당은 그녀가 있을 당시보다 훨씬 웅장하게 단장되어 있었다.

"들어갑시다."

단군 영정은 옛날 그대로의 모습이었다. 누리는 지난날 단군사당을 모실 때처럼 예를 올렸고, 거련도 누리를 따라 참배했다.

'단군 시조님!'

누리가 부르자 단군 영정이 빙그레 웃었다.

'누리로구나!'

'예, 22년의 세월을 보내고……. 이제야 왔사옵니다.'

'돌아올 줄 알았느니라.'

'그렇게 믿어 주시니……. 그런데 그것을 어떻게…….'

'어떻게 알았느냐고? 용광검을 알고 있겠지?'

'대왕 폐하께서 지니고 계신 그 보검 말씀이옵니까?"

'그렇다. 그것은 바로 나의 혼이니라. 그러니 언젠가 여기로 돌아와야 하지 않겠느냐? 그런데 나는 이제 떠날 때가 된 것 같구나.'

'떠날 때가 되다니요? 그 무슨 말씀이옵니까?'

'천손이 때가 되어 하늘로 돌아가는 것은 당연한 이치가 아니더냐?'

'하늘로 돌아가시다니요? 그럼 대왕 폐하는 어쩌라고요? 그건 아니 되옵니다. 절대 아니 되옵니다.'

누리가 손을 내저으며 안 된다고 소리쳤다.

"어마마마!"

거련이 다급하게 부르자, 그제야 누리가 정신을 차렸다. 그녀의 이마에는 땀방울이 송골송골 맺혀 있었다.

"왜 그러시옵니까?"

"으-음! 아닙니다. 내 잠시 다른 생각을 한 모양입니다."

누리는 다시 단군 영정을 쳐다보며 고개를 숙였다. 들뜬 심정으로 왔다가 불길한 징조에 휩싸인 그녀의 가슴은 미어지는 것 같았다. 그럴수록 간절히 비는 마음이었다. 이내 잡념을 떨쳐버리기라도 하듯 몸을 일으켰다.

"그만 나가지요."

그들은 밖으로 나와 단군 사당의 주위를 천천히 돌았다. 거련이 누리를 향해 물었다.

"어마마마! 여기서 아바마마를 처음 뵈었다고 들었사온데……."

"그랬지요. 지금으로부터 이십육 년 전의 일이니……. 세월이 참 빠릅니다."

누리가 회상에 잠기며 다시 말을 이었다.

"대왕 폐하께서 그때 약조하셨지요. 모든 단군족이 영화를 누리고 살게 하겠다고 말입니다."

"그때라면 아바마마의 보령이 열네 살일 때가 아니옵니까?"

"아마 그럴 겝니다. 이 어미는 처음 단군족끼리는 서로 싸워서는 안 된다고 생각했지요. 그래서 고구려와 백제가 다투는 것을 좋게 바라보지 않는다고 말했답니다."

"그러셨사옵니까?"

"그랬더니 그때 대왕 폐하께서는 안타까워하면서도 서로 싸우지 않으려면 어찌해야 하냐고 물으시는 게 아닙니까?"

"그래서 어찌 대답하셨사옵니까?"

"대답하기는요? 단지 소박한 꿈만 가지고 있었을 뿐이었는데……, 그래 내가 대답을 못하고 있으려니 그때 말씀하셨지요. 단합의 중심을 세워야 한다고 말입니다. 그래야 서로 간의 싸움을 끝내고 모두가 평화롭게 오순도순 살 수 있다는 것이었습니다."

"그래서 아바마마께서는 단군족의 단합과 행복을 무엇보다 우선순위에 두고 그리 힘들게 전장을 누비며 달려오신 것이었군요."

"그렇지요. 그걸 위해 대왕 폐하께서 그동안 걸어오신 행로를 어찌 다 말로 이루 형언할 수 있겠습니까? 외세는 침탈해 오지, 같은 형제 나라들은 서로 못 잡아먹어서 안달하지, 그런 가운데 설상가상 간신배들은 조정을 장악하고 국권을 농락하고 있었으니……. 이를 극복하자니 어디 하루라도 마음 편히 보낸 날이 있었겠습니까?"

누리의 얼굴엔 담덕을 그리워하는 기색이 가득하였다. 다시 말을 이었다.

"오늘날 우리 고구려가 이리 평안을 누리고 모든 단군족을 하나로 모으는 그 종착지를 향해 나가고 있는 것은 모두 대왕 폐하의 피와 땀이 이뤄낸 결실입니다. 내일 추모대왕릉의 개건만 보더라도, 하늘의 진정한 혈통이 고구려에 있음을 선언하면서, 이제 마지막 남은 남방 지역을 통합하고 천손의 나라를 세우고자 하시는 겝니다. 내 약조를 받은 지가 엊그제 같은데, 그 실현을 목전에 두고 여기에 오니, 정말 감회가 새롭습니다. 그런데……."

누리가 마지막 말을 맺지 못했다. 조금 전 단군시조님의 목소리가 떠올랐던 것이다. 그러나 이내 고개를 도리질하며 거련을 불렀다.

"태자!"

"예, 어마마마. 말씀하시옵소서."

거련이 고개를 깊숙이 숙였다. 아버지께서 얼마나 불면불휴하며 살아오셨는가를 절실히 깨달으면서 그 뜻을 잘 받들어 나가야 한다고 다짐하고 있는 바였다.

"나는 지금도 대왕 폐하를 스승으로 모시고 있습니다. 아니 용광검의 계승자로서 천손의 나라를 세우실 단군족의 지도자로 여기고 있지요. 이 말의 뜻을 아시겠습니까?"

"소자, 어리석어 잘은 모르겠사오나, 사사로이 아버지로 대하지 말고 대왕 폐하로 모시라는 말씀으로 들리옵니다."

"잘 아셨습니다. 태자는 그리해야 합니다. 이제 호칭부터 바꿔야 합니다. 아시겠지요. 아울러 폐하의 혈맹동지들의 노고도 잊어서는 안 될 것입니다. 그분들은 대왕 폐하와 피를 나누고 평생을 약속한 동지로서 대왕 폐하를 온몸으로 받들어 오신 분들입니다."

거련은 어머니의 속뜻을 이내 파악하였다. 대왕이 걸어온 발자취를 직접 보여주면서 당부하고자 함이었던 것이다.

"어마마마의 가르침을 항상 가슴에 새기겠사옵니다. 그리고 하루빨리 남방 형제 나라들의 통합을 마무리 짓고 천손의 나라를 세워 대왕 폐하를 기쁘게 해드리겠사옵니다."

누리가 거련의 손을 포근하게 감쌌다. 아들이 대왕의 뜻을 참답게 받들기를 바라는 어머니의 옹골찬 마음이었다.

"그리해야지요. 암 그래야 하고말고요. 태자께서도 많이 바쁠 터인데 이만 돌아갑시다."

누리와 거련 일행은 다시 평양성을 향해 달렸다. 달리는 수레에서 밖을 둘러본 그녀는 크게 놀랐다. 여기 올 때는 단군사당만 생각하느라 다른 것을 미처 살펴보지 못했던 것이다.

평양성은 더 이상 지난날 그녀가 살았던 모습이 아니었다. 수도성의 면모가 확연하게 드러나 보였다. 안악궁성이 그렇다는 것은 이해할 수 있었지만, 온 성안 자체가 이리 변모될 줄은 짐작조차 못 했다. 이런 경우에 상전벽해桑田碧海라는 말이 어울릴 것 같았다.

잘 구획된 도로를 힘차게 달려 누리와 거련이 황후전으로 돌아오니 다기가 기다리고 있었다. 그가 예를 갖추며 반가운 소리로 물었다.

"어디를 다녀오셨사옵니까?"

"단군사당에 다녀오는 길입니다."

"태자 저하와 함께 말이옵니까?"

"그렇사옵니다. 거기서 어마마마로부터 좋은 가르침을 받았사옵니다."

거련이 대답하는 말이었다.

"총명하신 태자께서 무슨……."

"아니옵니다. 소자의 일천한 생각을 많이 깨우쳐 주셨사옵니다."

거련이 대답하고는 그만 그 자리를 떠나고자 했다.

"그럼 어마마마, 소자는 그만……. 외황숙부님도요……."

거련이 목례를 올리고 그 자리를 떠나갔다. 그런 모습을 지켜본 다기가 누리를 보고 한마디 했다.

"태자께서는 나이답지 않게 참으로 겸손하시고 속도 깊으십니다. 이렇게 오붓한 시간을 가지라고 자리를 피해 주시니……."

"태자 나이 이미 장성했는데요, 뭘……. 안으로 드시지요."

누리가 앞장서서 황후전으로 들어갔고 다기가 그 뒤를 따랐다.

"황후 마마, 자주 찾아뵙지 못해 송구하옵니다. 지금껏 계속 평양성에만 있다 보니 하나밖에 없는 혈육이신 마마를 살피지 못한 이 못난 오라비를 용서하시옵소서."

"무슨 말씀을……. 다른 장군들께서 저를 친동생처럼 여기고 도와주셨는데……. 그런데 이렇게 기쁜 날에 왜 그런 말씀을 하셔서…….”

누리도 눈시울이 붉어졌다. 세상에 피붙이라고는 단둘밖에 없었는데, 그동안 몇 번의 상봉을 제외하고는 지금껏 거의 만나보지를 못했다.

“이제 수도성을 평양성으로 옮길 날도 멀지 않게 되었다는 생각에 그만…….”

“이게 다 오라버니의 공이 아닙니까? 이곳 안학궁성만 해도 웅장함이 대국의 수도성으로 결코 손색이 없을 듯하고……. 또 단군사당에서 이곳으로 오면서 보니 성 내 모든 면모가 완전히 달라져 있었습니다.”

“그야 이십이 년의 세월이 흘렀으니 그리되는 것도 당연하지요.”

“내 지난날만 생각해서 그런지 몰라도 꼭 천지가 개벽 되었다는 느낌이 듭니다.”

“과찬이시옵니다. 혹시나 걱정을 많이 했는데, 이리 마음에 들어 하시니 마음이 놓입니다.”

“어떻게 해서 평양성이 이토록 변모될 수 있었는지 궁금합니다.”

“황후 마마께서도 아시겠지만, 평양이 그럴만한 자연 지리적 환경을 형성하고 있지 않사옵니까? 평야가 넓고 땅이 기름져 충분히 식량을 공급할 수 있는 데다 주위에서 나는 자원이 풍부하니까요. 그뿐이겠습니까? 이곳저곳을 이어주는 교통의 요지이기도 하옵니다.”

"그래서 단군 원시조께서 그걸 이미 알아보시고 이곳을 성지로 택한 것이었군요."

"그런 것으로 사료됩니다. 하지만 평양성이 이렇게 바뀌게 된 가장 중요한 요인은 무엇보다 단군 원시조의 뜻을 받들어 모든 단군족을 하나로 단합시키려는 대왕 폐하의 강력한 의지일 것이옵니다. 그걸 알았기에 평양성의 백성들은 큰 자부심을 안고 모든 것을 바친 것이옵니다."

"사람의 노력이 없고서야 이리 변화되지는 못했겠지요. 알만합니다. 평양성의 백성들이 정말 노고가 많았겠습니다. 그런데 다른 애기지만 혹여 사부님께서 용광검에 대해 특이한 말씀을 하신 것을 들으신 바가 있으십니까?"

"글쎄요……. 특별한 기억은 없사옵니다만 무엇 때문에 그러시옵니까?"

"오늘 단군사당에 들러 단군 영정을 바라보고 있는데, 갑자기 단군 시조님께서 나타나셔서 용광검이 자신의 혼이라고 말씀하시기에 무슨 다른 연유가 있는가 해서요?"

누리는 이게 분명 담덕과 관련된 것이라고 생각했지만, 안위와 관련된 문제인지라 더 이상의 말은 하지 않았다.

"용광검이 그분의 혼이라……."

다기가 고개를 갸웃거리다가 누리의 근심스러운 기색을 눈치채고는 위로하고자 다시 말을 이었다.

"용광검은 단군조선의 정통 계승자이자 천손의 나라를 세우실 운명을 타고난 사람만이 지닐 수 있어서 그런 것은 아닌지……. 그게 아니라면 아마 황후 마마께서 내일 개건을 앞두고 너무 많은 생각을 하시다 보니, 그리 들리신 것은 아닌가 싶습니다. 설마 무슨 일이 있겠사옵니까? 심려하지 마시옵소서."

다기가 별일 없을 것이라는 어투로 얘기하자, 누리도 그러기를 바라는 마음에서 선선히 대답했다.

"하긴 내일이 어떤 날인데……. 그러고 보니 내일 일을 점검하자면 바쁘실 터인데 그만 가 보셔야지요."

"그럼 내일 개건식 때 뵙겠사옵니다."

다기가 몸을 일으켰고, 누리는 그가 나가는 것을 배웅했다. 다기가 떠난 후 누리는 불안감을 떨쳐버리기 위해서인 듯 내일의 개건식을 떠올렸다.

원래 고구려에서는 봄과 가을, 즉 3월 3일과 10월 3일에 제천의식을 성대하게 치렀다. 그러나 이번에는 추모대왕릉의 개건이 추진된 관계로 함께 진행되게 되었다.

얼마 동안 침잠해 있던 누리는 이렇게 앉아 있을 때가 아니라는 듯 일어나서는 목욕재계하며 몸을 정결히 했다. 그리고는 단출한 술상 하나를 차려 들고 담덕을 찾았다. 그런데 담덕은 무슨 생각에 빠져 있는 듯 누리가 들어오는 것을 곧장 알아차리지 못했다.

담덕은 근래 들어 쉬이 몸이 피곤해지고 스르르 잠이 몰려오곤 했다. 몸 깊숙한 곳에 응어리 같은 것이 들어차 몸이 무겁게 내려

앉은 듯했다. 직감으로 나쁜 느낌이 들었지만, 그것을 내색할 수는 없었다. 그랬다가는 모든 것을 바쳐 준비해 온 목표에 차질이 빚어질 것이었다. 어떻게든 밀고 나가야 한다는 마음에 이곳 평양성까지 내려왔는데, 노독 때문인지 아니면 다른 무엇 때문인지 계속 몸이 사그라지는 것 같은 느낌이었다. 그런데다 눈꺼풀이 천근만근 무거워지며 잠이 계속 쏟아졌다. 이번에도 깜빡 졸았는데 참으로 이상한 꿈을 꾸었다. 그게 뭘 의미하는지, 그는 허공을 쳐다보며 멍한 생각에 잠겨 있었다.

"대왕 폐하! 무슨 생각을 그리하시옵니까?"

누리의 부름에 깜짝 놀란 담덕이 이내 여유를 찾으며 물었다.

"황후시구려. 그런데 웬 술상이십니까? 그러고 보니 참으로 신기합니다."

"신기하다니? 뭐가 그러하다는 말씀이옵니까?

"내 방금 잠깐 잠이 들었는데 추모 대왕께서 황룡을 타고 하늘로 가려 한다면서 같이 가자고 하시더이다. 그런데 황후께서 술상을 들고 오시니까, 그걸 보고 '허-허!' 웃으시더니 그냥 사라지셨는데, 황후께서 정말 이렇게 술상을 차려 오시니 말입니다."

"네-에?"

누리는 깜짝 놀랐다. 자신이 겪은 일과 상통했다. 누리가 걱정스러운 목소리로 물었다.

"대왕 폐하! 정말 옥체는 평안하시옵니까?"

담덕이 괜한 걱정을 한다는 투로 얘기했다.

"허-허! 꿈꾼 걸 가지고 뭘 그러십니까?"

누리는 담덕의 몸이 이상해져 가고 있다는 것을 눈치채고 있었다. 그런데 아무렇지도 않은 듯 넘어가려는 태도에 그냥 넘길 일이 아니라는 생각으로 다시 반문했다.

"신은 단지 꿈이라고만 여겨지지 않사옵니다. 신 또한 기이한 일을 겪었기에 여쭙는 것이옵니다."

"기이한 일이라니요?"

담덕의 물음에 누리는 단군 영정을 보면서 느꼈던 것을 전해주었다. 그리고 말을 이었다.

"용광검이 그분의 혼이라고 말씀하시고……. 이제 떠날 때가 되었다고 하셨는데, 폐하께서도 그와 같은 꿈을 꾸시니 신첩은 두렵기만 하옵니다."

"그분 말씀대로 천손이 하늘로 올라가는 것이야 맞는 얘기 아닙니까? 지상에서 천손의 혈통과 뿌리가 세워지는 것을 보셨으니, 이제 마음 편히 떠나시겠다는 뜻이겠지요."

담덕이 누리를 위로하고자 하는 말이었다.

"대왕 폐하! 어찌 그렇게만 보시는지……."

"황후, 보세요. 내 나이 이제 서른아홉입니다. 그런데 무슨……. 더욱이 내 황후께 약조한 바도 아직 다 지키지 못하고 있는데 괜한 걱정일랑 마세요."

"폐하께서는 그동안 너무 무리하셔서……. 이제부터는 정말 옥체를 먼저 생각하시옵소서. 대왕 폐하께서 든든히 버티고 계셔야 나머지 과업도 순조롭게 진행될 게 아니겠사옵니까."

"황후의 마음은 잘 압니다. 내 그리하겠으니 그만 걱정하시구려. 그런데 술을 가져오셨으면 한잔 주셔야지요?"

담덕이 화제를 돌리자 누리도 이에 순순히 응했다. 담덕의 마음을 계속 짓누르게 하고 싶지 않았다.

"제가 경황이 없어서……. 송구하옵니다. 한잔 드시옵소서."

누리가 잔에 술을 따라 건네자, 담덕이 그것을 받아 시원스럽게 마셨다. 그걸 보고 누리가 다시 입을 열었다.

"폐하! 내일 개건식을 치르게 되니 이 얼마나 기쁜 날이옵니까? 그래서 드리는 말씀이온데 이걸 준비하느라 이곳 평양성 백성들의 노고가 컸을 것이옵니다. 더욱이 평양성을 수도성으로 꾸리기 위한 대역사까지 겸해서 진행했으니 말이옵니다."

"옳으신 말씀입니다. 그렇지 않아도 생각하고 있었는데 어떻게 했으면 좋겠습니까?"

"그런 것을 어찌 제가……. 대왕 폐하께서 결정하시옵소서."

"허허! 말을 꺼내 놓고서는……. 황후의 얘기처럼 마땅히 평양성의 백성들에게 후한 상을 내릴 것입니다. 그런데 이 술에 무슨 뜻이 담겨 있는 겁니까? 문득 그런 생각이 드니 말입니다."

"무슨 특별한 뜻이 있겠사옵니까? 그저 신은 평양성에 오면 한번 대왕 폐하께 술 한잔 올리고 싶었사옵니다."

"으-음, 평양이라면 우리의 추억이 서려 있는 곳이기도 하지요."

담덕이 옛 추억을 떠올리며 누리의 얼굴을 찬찬히 바라보았다.

"왜 신첩을 그리 보시옵니까? 제 얼굴에 뭐라도."

"그게 아니고……. 단군족이 진정 평화롭게 사는 것을 만들겠다고 황후께 약속했던 것이 엊그제 같은데……. 그런데 말입니다. 그동안 우여곡절도 많았지만, 지금까지 그래 왔듯이 앞으로도 역시 그렇게 계속 나아갈 것입니다. 내 그래서 황후께 약조한 바를 기필코 보여드릴 것입니다."

"대왕 폐하!"

그 말을 들은 누리는 목이 메었다. 분명 예전 같지 않게 건강한 몸도 아니면서, 내색하지 않고 오직 천손의 나라를 건설하기 위해 일로매진하는 폐하의 의지 앞에 가슴이 찡하게 울려 왔다.

마침내 3월 3일의 해가 빨갛게 떠올랐다. 이날 파란 하늘에 뜬 태양은 유난히 또렷했다. 이른 아침부터 사람들은 부산하게 움직였고 개건식 준비는 차질 없이 마무리되었다.

이에 맞춰 누리와 담덕은 개건식장으로 향했다. 추모대왕릉은 낙랑 언덕에 자리 잡고 있었다. 그 주위에는 10여 기의 무덤들이 추모대왕릉을 옹위하고 있었다. 그 앞에는 행궁처럼 설계된 정릉사가 거대하게 자리 잡고 있었다.

담덕과 누리는 추모 대왕이 안치된 능을 바라보며 개건식의 자리에 들어섰다. 벌써 식장에는 조정 대신들이 대거 참석했고 평양성의 백성들이 주위를 에워싸고 있었다.

담덕은 환호성을 울리는 백성들을 향해 손을 들어 답례했다.

이어 의식의 시작을 알리는 나팔소리가 울리면서 제례식이 거행되었다. 먼저 담덕과 누리가 국조 대왕인 추모에게 예를 올렸다. 그런 다음 태자와 다기, 여러 장수와 관료들이 뒤를 이었고, 마지막으로 모든 백성들이 함께 예를 취했다.

숭고한 분위기에서 조사가 낭독되었다.

"단군은 단군족의 원시조이시다. 단군 원시조께서 평양성을 중심으로 한반도와 만주, 그리고 대륙에 걸쳐 단군조선을 세움으로써 단군족의 형성에 그 기초를 세우셨다. …… 추모 대왕은 고구려의 국조이시며 단군조선의 후예이자 해모수와 하백의 아들이시다. 추모 대왕께서 고구려를 세움으로써 단군조선의 계통임과 동시에 천손의 계통을 잇게 되었다……."

조사가 끝나자 담덕이 나섰다.

누리는 담덕을 한시도 놓치지 않고 주시하고 있었다. 담덕의 얼굴은 여전히 열정으로 빛나고 있었다. 웅지를 펼치던 모습 그대로였다.

"우리는 오늘까지 천손의 나라를 세우기 위해 한길을 달려왔습니다. 이를 위해 대륙의 강자로 우뚝 섰으며 단군족의 단합을 위해 노력하였습니다. 그런 가운데, 마침내 직접 하나로 통합하는 단계로 진입하여 북방의 형제들을 하나로 단합시켰습니다. 아직 남방 지역까지는 완수하지 못했지만, 여기서 멈추지 않고 그 과제를 기필코 완수하고자 합니다. 그래서 우리는 먼저 단군족의 성지인 평양성에 천손의 뿌리와 혈통을 세우고자 하였고, 그 결과 오늘 국조 추모 대왕의 묘를 국성에서 평양성으로 옮겨 개건함으로써 천손의 성지로 우리의 수도성을 삼기 위한 마지막 조치를 끝냈습니다. 보십시오. 평양성이 수도성으로서 웅장한 면모를 드러내고 있습니다. 이렇게 평양성을 단장하는 데에는……."

모두들 숨을 죽이며 귀를 기울였다. 담덕의 얘기가 계속되었다.

"이곳 백성들의 노고가 많았습니다. 우리는 이것을 잊지 않을 것입니다. 이에 나, 담덕은 지금부터 이곳 백성들을 국성의 백성으로 대우할 것이며 올해는 모든 조세를 면제할 것입니다."

담덕의 파격적인 조처에 처음 백성들은 무슨 소린가 하고 잠잠히 있었다. 그러나 이내 장내가 술렁거리듯 파도가 일더니 천지가 들썩일 정도로 함성과 박수가 터져 나왔다. '대왕 폐하 만세!'가 끝없이 사방으로 울려 퍼졌다. 담덕은 이들의 소리가 멈추기를 기다렸다가 다시 말을 이었다.

"나는 오늘 평양성에 추모 대왕을 성대하게 모신 것을 계기로 선언하고자 합니다."

담덕이 말을 멈추고 좌중을 둘러보았다. 그의 몸은 활활 타오르는 불꽃이 되어 갔다. 모두의 눈동자가 담덕에게 집중되었다.

"고구려는 이제 단군 원시조를 이어받음으로써 천손에 뿌리를 둔 천손의 나라로 우뚝 서 나가게 되었음을 선포합니다. 추모 대왕은 단군조선의 후예이자 천손의 아들입니다. 자! 천하의 중심 천손의 나라로서 아직 다 실현하지 못한 남쪽 형제들을 하나로 모아 모든 단군족의 미래를 빛내어 나가자!"

사람들이 '천손의 나라 만세!'를 외치면서 일제히 일어났다. 그러자 하늘이 움직이고 공기가 진동했다. 그와 동시에 나팔소리와 북이 울렸다. 모든 것을 삼켜 버릴 듯한 외침이 다시 일었다. 사람의 가슴속에는 어느새 천하의 중심으로 천손의 나라가 자리를 잡고 앉았다.

57

추모대왕릉의 개건식을 계기로 평양성에서 천손의 뿌리와 혈통을 세우는 문제가 일단락됨으로써, 이제 당면한 과제는 민심을 하나로 모아 천손의 성지인 평양으로 수도를 옮기는 것이었다. 그러나 여기에는 서로 의견이 엇갈리고 있었다. 남방 지역을 먼저 통합하고 난 다음 그 일을 하면 되지 않겠느냐는 주장이 조심스럽게 대두되고 있었다. 이는 국내성 사람들의 이해관계가 얽혀 있었다.

이런 가운데 영락 22년(412년) 9월 초순, 담덕의 명이 전국의 각 성에 하달되었다. 전국의 성주나 유명 인사들에게 이번 동맹東盟의식에 참석하라는 명이었다. 여기에는 거란 원정에서 혁혁한 공을 세운 데다 고구려를 침략한 후연왕 모용성에게 치명적 타격을 가해 죽게 만든 루라 장수와 고구려를 국제교역의 중심부로 부각하게 만들어 경제적으로 부강하게 한 다무기 교역 책임자,

백제 아신왕의 항복을 받아내는 데 결정적 역할을 한 선길 장군을 비롯해 담덕의 원정 때마다 공로를 세운 수많은 인사가 망라되어 있었다. 물론 담덕과 혈맹의식을 맺는 장군들도 당연히 포함되어 있었다.

담덕의 명에 따라 전국은 동맹東盟의식에 맞춰 국성으로 올라오기 위한 움직임으로 분주하기 시작했다.

이런 속에 9월 중순 무렵, 혜성의 집에 사람들이 하나둘 모여들었다. 하나같이 예사 인물이 아닌 듯 비상한 기운이 흘렀다. 그도 그럴 것이 그들은 국동대혈에서 혈맹의식을 맺었던 부살바와 다기, 모두루, 창기, 수라바 등이었다.

이들이 한자리에 앉자 그 넓은 방 안이 좁아 보이고 흔들리던 지축이 바로 자리를 잡는 듯했다. 하나같이 시대를 풍미해 온 그들의 이력과 위치로 보아 가히 그 무게를 짐작할 수 있었다.

혜성은 젊은 시기 청년박사로서 청년장수들을 선두에서 이끌어오다 지금은 국상과 지내병마사를 겸하며 전방위적으로 담덕을 보좌하고 있었고, 유창술의 달인이자 심성 부드럽고 유유한 창기는 청년장수들의 뒤를 묵묵히 보아오다 황실 수비대장에 올라 황실의 안정과 번영을 담당하고 있었다. 그리고 어린 시절부터 소년장수로 명성을 떨쳤던 부살바는 각종 전장마다 담덕을 따라 보필하면서, 둘도 없는 전사의 역할을 해 오다가, 진 장군의 죽음을 계기로 제2환도성의 성주로 임명되어 서부 방면을 책임지고 있었다. 의기의 사나이이자 국성의 사내대장부로 통했던 모두루는 국성의 안정을 책임져 오다 북부여수사로 임명되어 동부여를 직할 통치하는 책임자가 되었다. 또 일찍이 단군검법을 연마해 왔던 평양 성주 다기는 담덕과 청년장수들을 만나 단군족을 통합하여 천손의 나라를 건설하려는 원대한 포부 아래 평양성을 수도성으로 꾸리기 위한 대역사를 수행해 왔으며, 들녘의 들풀처럼 묵묵히 평양성을 지켜온 수라바는 끝내 그 순수성을 충심으로 승화시켜 남평양성을 새롭게 개척하는 헌신의 길을 걸었고, 남평양성의 성주가 평양성의 보위를 더욱 강화하면서도 남방 단군족의 통합을 위해 최전선에서 용맹을 날리고 있었다.

모두들 담덕과 생사고락을 같이하면서 천손의 나라 건설을 위해 일생을 바쳐온 쟁쟁한 이력을 가진 이들이었다. 이런 그들이었기에 그들이 한자리에 모인다는 것은 천하의 힘이 다 모인 것이라 해도 과언이 아니었다. 이들은 이번 10월 3일 동맹의식을 기해 담덕의 부름을 받고 이른 시기에 국성에 모두 올라왔던 것이다.

서로를 한자리에서 보는 반가움에 부살바가 기쁨에 겨워 먼저 입을 열었다.

"우리 모두가 이렇게 한자리를 같이한 게 얼마 만입니까?"

"글쎄 말입니다. 이렇게 다 같이 보게 된 건 혈맹의식을 맺고 난 이후 처음이지 않습니까? 그러니까 어언 이십 년 하고도 이 년이 되어 가는구려. 세월이 유수라더니……."

창기가 대답하면서 모두들 고개를 끄덕였다. 이제 이들 또한 가끔씩 옛일을 회상해 볼 나이인 지천명에 이르거나 넘어서고 있었다. 부살바가 다시 입을 열었다.

"정말 그렇게 세월이 흘러갔다니. 세월 앞에 장사 없다고 머리에 흰머리가 하나둘씩 나고 있구려. 그러고 보니 모두루 장군은 여전히 힘이 펄펄 나는 것 같습니다. 무슨 보약을 드시기에 그리 하나도 변치 않았습니까?"

"그야 당연하지요. 나야 대왕 폐하의 명을 따르다 보니 어디 나이 먹을 새가 있어야지요."

"역시 모두루 장군이십니다. 그런데 듣고 보니 좀 이상합니다. 늙어가는 우릴 보고 혹 힐책하는 소리로 들리니 말입니다. 우리가 무슨 유람이나 하다가 나이 먹은 것도 아닌데 말입니다."

"내 말뜻은 전혀 그게 아니었는데, 도둑이 제 발 저리다고 정말 그런 모양이구려. 뭔가 켕기는 게 있으면 이실직고를 하시지요."

"허허, 나 참."

두 사람의 장난기 섞인 농담에 모두들 껄껄 웃었다. 그런 속에 수라바가 입을 열었다.

"두 분의 입담은 예나 지금이나 변함이 없습니다그려. 그런데 왜 갑자기 대왕 폐하께서 우리만이 아니라 다른 수많은 사람들까지 다 국성으로 부르신 줄 모르겠습니다."

"듣고 보니 그렇군요. 지금껏 대왕 폐하께서 우리를 이렇게 한자리에 부르신 적은 없지 않습니까? 동맹의식도 아직 한참이나 남았는데 이렇게 빨리 올라오게 하시니 말입니다. 혹시 대왕 폐하의 안위에 무슨 일이 있는 것 아닙니까?"

모두루가 수라바의 말을 다시 받으면서 분위기는 자못 심중해졌다. 모두들 혜성과 창기의 대답을 바라며 그들의 얼굴을 주시했다. 다른 사람들은 멀리 떨어져 있었지만, 두 사람은 국성에 있었기에 무슨 소식을 알고 있지 않나 해서였다.

창기가 죄인이나 된 양 조심스럽게 입을 열었다.

"그게……. 대왕 폐하의 옥체가 심히 안 좋으신 듯합니다. 그런데다 수도성을 평양성으로 옮기는 문제에 대해 일부에서 탐탁지 않게 여긴다는 소리를 들으시고, 심기 또한 불편해하시는 듯합니다. 그래서 이를 해결해 달라고 하시는 게 아닌가 생각됩니다."

"뭐요? 대왕 폐하의 옥체에 이상이 있다니? 그게 어느 정도란 말입니까?"

"글쎄요. 어디 대왕 폐하께서 내색하시는 분이셔야지요. 오직 천손의 나라를 세워 모든 단군족이 복을 누리고 살게 하고자 그동안 몸을 사리지 않으셨으니……."

"하긴, 대왕 폐하께서 어느 하루인들 맘 편히 보내신 적이 있었습니까? 항상 최전선에 있으셨지요. 이제 그 험한 고비를 넘어 마침내 남방의 통합까지 눈앞에 두게 되었는데……."

대왕의 건강과 관련한 얘기가 나오자 잠시 분위기가 숙연해졌다. 그런 속에 부살바가 조심스럽게 입을 열었다.

"대왕 폐하의 옥체가 미령하시다면 차라리 수도성을 이전하는 문제를 그렇게 급히 서두를 필요가 있겠습니까? 폐하의 안위보다도 더 중요한 것은 없는데……. 더욱이 무슨 일을 하려면 폐하께서 강건히 버티고 서 계셔야 하지 않습니까?"

"맞습니다. 지금 국성의 분위기도 수도성을 옮기는 것을 탐탁지 않아 하는 분위기라고 얘기하지 않았습니까? 그렇다면 아예 백제나 신라를 다 통합하고 난 다음 이전하면 되지 않겠습니까?"

모두루가 동조하자 창기가 반문했다.

"글쎄요. 그리해야 하는 것이 옳은 것인지……. 우리를 이리 부르신 것은 수도성의 이전 문제를 해결하라고 하신 것인데."

"그건 압니다. 하지만 지금 이미 단군 원시조와 추모 대왕의 능을 평양성에 재건하면서 천손의 뿌리를 확고히 다졌지 않았습니까? 그러니 좀 늦춰도 아무 문제가 없을 겝니다. 차라리 아예 남방을 하나로 모으고 나서 추진하면 그게 더 그럴듯하지 않겠습니까? 그리고 그동안 대왕 폐하께서도 옥체를 회복하실 시간을 갖는 게고요."

"듣고 보니 그런 것 같기도 한데……. 허나 다른 누구도 아닌 우리가 대왕 폐하의 뜻을 거스른다는 것은……."

다기가 조심스럽게 반문하면서 모두들 혜성의 얼굴을 주시하였다. 누구보다도 대왕의 의중을 정확히 읽고 있는 혜성의 판단을 듣고자 한 것이었다.

"대왕 폐하의 참뜻을 생각하신다면 그대로 따르는 것이 옳을 것입니다."

"대왕 폐하의 참뜻이라니? 모든 단군족을 하나로 모으고 천손의 나라를 세우려는 것이 대왕 폐하의 한결같은 의지 아닙니까? 대왕 폐하께서 남쪽을 통합하시려고 한다는 거야 다 아는 일인데, 참뜻이라니? 폐하의 뜻이 혹 다른 것에 있다는 말씀입니까?"

"허허! 모두루 북부여수사! 만약 폐하께서 힘으로만 통합시키려고 했다면 벌써 다 해내시고도 남았을 것입니다. 지난날 백제의 항복을 받았을 때도 그렇게 하지 않으셨고, 신라에 군사를 보냈을 때도 그렇지 않으셨으며, 동부여를 통합시킬 때도 그들에게 협조를 요청하셨습니다. 이런 것을 보시고도 대왕 폐하의 참뜻을 모르시겠습니까?"

혜성이 지난 일의 과정을 상기시키면서 얘기하자, 모두들 일리가 있다는 듯 조용히 경청했다. 단순한 통합이 아니라 천손의 나라를 세운다는 목표는 힘만 가지고 할 수 있는 것이 아니란 것을 이제 모두들 잘 알고 있었다. 그것이 얼마나 많은 인내와 혜안, 통찰력을 요구하는지 모를 리 없었다.

"인제 와서 힘으로 내리눌러 통합하려고 한다면 지금까지 대왕 폐하께서 이룩해 온 그 모든 성과물을 다 무로 돌리는 것입니다. 그럴 수야 없지 않습니까? 지금도 백제는 자신들이 단군조선의 정통 계승자라는 생각을 완전히 버리지 못하고 있어요. 이런 그들에게 천손의 뿌리와 혈통이 바로 고구려에 있다는 것을 보여주시면서 천손의 나라를 세우기 위해 서로 협력하자고 하시려는 겁니다. 그런데 고구려 백성마저 자신들의 이해관계에 얽매여 이를 탐탁지 않게 여긴다면 어찌 남방의 다른 형제 나라 백성들에게 그것을 주장할 수 있겠습니까? 그래서 대왕 폐하께서는 이 문제를 해결하고자 이렇게 수도성의 이전 문제를 시급하게 서두르고 계시는 것입니다."

혜성의 말을 들으면서 모두들 천손의 나라는 바로 그 누구도 아닌 대왕만이 세워낼 수 있다는 느낌이 불현듯 와닿았다. 그럴수록 대왕의 건강이 염려되었다.

"알겠소. 내 대왕 폐하의 옥체가 염려되는 바람에……. 내 생각이 짧았던 것 같소이다."

모두루가 솔직하게 인정하면서 그들은 본격적으로 수도성의 이전을 어떻게 성공적으로 마무리할 것인가에 대해 논의하게 되었다. 몸이 안 좋은 대왕에게 보일 수 있는 충성은 대왕께서 바라던 바를 충실히 이행하는 것이었다. 먼저 부살바가 상황을 점검하듯 물었다.

"수도성을 옮기자면 이곳의 백성을 하나로 모으는 것도 중요하지만 그곳 준비 또한 완벽하게 갖춰져야 할 것인데, 어찌 되어 가고 있습니까?"

"그것은 걱정하지 않아도 될 것입니다. 모든 것이 잘 마무리되어 가고 있으니 말입니다."

"그런 대공사를 성공적으로 마무리 지으셨다니 정말 수고가 많으셨습니다. 이건 전적으로 다기 성주의 공입니다."

"공은 무슨 공이라고 그러십니까? 이 모두가 대왕 폐하의 황은과 온 백성의 땀이 있었기 때문이 아니겠습니까?"

"그 무슨 겸손의 말씀을……. 그럼 이제 남은 것은 남평양성인데……."

"남평양성도 이미 남방의 방어 체제는 확고한 데다 이제 실질적인 통합을 추진할 준비까지 갖춰 놓았으니 염려하지 않아도 될 것입니다."

수라바의 자신 있는 목소리에 그들은 자신들이 세웠던 원대한 목표가 멀지 않았음을 확연히 느낄 수 있었다. 그만큼 그들이 개척해 온 일은 거대한 것이었다.

"그렇다면 이제 대왕 폐하의 꿈이자 우리 모두의 꿈과 지향을 실현할 평양성으로의 이전을 시작하면 되겠는데, 일부 사람들이 적극적인 호응을 하지 않는다고 하니 이걸 어찌해야 하겠습니까?"

부살바가 수도성 이전에 걸리는 마지막 걸림돌을 거론하자, 모두루가 뭐 생각할 필요가 있느냐는 듯 대답했다.

"뭐 그런 걸 주저할 필요가 있습니까? 우리가 누구입니까? 대왕 폐하의 영원한 전사가 아닙니까? 그래서 우리보고 해결하라고 이리 부르셨다고 하는데 그냥 밀고 나가면 되는 거지요. 아니 그렇습니까?"

"그야 당연한 말씀이지요. 허나 무작정 밀고 나가서야 어찌 백성들을 하나로 모을 수가 있겠습니까? 더욱이 천손의 나라를 세우기 위해 수도성을 옮기려고 하는 것인데, 모든 사람들의 축복과 희망 속에서 진행되도록 해야 하지 않겠습니까? 이 일을 잘 처리하는 것이 대왕 폐하를 위로해 드리는 길일 겁니다."

다기가 이번 행사의 의미를 거론했고, 이에 모두루가 흔쾌하게 동의하며 얘기했다.

"두말하면 잔소리지요. 수도성의 이전 문제로 혼란이 생겨서는 안 되는 것이니까요. 또 어찌 보면 이곳에서의 동맹의식은 마지막이 될 것이니, 이번 행사를 최대한 성대하게 치르도록 해야지요. 자, 그럼 우리가 앞장서서 신료들은 물론이고, 장수들과 젊은 이들을 대거 동원해 대왕 폐하께서 흡족해하시도록 대대적으로 일을 추진해 봅시다."

지금까지 대왕을 모시며 서로를 자연스럽게 잘 알게 되었던 것만큼 쉽게 의견일치를 보았다. 이런 속에 별다른 의견을 내세우지 않고 있던 혜성이 입을 열었다.

"이곳 민심을 바로잡기 위해 대대적으로 일을 벌이자는 것이야 맞습니다. 그런데 이번 일은 우리가 나서는 것보다 다른 이들이 나서게 하는 게 좋을 듯싶습니다."

"아니 대왕 폐하의 전사로서 맹세를 한 우리가 나서지 않고, 다른 사람을 내세우다니 그 무슨 말씀입니까? 도무지 이해가 안 되오이다."

"천손의 나라가 어떤 나라입니까? 천손 즉 하늘의 백성이 그야말로 영원토록 복된 삶을 누리게 하는 것 아닙니까? 그러자면 대왕 폐하의 뜻이 대대손손 이어 나가게 만들어야지요. 아마 대왕 폐하께서 우리 모두를 이곳에 불러들인 것은 그 위업을 계승해 나갈 고리도 풀어 달라는 뜻이 담겨 있을 것입니다. 사실 대왕 폐하께서 천손의 나라를 세우신다면 그것을 꽃피워 나가야 할 사람들이 누구이겠습니까? 바로 지금 젊은이들이 아니겠습니까? 그들을 내세워야 합니다."

"역시 국상이십니다. 옳은 얘기입니다. 청년들이야말로 나라의 보배이고 희망이지요. 그들을 대왕 폐하에 대한 충성심으로 무장시켜야 합니다. 우리의 삶만 놓고 보아도 대왕 폐하의 삶을 떠나 생각할 수 없지 않습니까? 앞으로 남은 과제를 해결하고 천손의 나라를 세우기 위해서도 그들을 잘 키워야 합니다."

청년 시기부터 오랫동안 혈맹동지로서 살아온 그들이었다. 그래서 그에 대한 입장은 당연히 같을 수밖에 없었다.

"그렇다면 그들에게도 이끌어 갈 사람이 있어야……."

다기가 얘기하다가 입을 다물었다. 권력 안배와 관계된 예민한 문제였다. 아니나 다를까 모두루가 반문했다.

"글쎄요. 젊은이들을 적극적으로 나서게 하는 것이야 마땅하지만, 그들의 중심에서 이끌게 하는 것까지 염두에 두는 것은 도무지……. 지금 대왕 폐하의 보력寶曆이 아직 서른아홉밖에 되지 않으신데, 당연히 대왕 폐하를 중심으로 해야 하지 않겠습니까?"

의견이 조금 엇갈리자 분위기가 잠시 긴장되었다. 혜성이 다시 나섰다.

"대왕 폐하를 중심으로 해야 한다는 것은 당연하고, 또 젊은 사람들을 이끌어 갈 사람이 있어야 한다는 것도 옳을 듯한데…….”

“네-에? 다 옳은 듯하다니……. 어찌 두 의견을 모두 받아들일 수 있다는 것인지 그건 있을 수 없는 일인 듯한데…….”

부살바가 고개를 갸웃거리자 혜성이 다시 입을 열었다.

“아니지요. 두 가지 문제는 결국 계승의 문제와 관련되어 있지 않습니까? 어쩌면 후세대들이 대왕 폐하의 뜻을 영원토록 계승하도록 하는 것이 대왕 폐하에 대한 우리들의 또 하나의 충심일 것입니다. 그러니 태자 저하를 중심으로 대왕 폐하를 받들어 나가게 만들어 주는 것이야말로 우리에게 남겨진 가장 중요한 과제라 할 수 있지요.”

“듣고 보니 이해가 됩니다.”

모두들 굳세게 손을 잡았다. 거기에는 지나온 삶에 대한 자부심과 앞으로 해야 할 일들에 대한 명징한 의지가 담겨 있었다. 나라의 미래를 위해 지금껏 담덕을 떠받들어 왔다고 한다면, 이제는 계승과 완수라는 사명 앞에 후대를 내세우려는 그들의 숭고한 마음이었다.

다음날 혜성은 국상의 집무실에서 사부루를 찾았다.

사부루는 수라바의 천거에 의해 담덕을 따라 국성에 올라와 천손의 뿌리를 세우는 문제를 앞장서서 제기하고 풀어나간 전도유망한 젊은이였다. 지금은 태자의 참모로 임명되어 보필하고 있었다.

“사부루 참모가 도착했사옵니다.”

"들여보내도록 하라."

사부루가 집무실로 들어오며 혜성에게 예를 취했다.

"찾으셨사옵니까?"

"반갑네. 어서 자리에 앉게. 태자 저하께서는 잘 계시는가?"

"그러하옵니다. 단지 대왕 폐하에 대한 효심이 남달라서……. 폐하에 대한 근심을 많이 하고 계십니다. 어떻게든 짐을 덜어주셔야 한다고 입버릇처럼 말씀하시곤 하셨사옵니다."

"태자 저하께서 우리들도 하지 못하는 일을 하고 계시네그려. 태자 저하께서 하신 말씀처럼 빨리 그런 날이 와야 할 텐데. 그러기 위해서는 자네 같은 젊은이들이 적극 나서야 하네."

사부루는 혜성의 얼굴을 주시하였다. 사실 그는 이번 동맹의식을 어떻게 치러야 하는지 고심하고 있었다. 더욱이 대왕과 혈맹의식을 맺는 장군들이 대거 올라온 상황에서 이들의 뜻을 참작해야만 했다. 혜성의 말이 다시 이어졌다.

"자네도 알고 있겠지만 얼마 남지 않은 이번 동맹의식은 다른 여느 때와는 크게 다르다네. 평양성에서 천손의 나라를 세워 가자는 출정식이기도 하고, 또 백성들의 힘을 하나로 모아 대왕 폐하의 뜻을 참답게 이어받아야 할 과제도 있기 때문이네."

"그럼 저희들이 어떻게 하면 되옵니까?"

혈맹동지들의 뜻이 무엇인가를 묻는 사부루의 말에는 그들에 대한 존경심이 담겨 있었다. 그 말을 듣는 혜성이 말귀를 알아들었다는 듯 고개를 끄덕이며 직설적으로 입을 열었다.

"이번 동맹의식에서는 계승의 문제를 해결하는 것이 핵심적인 사안이 될 것이네. 바로 여기에 모든 문제의 해결이 담보되어 있기 때문이네. 자네 같은 젊은이들이 바로 서야 아직 못다 한 과업도 달성하고 대왕 폐하의 위업도 계승할 수 있을 것이 아니겠는가?"

사부루가 눈빛을 빛내며 물었다.

"그렇다면 이번 동맹의식은 태자 저하를 중심으로 저희 청년들이 적극 나서라는 말씀이시옵니까?"

"바로 보았네. 이 모든 게 태자 저하의 어깨에 달려 있으니 대왕 폐하의 의지와 뜻을, 또 대왕 폐하의 위업을 태자 저하께서 중심에 서서 수행하시도록 하라는 것이네."

"무슨 말씀인지 알겠사옵니다."

사부루는 진심으로 고개를 숙였다. 혜성의 말 앞에서 그 어떤 명예와 욕심도 없이 오직 대왕의 뜻을 받들려는 충심만이 있음을 확인한 것이었다.

"사부루 참모의 임무가 막중하네. 태자 저하를 잘 받들어 주시게."

"불초한 저를 믿어 주시니, 과분할 따름이옵니다. 결코 믿음을 저버리지 않을 것이옵니다."

사부루가 자신에 찬 의지를 보이며 대답했다. 자신들이 무엇을 해야 하는가를 분명히 깨달은 것이었다.

사부루는 혜성의 주문을 곱씹으며 집무실로 향했다. 그의 뇌리엔 동맹의식에 대한 절차들이 점차 뚜렷하게 그려지고 있었다.

그는 집무실로 돌아와서도 여전히 깊은 생각에 빠졌다. 거련이 찾아와 불렀을 때도 그는 알아차리지 못했다.

"사부루 참모! 무슨 생각을 그리하고 있습니까? 사람이 들어온 것도 모르니 말입니다."

사부루가 놀라 의자에서 벌떡 일어서며 예를 취했다.

"태자 저하, 언제 오셨사옵니까? 잠깐 동맹의식에 대해 생각하다 보니……."

"그래요? 그러면 한번 얘기나 들어봅시다."

"저하! 이번 동맹의식은 예전과 다른 방식으로 준비해야 할 것 같사옵니다."

"예전과 다른 방식으로……."

"그러하옵니다. 이번에는 우리들이 적극 나서서……."

사부루가 혜성의 말을 따르고자 꺼낸 말이었다.

"젊은 사람들이 적극 나선다면 대왕 폐하께서도 아주 좋아하실 것입니다. 하지만 일은 우리가 하더라도 국상을 비롯한 혈맹장군들이 이끌도록 해야지요. 그렇지 않습니까?"

사부루가 태자의 말에 다시 반문하고자 할 때 밖에서 거련을 찾는 소리가 들렸다.

"무슨 일이냐?"

"대왕 폐하께서 조정의 대소 신료들 모두 대전에 드시라고 하였사옵니다."

"대소 신료들 모두를? 예고도 없이 모든 신료들을 갑자기 소집

하시다니……. 혹시 그 연유를 아느냐?"

"다른 특별한 말씀은 없으셨사옵니다."

"알았느니라. 사부루 참모! 이번 동맹대회를 어떻게 진행할 것인지에 대해서는 다음에 얘기하기로 하고, 대왕 폐하께서 찾으신다고 하니 어서 가 보기로 합시다."

거련과 사부루는 곧장 그 길로 대전으로 향했다. 그곳으로 향하는 거련의 발길은 무거웠다. 전혀 내색하지 않고 있으나 요즘 대왕의 건강이 심히 안 좋아 보였다.

'대왕 폐하께서 정말 옥체에 이상이 있어 서두르고 계신 것은 아닐까? 그럴 수는 없다. 대왕 폐하가 어떤 분이신데……. 아직 해결하지 못한 문제도 많은데…….'

거련의 발걸음은 자신도 모르게 빨라지고 있었다. 사부루는 거련의 빠른 걸음을 따라 쫓아가기에 바빴다. 거련은 대왕의 일이라면 그 어떤 것보다도 앞세우고 있었다.

거련은 어머니로부터 따끔한 충고를 듣기 전까지 담덕을 대왕으로 여기기도 하고 아버지로 여기기도 하였다. 헷갈린 모습이었다. 그런데 어머니의 말씀을 들은 이후 어떻게 행동해야 하는지를 안 다음부터는 분명하게 처신하게 되었다.

그들이 대전에 도착해 보니 아직 아무도 온 사람이 없었다. 소식을 듣자마자 곧장 서둘러 온 것이다. 그만큼 대왕 폐하의 일을 우선시했다. 그들이 도착한 지 얼마 안 되어 혜성 국상과 장군들이 들어왔다.

"태자 저하!"

"오셨습니까?"

혜성 국상을 비롯한 장군들이 예를 취하자 거련도 동시에 예를 취했다.

"사부루 참모도 왔구먼. 동맹대회의 준비에 대한 가닥은 잡혀 가고 있겠지요."

"그리 준비하려 하옵니다. 결코 실망시키지 않겠사옵니다."

"그리해야지. 우리는 믿을 것이네."

이들이 이런 얘기를 주고받는 동안 조정 대신들 하나둘 들어왔다. 거의 모두가 참석해 대전은 사람들로 꽉 찼다.

그들은 서로 예를 취하면서 오늘 이 자리를 만든 대왕의 의중을 궁금해하며 얘기를 나눴다. 그러다 보니 대전은 왁자지껄한 소리로 소란스러웠다.

"대왕 폐하! 납시오."

마침내 대왕의 등장을 알리는 소리에 대전은 삽시에 정적이 감돌았다. 담덕이 들어서자 모두들 부복하며 예를 취했다.

"모두들 일어나시오."

"황공하옵니다. 대왕 폐하!"

"오늘 조정 대신들을 부른 것은 다름이 아니라……."

담덕의 목소리는 여느 때와 마찬가지로 카랑카랑하게 울려 나왔다. 하지만 그의 목소리는 가늘게 떨리고 있었다.

'버텨야 한다. 수도성을 옮기고 만년대계의 초석을 세울 때까

지는.'

담덕은 말을 곧장 잇지 못하고 한참 쉬었다. 말하기도 힘들 정도로 그의 몸은 점차 쇠약해지고 있었다.

서른아홉의 나이면 한창때이지만 하루하루의 피로가 누적되어 얻어진 병은 무쇠 같은 그의 몸도 드러눕게 만들었다. 지난 추모대왕릉의 개건식 이래 건강이 더 악화되어 이제는 지탱하는 것조차 점차 힘들어지고 있었다. 그가 호흡을 가다듬고 다시 말을 이었다.

"요점만을 간단히 말하도록 하겠소이다. 동맹의식의 날이 얼마 남지 않았소. 이 준비를 어찌했으면 좋겠는지, 고견을 들어 보고자 하오. 기탄없이 얘기해 주오."

담덕의 주문에 대신들이 너도나도 나섰다.

"대왕 폐하! 국성을 평양성으로 옮겨 천손의 뿌리와 혈통의 문제를 매듭짓고 천손의 나라를 세우고자 하는 출정식이 될 것이니 성대하게 치러야 할 것으로 사료되옵니다."

"맞사옵니다. 옛 단군조선의 성지에 뿌리를 굳건히 내림으로써 모든 단군족을 직접 하나로 모아낼 결의가 솟구치게 하여야 하옵니다."

"옳사옵니다. 천손의 나라로서 그 면모와 존엄을 만방에 시위하여야 하옵니다."

담덕의 뜻을 알고 있는 대신들이 하나같이 동조하며 대답했다. 이들을 바라보는 담덕의 눈길에는 하염없는 신뢰가 어려 있었다.

“좋습니다. 그런데 그렇게 일을 치르자면 이 일을 맡아 추진할 담당 부서를 따로 마련하는 것이 필요할 터인데…….”

“맞사옵니다. 그런데 그것은 당연히 혜성 국상께서 맡아 하는 것이…….”

“그러하옵니다. 지금까지 국상이 대왕 폐하를 보필해 온 것처럼 이번에도 혜성 국상께서 주관하는 것이 옳은 줄로 사료되옵니다.”

대신들이 모두 자연스럽게 혜성을 주목했다. 그러나 혜성이 사양했다.

“아니옵니다. 이번에는 소신보다는 태자 저하께서 중심에 서서 젊은 사람들을 이끌고 나서는 것이 옳은 것으로 여겨지옵니다.”

“그렇지 않사옵니다. 천손의 나라 건설을 위한 위업은 대왕 폐하를 중심으로 한 장군들을 떠나서 생각할 수 없사옵니다. 그러니 마땅히 혜성 국상을 비롯한 장군들께서 맡으셔야 하옵니다.”

거련이 사양했고 이에 다시 혜성이 나섰다.

“신들을 그리 생각해 주시니 기쁘기 한량이 없습니다. 하지만 대왕 폐하의 위업을 계승하느냐 못 하느냐는 전적으로 다음 세대 청년들에게 달려 있사옵니다. 이 점을 고려하셔야 하옵니다.”

“우리 젊은 세대는 대왕 폐하의 위업을 계승하여 나갈 것이옵니다. 그러자면 장군들께서 보인 충심을 배우고 따르도록 해 주어야 할 것이옵니다.”

“허–허! 국상과 태자가 서로 양보하고 있으니…….”

난감하다고 말하는 담덕의 얼굴에는 기쁜 기색이 만연했다. 태자와 국상이 서로 내세워 주기 위해 애쓰는 마음이 아름답게 보였던 것이다.

"혜성 국상의 의견이 옳은 줄로 사료되옵니다."

"그러하옵니다. 신들은 태자 저하를 적극 도울 것이옵니다. 대왕 폐하! 통촉하시옵소서!"

혈맹장군들의 간청에 모든 신료들이 하나 된 목소리로 외쳤다. 그런 속에 담덕이 사부루를 찾았다.

"사부루 참모의 의견은 어떠하오?"

"황공하옵니다. 소신의 좁은 소견으로도 혜성 국상의 의견이 옳다고 사료되옵니다. 하오나 태자 저하께서 장군들을 존대하고자 하는 마음을 받아 주셨으면 하옵니다."

담덕이 고개를 끄덕였다. 거련의 주위에 사부루 같은 사려 깊은 인물이 있다는 것에 지극히 안심되었다.

이제 태자가 책임지고 일을 준비해 가야 한다는 것을 선언하기만 하면 되었다. 이때 거련이 다시 입을 열었다.

"대왕 폐하!"

"태자는 말해 보오!"

"위업을 계승하기 위해 혜성 국상을 비롯한 장군들은 소자보고 나서라 하시나, 그분들은 한생을 언제나 대왕 폐하와 함께하신 분들이옵니다. 지금 이 자리에서도 그렇지 않사옵니까? 그분들이 보이신 대왕 폐하에 대한 충심을 우리는 귀감으로 본받고 깍

듯이 모셔야 하옵니다. 그렇지 않고서 어찌 위업 계승이 있을 수 있겠사옵니까? 대왕 폐하, 청하옵건대 혜성 국상을 비롯한 장군들께서 이끌도록 하시옵소서. 그러면 우리 젊은 세대들은 적극 믿고 따를 것이옵니다. 이것이 바로 참다운 위업 계승이 아니고 그 무엇이겠사옵니까?”

조정 신료들은 거련의 말을 듣고 고개를 끄덕였다. 태자의 속 깊은 뜻을 받아들이며 감동하고 있었다. 그러다 보니 분위기는 다시 반전되었다. 혜성 국상의 말도 맞고 거련 태자의 말도 맞는 말이었다.

“대왕 폐하! 태자 저하의 의견이 옳은 줄로 사료되옵니다.”

“그러하옵니다. 대왕 폐하!”

“허허! 좋습니다. 그럼 태자의 의견대로 하도록 합시다.”

담덕이 결론을 내리자 모두들 이에 화답했다.

“신명을 다해 대왕 폐하의 명을 받들겠사옵니다.”

담덕은 힘겨운 상태로 몸을 버티면서도 얼굴에는 만족스러운 기색이 역력했다. 태자가 자기를 뒤로하고 혈맹장군들을 내세우면서 조정 신료들과 만백성의 힘을 단합시키려고 하는 모습을 보니, 태자와 새 세대 청년들에 의해 이끌어지는 미래가 희망차 보였다.

58

대전 회의에서 담덕의 명이 떨어진 후 국가적인 차원에서 동맹의식을 준비하기 위한 활동이 분주하게 진행되었다. 이에 맞춰 사부루와 마영, 황충은 태자의 부름을 받았다. 이들은 장래가 촉망되는 젊은이들이었다.

사부루는 직접 태자를 보필하고 있었고, 마영과 황충은 태학의 수련을 거쳐 각각 황실과 국성의 부장으로 임명되어 일을 보고 있었다.

이들이 모두 태자의 처소로 모이자 거련이 단도직입적으로 입을 열었다.

"모두들 아시겠지만 대전 회의에서는 이번 동맹대회를 맞아 온 백성의 축제가 되도록 하자고 결정을 내렸소이다. 그 면면만 보더라도 조정 대신들은 물론이고 군대와 행정관료, 심지어 각 지방의 수많은 인사들도 대거 참여하게 될 것입니다. 그런데 아무래도 성대한 축제가 되도록 하자면 우리 같은 젊은 사람들이 나서야 하지 않겠소이까? 내 그래서 이에 대해 어찌했으면 좋겠는지 의견을 듣고자 하오."

사부루가 먼저 의견을 밝혔다.

"사람들을 힘 있게 움직이자면 대오가 있어야, 그것도 전국적인 대오가 있어야 할 것이옵니다. 그러니 우선 대오를 조직해 나가야 할 것으로 사료되옵니다. 이것은 대왕 폐하의 뜻을 계승해 받들기 위해서도 필요하리라 여겨지옵니다."

"맞사옵니다. 그러나 무엇보다 중요한 것은 동맹의식이 국성에서 치러지는 것이니, 지방의 대오를 꾸리면서도 그 힘이 국성으로 집중되도록 해야 할 것이옵니다."

"거기에 한 가지 덧붙인다면 국성에 집중된 힘을 효과적으로 발휘하기 위해서는 그 부대를 네 개로 나눠 동서남북 방면에 걸쳐 분위기를 돋우는 것도 필요할 것이라 여겨지옵니다."

마영과 황충이 사부루의 말에 동조하면서도 각각 그에 덧붙인 생각을 밝히면서 의견들은 자연스레 하나로 통일되었다. 이를 받아 거련이 결론을 내렸다.

"좋습니다. 그리한다면 우리 청년들의 기백을 맘껏 뽐내면서 대왕 폐하의 위업을 이어받으려는 뜻을 잘 드러낼 수 있을 것입니다. 모두들 최선을 다해 이번 일을 성실히 수행하도록 합시다."

"알겠사옵니다. 태자 저하!"

모두들 거련의 말에 큰 목소리로 화답했다. 이것은 그들이 바라고 있는 바였다.

사부루를 중심으로 황충, 마영은 국성은 물론이고 전국의 젊은 이들을 하나로 움직이기 위해 분주히 움직였다. 물론 동맹대회를 국가적 차원에서 온 백성들이 참여하는 가운데 성대한 축제로 치르기로 결정했기에 9월 중순에 이르자 온 나라가 경축의 기운으로 들끓었다.

먼저 많은 상품과 음식이 내려졌다. 곡예단도 곳곳에서 선을 보였으며, 각 지역에선 수박과 기마, 활 솜씨 등을 자랑할 예선 대회가 열렸다. 그러다 보니 잔치 분위기 속에 온 나라가 들썩거렸다. 동맹대회가 전국 각지에서부터 진행되어 점차 국성으로 모아지고 있었다.

이런 분위기 속에 청년들은 대왕 폐하의 위업을 계승하자는 결의를 곳곳에서 드높였다. 그런 관계로 백성들 마음속에는 자연스럽게 천손의 나라를 세워 영원토록 복된 삶을 살아가자는 의지가 서서히 다져지고 있었다.

마침내 거국적인 축제 분위기 속에 사람들이 동맹의 날을 맞아 국성으로 대거 올라왔다. 지방에서 띄워진 분위기는 점차 국성으로 모였고, 국성은 동맹의식을 위해 올라온 사람들로 인산인해를 이루었다.

영락 22년(412년) 10월 3일 아침, 태양이 국성을 비추자마자 벌써 국성은 출렁이고 있었다. 그들의 선두에는 젊은이들이 있었다. 그 대오는 동서남북의 방향을 할당하여 네 개 부대로 나뉘었다. 그중의 하나를 황충이 직접 이끌고 있었다.

황충은 이른 아침부터 대오의 한 부대를 거느리고 행진해 나갔다. 동맹의식을 시작하려면 아직 한참 있어야 했으나 분위기를 돋우기 위해 먼저 움직이고 있었다.

북과 징을 울리며 분열 행진을 진행하자 미리부터 집을 나선 사람들은 길가에 나와 환영하였다. 그러면서 자연스럽게 그 뒤를 따랐다. 거기에는 대왕의 위업을 계승해 천손의 나라를 기필코 세우자는 그들의 뜻과 의지가 전달되고 있었다.

끝도 없이 사람들이 계속 합류하면서 그 수는 엄청나게 불어났다. 이윽고 동맹의식을 시작할 시간이 다가오자 그 대오는 방향을 돌려 의식 장소로 향했다. 거기에는 벌써 다른 대오는 물론 군대와 행정 관료들의 부대들도 집결하면서 그야말로 거대한 사람들로 물결을 이루고 있었다.

대회장은 수십만이 참여할 수 있는 넓은 광장이었다. 그 둘레에도 사람들이 바다를 이루고 있었다. 국성만이 아니라 지방에서 올라온 사람들까지 모두 한자리에 모이게 되었다. 그런 속에 갑자기 함성이 솟구쳐 나왔다. 담덕이 태자를 비롯한 혈맹장군들과 조정 대신들을 대동하고 식장에 모습을 드러낸 것이다.

끝없는 함성에 황충의 마음은 더욱 고무되었다. 이런 기세라면 천손의 위업을 이어받아 천손의 나라를 평양성에서 세울 수 있겠다는 자신감이 생겨났다. 황충은 마음을 가다듬었다. 힘차게 분열 행진을 하며 최상의 충심을 표현하고 싶었다.

"자! 출발하라!"

황충이 먼저 대오를 향해 명령하며 씩씩하게 외쳤다. 그것은 대왕 폐하의 위업을 받들어 천손의 나라를 세우자는 구호였다.

황충의 선창에 대오가 따라 외치자, 벌써 그 둘레에 있던 사람들도 하나 되어 소리쳤다. 그 소리는 뜨거운 열기가 되어 하늘 높이 퍼져 나갔다.

황충 다음으로 마영이 이끈 대오가 뒤를 이었다. 끝없이 이어지는 대오의 행진이 이뤄진 다음에는 행정 관료들이 분열을 거행했다. 그런 다음 상무정신으로 무장한 군사들이 대왕 폐하의 전사답게 기백 있는 모습으로 열병식을 전개했다. 하나로 모아진 단합의 위력이 얼마나 대단한지, 이를 보는 사람들은 누구나 그 파도 속으로 침잠되어 갔다.

담덕은 분열을 진행하는 동안 계속 손을 흔들면서 답례하였다. 함성이 연이어 계속 터져 나왔다. 수십만의 분열 대오가 마치 하나의 그림을 그리듯이 움직였고, 그러는 동안 사람들의 가슴에는 대왕 폐하의 위업을 받들어 천손의 나라를 세우려는 의지가 자연스럽게 다져져 갔다.

분열 행진이 끝나자 곧바로 나팔소리가 울리면서 숭고한 분위기 속에 동명의식(동맹의식)이 시작되었다. 담덕이 나서서 예를 올리며 조사를 읽어 나갔다.

"영락 22년 10월 3일. 해모수와 하백의 아들인 추모 대왕의 17대 자손 담덕은 삼가 천손께 올리옵니다. 모든 단군족이 복되고 영화로운 삶을 살도록 하기 위해 앞으로 천손의 성지인 평양성을 국성으로 삼아 모든 단군족의 단합을 완수하여 마침내 천손의 나라를 세워 갈 것이옵니다……."

담덕은 조사를 읽고 난 다음 수십만의 분열 대오를 바라보았다. 그러자 사람들의 시선이 일제히 담덕을 향했다. 담덕이 우렁찬 소리로 외쳤다.

"자! 대회를 선포합니다. 동맹의식을 맞아 치러지는 온갖 대회에서 자신의 기량을 맘껏 발휘하여 천손의 나라를 건설하는 데 동량이 되어 주기 바랍니다. 자! 개시하라!"

담덕을 연호하는 함성이 다시 거세게 타오르면서 대회가 본격적으로 시작되었다.

각종 대회에는 수박과 검술, 기마와 활 솜씨 등 무예 겨루기는 물론 곡예단들의 공연도 있었다. 그것은 제례를 시작으로 각 지역 예선에서 올라온 선수들이 다시 시합을 벌여 우승자를 뽑는 과정으로 진행되었다.

대회장은 곧바로 수많은 시합이 열리는 경기장으로 변했다. 무술을 뽐내는 자는 그의 기량을 맘껏 과시했고, 곡예단들은 신기한 묘술로 사람들을 흥겹게 하였다.

초반부터 열띤 응원 속에 진행된 각 경기는 시간이 흐를수록 더욱 재미를 더해 갔다. 사람들은 푸짐한 음식을 먹으면서 즐겁게 대회를 관람하였다.

어느덧 해가 뉘엿뉘엿 저물어가면서 대회는 막바지를 향해 치닫고 있었다. 그렇지만 마지막 우승 패권을 놓고 진행되는 대회는 그 열기가 식을 줄 몰랐다. 마침내 곳곳에서 우승자가 가려지면서 승리를 축하하는 소리가 퍼져 나왔다.

대회의 승자가 가려지는 속에 벌써 어둠이 내려앉았다. 이런 속에 하나둘씩 횃불이 밝혀졌다. 마침내 각종 대회의 우승자를 포상하기 위해 담덕과 거련을 위시한 혈맹장군들과 조정 대신들이 다시 등단하였다.

먼저 담덕은 이번 각종 대회의 우승자에게 상품과 함께 각각의 관등과 품계를 내리며 관직을 수여하였다. 그때마다 승자를 축하하는 힘찬 환호가 울려 나왔다.

포상식이 끝난 후 대오에서 갑자기 우레와 같은 함성이 솟구치더니 횃불을 들고 대회장을 돌기 시작했다. 나머지 군대와 행정 관료의 대오도 이에 합류했다. 사람들의 함성이 더욱 거세게 울려 나왔다.

횃불을 들고 수십만이 일사불란하게 행진하자 어둠은 순식간에 사라지고 대낮같이 밝아 왔다. 그런 속에 천손의 나라를 상징하는 형상과 깃발들이 등장하자 분위기는 더욱 고조되었다. 이에 사람들은 일제히 하나가 되어 함성을 질렀다. 그 소리는 밤하늘을 뚫고 멀리 나아갔다. 그런 속에 청년 대오에서 선창으로 외치기 시작했다.

"대왕 폐하의 위업을 받들어 나가자!"

구호가 나오자 그것은 곧장 수십만의 대오로 확산되었고, 그것은 어느새 '태자 저하'를 연호하는 소리로 바뀌었다. 대왕의 위업을 계승해 나가야 할 그 중심은 다름 아닌 거련 태자였다.

힘찬 함성이 거세게 울리는 속에 거련이 담덕을 바라보았다. 담덕은 믿음이 담긴 눈으로 고개를 끄덕여 주었다. 그러자 거련이 나서서 우렁찬 목소리로 입을 열었다.

"오늘의 대제국 고구려 건설의 위업은 대왕 폐하에 의해 이룩

되었습니다. 대왕 폐하께서는 이제 천손의 뿌리가 있는 곳에서 천손의 나라를 세우시겠다고 선포하시었습니다. 천손의 나라에 우리의 희망이 있고 미래가 있습니다. 대왕 폐하의 위업을 영원토록 계승해 나갑시다."

거련의 말이 끝나자 모두들 담덕이 나서기를 바라며 힘차게 환호성을 질렀다.

담덕은 연호하는 소리를 들으면서 횃불을 들고 응시하는 군중들을 향해 조용히 일어났다. 그의 손에는 용광검이 들려 있었다.

담덕은 몸을 지탱하기가 힘들 정도였다. 그러나 천손의 나라를 세우려는 위업을 여기서 멈추게 할 수는 없었다. 그 위업을 계승해 나가도록 해야만 했다. 그러자면 천손의 나라를 건설해 나가는 과정에서 쓰러지는 한이 있더라도 여기서 주저앉을 수는 없었다.

광개토호태왕릉비문에는 17대손에 이르러 국강상國岡上 광개토경평안호태왕廣開土境平安好太王이 18세에 왕위에 올라 영락 태왕永樂太王이라 일컬었는데, 은정과 혜택은 하늘에 가득 찼고, 위엄과 무공은 사해四海에 떨쳤으며 나라는 부강하고 백성은 넉넉하고 오곡五穀이 풍성하게 무르익었다. 그런데 하늘이 돌보지 않아 39살에 돌아가고 나라를 버리시었다고 하였다.

담덕은 힘겹게 발걸음을 옮겨 거련에게 다가갔다. 그러자 더 큰 함성이 솟아 나왔다. 담덕은 함성을 들으며 거련의 한 손을 잡고 동시에 들어 올렸다. 함성 속에 태자가 예를 취하며 물러났다.

담덕은 횃불을 들고 굳세게 서 있는 수십만의 군중을 바라보았다. 그의 얼굴엔 미소가 일었다. 천손의 나라는 태자를 중심으로 기필코 세워지고 말 것이라는 믿음이 생겼다.

담덕은 용광검을 들어 모두가 볼 수 있게 내보였다. 그러자 사람들은 용광검을 알아보고 일순 숨을 죽였다. 그건 바로 이제껏 대왕을 상징하는 검이었고, 천손 중의 천손으로 천손의 나라를 세울 징표였다.

담덕은 천천히 칼을 뽑았다. 그리고 마지막 남은 힘을 쏟아 단군검법을 시전하기 시작했다. 담덕의 손놀림이 점차 빨라지면서 주위의 기운이 용광검에 몰려들기 시작했다. 청룡과 백호, 주작과 현무가 나타나 춤을 추는가 싶더니, 그 기세가 더욱 빨라지면서 마침내 용광검에는 붉은 검기가 형성되며 그의 손을 떠나 스스로 움직이기 시작했다.

사람들은 넋을 잃었다. 그들은 전설로만 들었을 뿐, 용광검의 위력이 이 정도일 줄은 상상도 하지 못했던 것이다.

쥐 죽은 듯이 조용한 가운데 용광검은 검기를 형성하며 스스로 움직이더니, 어느새 검집과 함께 붉은 섬광을 내뿜으며 위로 솟구쳐 담덕의 머리를 빙빙 돌더니 날아가기 시작했다. 그 방향은 평양성을 향하고 있었다.

평양성을 향해 얼마 동안 섬광을 내뿜으며 날아간 용광검은 사람들의 눈에 보이지 않게 되었다. 그 순간 용광검이 사라진 평양성 쪽에서 밝은 빛이 퍼져 나오기 시작했다. 처음에는 희미했지만 점차 붉게 밝아 왔다.

사람들은 자신도 모르는 사이에 '와-와-와' 함성을 내질렀다. 그것은 용광검의 주인으로서 천손의 나라를 세우려는 담덕에 대한 환호였고, 그의 뜻을 받들어 천손의 나라를 건설하고야 말겠다는 결의의 외침이었다. 하늘을 찌를 듯한 그 소리는 끊어질 줄 몰랐다.

담덕은 함성을 들으면서 하늘을 울리는 목소리로 외쳤다.

"천손의 백성과 천손의 나라는 영원토록 무궁할 것이다. 자! 천손의 성지인 평양성으로 달려가자!"

다시 한번 하늘을 진동하는 울림이 울려 나왔다. 담덕은 함성 속에 말을 타고 앞으로 나섰다. 그러자 태자를 비롯한 혈맹장군들과 조정 대신들이 그 뒤를 이으면서 수십만의 대오도 그 뒤를 따랐다.

담덕이 나아간 그 길은 평양성에 비친 빛에 의해 환하게 밝았고, 수십만의 대오가 달리는 그 말발굽 소리에 천지가 고개를 숙였다.

〈끝〉